鲁滨孙冒险大事记

《鲁滨孙漂流记》

读客三个圈经典文库

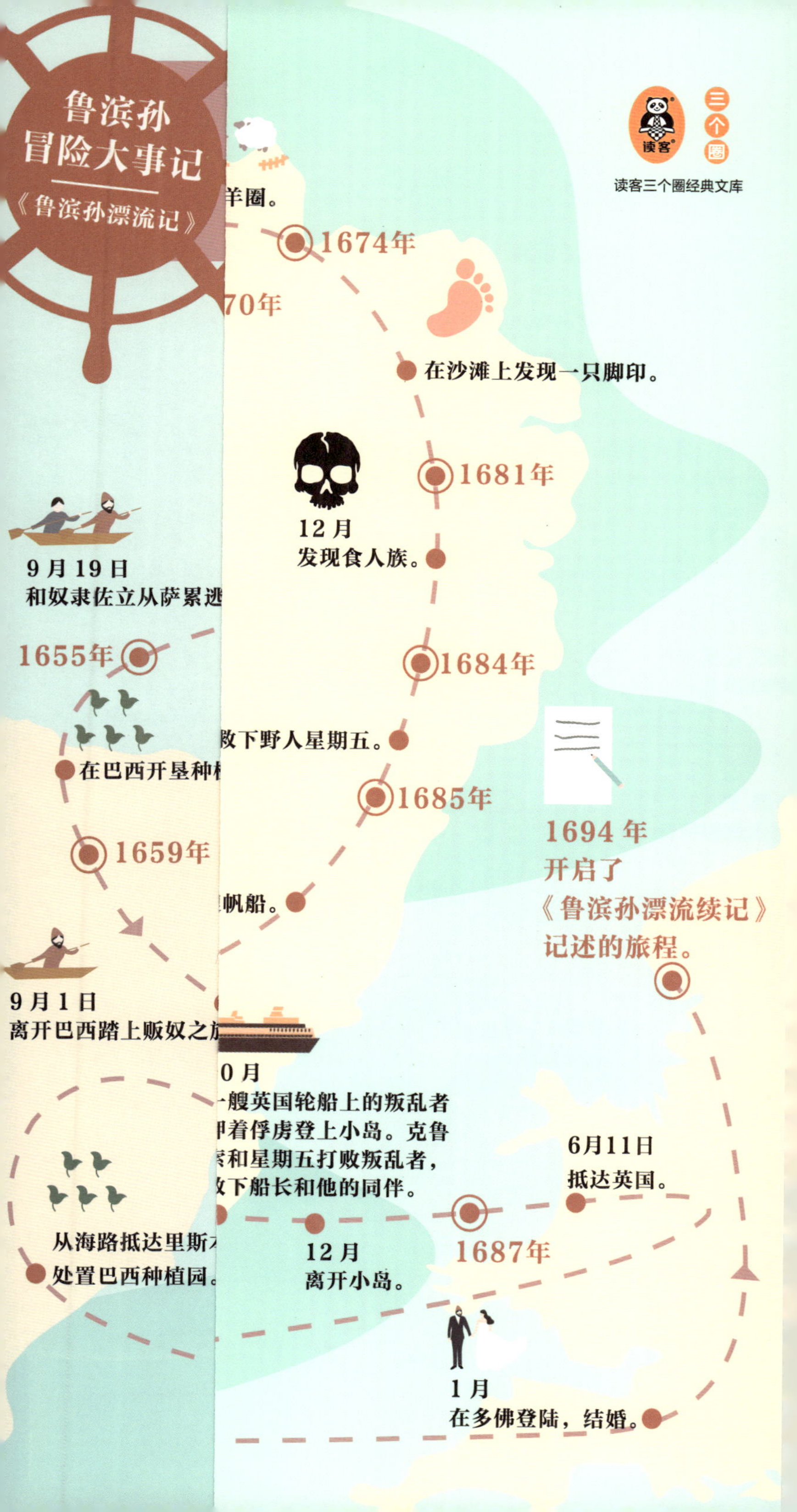

鲁滨孙漂流记

［英］丹尼尔·笛福　著

任小红　译

读客三个圈经典文库

经典就读三个圈　导读解读样样全

江苏凤凰文艺出版社
JIANGSU PHOENIX LITERATURE AND ART PUBLISHING, LTD

目　录

序　言

如果说世界上真有什么个人探险历程值得公之于众，且出版发行后会广受欢迎，那笔者认为非这个故事莫属。

笔者认为此人一生所经历的奇迹毕世而罕见，鲜有谁的一生比他的人生更变化无常。

叙述者以谦虚而严肃的态度讲述了这个故事，并虔诚地将一桩桩事件应用于智者现身说法教化世人的用途，叫我们不论处境如何变化都要相信并尊敬造物主的智慧。

笔者认为这个故事是真人真事，其中毫无捏造的迹象。不论如何，他认为，鉴于本书的内容，读者不管是将其视作消遣还是当作教诲，都同样会受益匪浅，因此，无须阿世媚俗，这本书的出版本身就是伟大的奉献。

丹尼尔·笛福

鲁滨孙漂流记

我于1632年出生在约克城一个体面的家庭，不过我并不是本地人。我父亲是来自德国不来梅市的外国人，他刚到英国的时候住在赫尔，靠经商赚到一份丰厚的家产，后来不再经商，搬到了约克城，并在那里娶了我的母亲。母亲娘家姓鲁滨孙，是当地的名门望族，因而大家叫我鲁滨孙·克罗伊茨奈尔[1]。但是，由于单词在英国通常会发生变体，现在人们都叫我们“克鲁索”，就连我们自己也这么叫、这么写自己的名字，我的朋友们也总是叫我克鲁索。

我有两个哥哥。大哥是英国驻佛兰德斯某步兵团的中校，该步兵团以前由大名鼎鼎的洛克哈特上校统率。大哥是在敦刻尔克附近与西班牙人作战时阵亡的[2]。至于二哥的下落，我至今都一无所

1 Kreutznaer这个德国名字既蕴含宗教寓意“nearer the cross”，即“离十字架更近”，又暗示了克鲁索喜欢漂泊漫游的天性，“to cruise, to journey”，即“乘船去旅行”。——译注（如无特别说明，本书中注释均为译注。）

2 威廉·洛克哈特爵士是苏格兰士兵、外交官，先在保皇党军队中服役，后效忠克伦威尔。1656—1658年期间任驻巴黎大使，负责促进英法对抗西班牙的联盟。1658年，他率领英法联军围困敦刻尔克，直到6月15日西班牙投降。克鲁索的哥哥多半是在西班牙投降前那场被称作“沙丘战役”的大决战中阵亡的。

知，就像父母后来对我的下落一无所知一样。

作为家里的老三，我没有学任何行当，所以从小脑子里就塞满了游思妄想。父亲是非常守旧的老派人士，他让我受到相当不错的教育，除了让我接受家庭教育，送我去读乡村义务小学，还计划让我学法律。可是，我一心想去航海，别的一概不想干。我对航海的热望导致我对父亲的意愿和命令坚决抗拒，对母亲的恳求和朋友们的劝阻无动于衷，仿佛我的天性中有种致命的东西直接导致我后来陷入悲惨的命运。

我父亲是个睿智而沉稳的人。他预见到我的打算会导致什么样的后果，便提出一些严肃而颇有见地的忠告。一天早晨，他把我叫进卧室（当时他因痛风病而卧病在床），就此问题十分恳切地规劝了我一番：他问我，除了满足自己四处游荡的渴望，我还有什么理由要离开父母、远走他乡？在自己的家乡，我可以顺利地迈进社会，有望靠自己的勤奋和努力挣到一笔财富，过上安逸快乐的日子。他告诉我，出海的人要么穷得叮当响，要么雄心勃勃，腰缠万贯，他们想到海外去探险，要借探险出人头地，以非常的事业扬名立万。而对我来说，这些东西要么没必要，要么不现实。他对我说，我的社会地位处于这两者之间，也可以称之为中间阶层。他根据多年的阅历发现，这是世界上最好的社会阶层，处于这个阶层的人最幸福，既不像从事体力劳动的下层大众那样吃苦受累，也不像上层人士那样，因狂妄、骄奢、野心和忌妒而烦恼。他告诉我，我可以通过一件事断定这个阶层是幸福的，那就是：其他人都很羡慕这个阶层。帝王们频频悲叹出身高贵给他们带来的不幸，他们恨不得出生于贫贱与高贵之间的中间阶层；而智者证明这个阶层才是幸福的标杆，他们祈祷自己既不要过于贫穷，也不必过于富有。

他叫我去观察，说只要用心观察就会发现，上层社会和下层社会的人都多灾多难，唯有中间阶层灾祸最少，不会像上层人士和下层大众那样命途多舛。此外，中间阶层既不会因为过着骄奢淫逸的堕落生活而身心交瘁，也不会因为过着终日操劳、缺衣少食的日子而病痛缠身。中间阶层的人能尽享人间种种美德和快乐，安宁和富足是中产家庭的侍女。中层人士奉行中庸之道，他们心境安宁，身体健康，交游广泛，可以享受到所有令人欢喜的消遣和令人向往的乐趣，平静顺遂地过着日子，舒舒服服地度过一生，既不必承受劳心劳力之苦，为了每天的生计奔波劳累，或陷入窘境，烦心伤身；亦不会因强烈的嫉妒或雄心勃勃要干一番伟业的隐秘欲望而气急败坏。中层人士可以悠然自得地度过一生，尽情品尝人生的甘美，不会遭遇任何艰辛和痛苦；他们会感觉自己很幸福，而且，随着时光的流逝，会更加深刻地体会到这种幸福。

接着，他恳切而极其慈爱地劝我不要耍小孩子脾气，不要让自己陷入悲惨的境地，不论是从人之常情来说，还是从家庭出身来说，我似乎都可以避免遭受那些苦难。他说，我不必为了生计去奔波，他会替我安排好一切，尽力让我过上刚才向我推荐的那种中间阶层的生活。如果我没有过上安逸幸福的生活，那肯定是我自己命运不济或者犯下大错所致，而不是他的责任，因为他看到我所要做的事会对我造成伤害后警告了我，尽到了自己的义务。总而言之，只要我肯听他的话，安心待在家，他一定尽力为我做好安排。他决不赞成我离家远行，免得为我将来的不幸担责。最后，他叫我以大哥为前车之鉴。当时他同样恳切地规劝大哥不要去佛兰德斯打仗，可是大哥没有听劝。大哥年轻气盛，血气方刚，非要参军上战场，结果在战场上送了命。[1]他还对我说，尽管他不会停止为我祷告，可是他敢说，如果我非要做这么愚蠢的事，上帝一定不会保佑我；并且，等到我将来孤立无援、求助无门的时候，有的是时间后悔没有听他的劝告。

我发现父亲最后这几句话真的很有预见性，不过我估计他自己也没想到。我看到父亲老泪纵横，特别在讲到大哥战死沙场的时候。当他讲到我将来孤立无援、后悔莫及时，难过得都哽咽住了。最后，他对我说，他心里堵得慌，再也说不下去了。

这番话深深地打动了我。说实在的，谁听了这番话能无动于衷？我决心不再去想出海的事儿，而是按照父亲的心愿，安心留在家里。可是，唉，才过了几天，我的决心就完全消失了。总而言之，为了不再听父亲唠叨，后来的几个星期里，我打定主意躲得远远的。我打算去找母亲说情，但是这次我并不像第一次那样头脑发热，说干就干，而是等到她心情比较好的时候才开口。我对她说，我一心想去见见世面，不管干什么都没心思，父亲倒不如答应我，免得逼得我离家出走。我说，我都十八岁了，不管是去当学徒还是去给律师当助手，都为时已晚。而且，我敢肯定，就算我去当学徒或者助手，也干不到头，不等出师，我就会逃走，跑去航海。我跟她说，要是她肯劝劝我父亲，让他答应我去出一次海，如果回家以后我觉得自己并不喜欢航海，肯定再也不去了，此后我一定加倍努力，弥补我虚度的时光。

母亲听了我这番话顿时火冒三丈。她对我说，去跟父亲说这样的事毫无意义，怎么做对我有好处，父亲心里一清二楚，他绝

1 这番谈话应该发生在克鲁索18岁那年，也就是1650年，克鲁索离家去航海的前一年，而沙丘战役爆发于1658年。此处自相矛盾，要么是克鲁索记错了，要么是作者写错了。

不可能同意我去做任何伤害自己的事。她说她实在想不通，父亲那么语重心长跟我谈过之后，我怎么还对这种事念念不忘。总而言之，如果我非要自寻绝路，决不会有人帮我的忙。她跟我说，别指望父母会同意我到处游荡。我要自取灭亡，她决不会插手相助，免得我以后说，当时父亲不肯，但是母亲是同意了的。

尽管母亲拒绝去找父亲说情，但我事后听说，她还是把我们的谈话一五一十地告诉了父亲。父亲听了忧心忡忡，对母亲叹息道："那孩子要是能乖乖留在家里，也许会过得很幸福；可是如果他非要去出海，那肯定会成为世界上最可怜的倒霉蛋。这事儿我说什么也不能答应。"

此后又过了将近一年时间，我终于离家出走了。在这一年里，父母建议我安身立业，但是我硬是置若罔闻，甚至经常跟他们争论，抱怨他们明知道我想干什么，还那么坚决地反对。一天，我碰巧去赫尔，其实当时我并没有离家出走的念头，但是在那里碰到一个朋友，他准备乘自己父亲的船前往伦敦。他以通常用来吸引水手的那套说辞，怂恿我跟他们一起去，说我一分钱都不用花。于是，我既没跟父母商量，也不给他们捎口信，任由消息自己传到他们耳朵里。我既没有向上帝和父亲寻求祝福，也没有考虑当时的情况和将来的后果。1651年9月1日，我登上了前往伦敦的船。天晓得，那是一个多么不祥的日子！我相信，没有哪个年轻的探险者像我这样，一出门就倒霉，而且久久难以摆脱厄运。我们的船一驶出恒比尔河口就刮起了大风，大风掀起了可怕的巨浪。我以前从来没有出过海，现在胃里恶心得要命，心里又怕得要死。我开始认真反思自己的所作所为，想到自己擅自离家，忤逆不孝，如今遭到老天的惩罚，真是天道公正。父母的忠告、父亲的眼泪和母亲的恳求，全都在这一刻重新涌现在我的脑海里（当时我的心肠还不像后来这么硬），我斥责自己不该不听劝告，不敬上帝，不孝父母。

这时，风暴越来越猛了，我从未到过的大海一时间波涛汹涌、恶浪滔天，尽管跟我后来多次见到的惊涛骇浪无法相提并论，就算跟我几天后见到的情景也无法相比，可是当时已经足以令我这个对航海一无所知的年轻水手触目惊心了。我感觉浪头随时会把我们吞没，每次轮船跌入浪涡时，我都以为我们再也浮不起来了。处于这种惶恐不安的心情中，我一次又一次地起誓保证，倘若在这次航行中上帝能饶过我的性命，倘若我还能踏上陆地，我一定立马回家去，回到父亲身边，这一辈子都不会再坐船；我会乖乖听从他的劝告，再也不让自己陷入这样的悲惨境地。这时，我清晰地意识到他对中间阶层的看法堪称真知灼见，意识到他这一生过得多么轻松舒适，既不曾在海上遭逢狂风恶浪，也不曾在陆上遇到艰难困苦。我决心要像一个真正回头的浪子那样，回到我父亲身边去。

暴风雨肆虐期间，乃至之后的一段时间里，这些明智而清醒的思绪一直在我脑海里盘旋。可是到了第二天，风越来越小，海面也平静多了，我逐渐有点儿适应海上的生活了。不过这一整天我脸色都很难看，因为我还有一点晕船。可是到了傍晚时分，天空完全放晴了，风也停了，随之而来的是一个十分迷人的黄昏。当晚的落日和第二天的日出格外清丽。日暮时分，夕阳照在风平浪静的海面上，那种美景我感觉是我生平所见过的风光中最令人陶醉的。

那天晚上我睡得很好，第二天也不再晕船了，整个人神清气爽。前天还汹涌狂暴的大海转眼就变得如此平静，如此赏心悦目，我望着海面，感觉很不可思议。那个引诱我上船的朋友唯恐我真的下定决心不再航海，就过来找我。“嗯，鲍勃，”他拍着我的肩膀说，“现在觉得怎么样？前天晚上吹了点儿微风，我敢保证你吓坏了。”“你管那叫微风？”我说，“那明明是一场可怕的暴风！”“暴风？你这个傻瓜，”他回答说，“你管那场风叫暴风？那算得了什么！只要给我们一艘好船，海面足够宽，像这样的风我们根本不放在眼里。不过你毕竟是初次航海的新手嘛。来吧，鲍勃，咱们去弄碗甜酒喝，把那些事统统忘掉吧。瞧，现在天气多好啊！”我不想再赘述这段伤心往事，简而言之，我们按照所有水手以前的惯例，调制好甜酒，我喝了个酩酊大醉。在那个罪恶的夜晚，我把自己所有的忏悔、所有对过去行为的反省以及对未来下的种种决心统统溺毙在酒精里。总而言之，暴风雨过后，海面又恢复了风平浪静，我头脑里那些仓促而纷乱的思绪消失了，担心被大海吞没的恐慌忧惧也被抛在脑后了，而对海航的热望却死灰复燃了，我把自己在危急时刻立下的誓言和保证彻底抛到了九霄云外。有时候，我发现，那些反思和认真的思想还会不时挣扎着回到我的脑海里，但是我努力摆脱它们，让自己打起精神来，就像试图甩脱某种坏情绪似的，跑去和水手们喝酒胡混，快速控制住那些思绪，不让它们再发作（我称之为病发）。五六天后，我就像那些决心摆脱良心谴责的年轻人所渴望的那样，完全战胜了自己的良心。不过，我依旧会遭受新的灾难。上天遇到这种情形通常都会加以严惩，对我必然也毫不留情。倘若我不把这次九死一生看作是上帝对我的拯救，下次灾难降临时就会变本加厉，其险恶程度就连我们当中最邪恶阴险、最残忍冷酷的水手都会瑟瑟发抖、乞怜求饶。

出海第六天，我们来到雅茅斯锚地。暴风雨过后，海上一直刮着逆风，尽管天气晴好，我们也没走出多远。我们不得不在这里抛锚等待，逆风（也就是西南风）一直刮了七八天。在此期间，很多从纽卡斯尔来的船只也驶入了这一开敞锚地，因为很多轮船都会在这个港口等候顺风，以驶入河口。我们本来不应该在这里停留太久，而是应该趁着涨潮驶入河口，无奈风太急。泊了四五天后，风势更猛了。但是，这片锚地向来都被人们认为是个良港。船停在良港里，锚泊索具又很坚固，因此我们大家都满不在乎，一点儿都不担心会有危险，仍旧照着航海的老规矩，除了休息就是寻欢作乐。但是到了第八天早上，风势骤然大增，船员们一起动手，落下了中桅，并把所有的东西捆紧，好让船尽可能轻松地漂浮在水面上。到了中午，大海掀起了巨浪，我们的船头好几次钻进了水里，打进来很多水。有两次我们以为锚索都抻到头儿了，见此情景，船长下令放备用锚，我们就放了两个锚，两根锚索都放到了头。[1]

此时，风势大增，狂风开始肆虐，我看到就连水手们的脸上都浮现出惊恐诧异的神色。尽管船长非常警惕地保护着船只的安全，但是在他进出舱室，经过我身边的时候，有好几次我都听到他不停地念叨着“上帝啊，可怜可怜我们吧！全都完了！我们要完蛋了”等等诸如此类的话。在最开始那阵慌乱当中，我有点儿发蒙，只管一动不动地躺在统舱的舱室里。我无法描述自己当时

1　海浪翻滚，锚索被拽紧，以致船头被拽到波浪下面进了水。船长担心船走锚，便下令放备用锚。备用锚是船上最大的锚，只在紧急情况下使用。把两根锚索都放到头儿，可以降低走锚的风险。

的心情：我无法再像第一次遇险那样忏悔——我那么明显地践踏了自己的悔悟，而且硬起心肠，不为所动。我原以为死亡的痛苦已经过去，而这次绝不会像上次那样危险。但是，刚才听到船长从我舱室经过时说我们大家都完蛋了，我吓坏了。我走出舱室向外一看，只见海面掀起滔天巨浪，浪头堪比山高，每隔三四分钟就朝我们扑来一次。我从来没见过这么可怕的情景。我环顾四周，看到周围的情况危急万分：原本泊在我们附近的两艘船因为载货比较重，船员已经把桅杆砍倒了。[1]突然，我们船上的人惊叫起来，一艘停在我们前面约一英里[2]的船沉了下去。还有两艘船脱了锚，被迫冲出锚地向外海漂去，船上连一根桅杆都不剩了。轻型船的情况算最好的，因为它们漂在海上没那么吃力，不过也有两三只小船被风刮得从我们旁边飞驰而去，船上只剩下斜桁帆。

到了傍晚，大副和水手长恳求船长砍倒前桅，船长不肯。但是水手长坚决要求这么做。他说，如果船长不肯砍倒前桅，船肯定会沉。船长无奈之下只好答应。前桅一砍倒，主桅就随风摇摆起来，船身也随着剧烈晃动起来，他们只好把主桅也砍倒，只剩下空荡荡的甲板。当时我只是一个年轻的水手，之前遇到点儿小风小浪都吓成了那样，何况现在处于这种情形下，我的心情可想而知。时隔多年之后再描述当时的心情，我估计自己对悔罪之后重萌恶念的恐惧，远甚于对死亡本身的恐惧。这些恐惧再加上暴风恶浪的可怖，让我陷入一种无法用语言形容的心理状态。但是，最糟糕的时刻还没有到来。狂风咆哮不止，就连水手们自己也都承认，他们从来不曾遇到过这么骇人的暴风雨。我们的船虽

1　砍倒桅杆以减少船身在吃水线以上的面积，从而减少风力的影响。

2　英里，长度单位，1英里等于1609.34米。

然坚固，但是载货太重，吃水太深，一直在水里剧烈摇晃，水手们不时大声嚷嚷着船要沉没了。当时我还不知道“沉没”是什么意思（后来我问过别人才明白），从某个方面来说，这对我倒是件好事。风浪如此凶猛，我看到了平时很少会看到的情景：船长、水手长和一些比较有头脑的人都在祈祷，随时等待船沉入海底。到了半夜，那些被派到船舱底下去检查的人当中突然有人大声喊道：船底漏水了；接着又有一个人说，货舱里有四英尺[1]深的水了。这真是雪上加霜。所有的船员都被叫去抽水。我一听船底漏水了，一颗心顿时如坠冰窟，当时我正坐在床边，听到消息便一下子倒在了船舱里。有人把我叫醒，说我以前什么都干不了，现在至少可以跟大家一起去抽水。听了这话，我打起精神来，跑到抽水机跟前，卖力地干了起来。就在大家抽水的时候，船长看到几艘小煤船在风浪中泊不住，不得不乘着风向外海疾驰而去，估计会从我们附近经过，于是他下令放枪，以示遇险求救。我当时不知道为什么要打枪，听到枪声大吃一惊，还以为船破了，或者出了什么可怕的事。总而言之，我被吓晕了过去。这种时候，人人自顾不暇，根本没有人管我的死活。马上有人走过来接替我抽水，他以为我已经死了，一脚把我踢到旁边，任由我躺在那里。过了好一会儿，我才苏醒过来。

我们继续抽水，可是海水还在不断涌进货舱。我们的船肯定要沉了。这时，风势稍减，但是船无论如何都开不进港湾了。船长只好不断鸣枪求救。从我们前面漂过的一艘轻型船冒险放下一艘小艇来救我们。小艇上的人冒着极大的危险朝我们划了过来，

1 英尺，长度单位，1英尺等于0.3048米。

只见海面掀起滔天巨浪，浪头堪比山高，每隔三四分钟就朝我们扑来一次。

但是我们无法登上他们的小艇，他们也无法靠拢我们的船舷。最后，小艇上的人拼命划桨，冒着生命危险来救我们。我们从船尾抛下一根带有浮筒的绳子，尽量把绳子放出去。小艇上的人经过巨大的努力，冒着巨大的危险抓住绳子。我们把他们拖到船尾下面，这才让所有船员都上了小艇。此时，不管是他们还是我们，再去想追他们的大船都毫无意义了。于是大家一致同意任凭小艇随波漂流，我们只要尽力往岸边划，让它靠岸就好。我们船长再三保证，万一小艇在岸边撞坏，他就照价赔给他们船长。就这样，我们一半靠划桨，一半靠小艇随波逐流，往北边的海岸漂去，最后都快漂到温特顿海角了。

我们离开大船不超过一刻钟，就眼睁睁地看着它沉了下去。直到那个时候，我才真正明白船沉大海意味着什么。老实说，水手们告诉我大船正在沉没的时候，我几乎不敢抬眼去看。从被丢上小艇那一刻起（与其说刚才是我自己登上小艇的，不如说是他们把我丢上去的），我就一直惊魂不定，一来是受到了惊吓，二来是想到此后前途迷茫，心中惶惶不安。

尽管又惊又怕，大家还是奋力向岸边划去。小艇被冲上浪尖的时候，我们能看到海岸上的情形，当时就看到很多人在沿着海岸奔跑，想等我们靠近的时候来救助。可是，我们靠向岸边的速度很慢，怎么也上不了岸，最后竟一直漂过了温特顿的灯塔。海岸由此向西凹进去，向克罗默延伸。这么一来，陆地挡住了一点儿风势。我们费了九牛二虎之力才在这里靠了岸。全体安全上岸后，我们步行走回雅茅斯。当地官员、富商和船主们热情款待了我们这些落难者，当地官员还妥善安置了我们的食宿，大家为我们筹集了足够的旅费，不管是想去伦敦还是想回赫尔都足够了。

当时要是我肯回赫尔，肯回家去，那我一定会非常幸福。我父亲也会像《圣经》寓言里那个父亲那样为我宰杀肥牛。因为他听说我搭乘的那艘船在雅茅斯锚地遇难之后又过了很久，才确定我没有葬身海底。

但是，我的厄运以一种不可抗拒的执拗劲儿逼着我将错就错，尽管理智和更为冷静的判断力也曾好几次大声疾呼，催促我回家去，可是我没有勇气回头。我不知道，也不想知道该把这种神秘而强大的力量叫作什么，它是一种神秘而有力的天命，驱使着我们自寻绝路，甚至就算明知眼前是绝路，也会义无反顾地扑过去。无疑，正是这种令我无法摆脱悲惨命运的天命，驱使我罔顾最隐秘思想的冷静推理和劝告，罔顾初次尝试航海时得到的两次如此明显的指示。

之前促使我下定决心的那个朋友（也就是船长的儿子）现在反倒不像我这么莽撞，上岸后我们第一次见面，他说话的口气都变了（我们在雅茅斯市被分别安置在好几个住处，所以过了两三天我才碰到他），而且愁眉苦脸，不住地摇头，问我这几天怎么样，并把我介绍给他父亲。他告诉他的父亲，我这次航海只是来尝试一下，以后还要出海远航。他父亲用非常严肃、非常关切的口吻对我说："年轻人，你永远都不应该再出海了。你应该把这次灾难看作明明白白的凶兆，预示着你不适合当水手。"我说："怎么，先生，您不打算再航海了吗？""这是两码事。"他说，"航海是我的使命，也是我的职责所在。而你这次出海是一次尝试，上天已经让你尝到滋味了，你也看到了，你若是一意孤行会有什么后果。搞不好这次就是由于你的缘故，我们才遭此大难，你就像登上开往他施的轮船的约拿。[1]请问，”他接着说，“你到底是什么人？为什么要出海？”于是我把自己的一些情况告诉了他，结果他听了之后突然莫名其妙地大发雷霆。“我这是作了什么孽啊？竟然让你这样的倒霉蛋上我的船！”他说，“我再也不会跟你踏上同一条船，就算给我一千英镑我都不干！”其实他没有权利冲我发火，但是他损失惨重，于是拿我出气。不过，后来他又郑重其事地跟我谈了几句，力劝我回到父亲身边去，不要惹得上天毁灭我。他说，我应该看到，上帝之手显然在惩罚我。“年轻人，”他说，“我敢说，要是你不肯回去，那不管你去哪儿，都只会遭遇灾难和失望，直到你父亲的话在你身上应验。”

我没怎么明确地答复他，此后我们很快就分开了，我再也没见过他，也不知道他后来怎么样了。当时我口袋里有了点儿钱，就从陆路去了伦敦。在伦敦，以及在前往伦敦的途中，我一直都在做激烈的思想斗争，不知道应该选择什么样的人生道路，到底是应该回家，还是应该去航海。

一动回家的念头，羞耻之心就跳出来阻止我。我立马想到街坊邻居会怎样嘲笑我，而我不仅无颜见父母，甚至无颜见任何人。此后，我常想，跟在这种情形下本当起引导作用的理智相比，人类（特别是青年人）的普遍性情是多么荒诞，多么不可理喻啊！他们不以犯罪为耻，反以悔罪为耻；不以犯过为耻，反以改过为耻，而事实上他们若能改过自新才会被当聪明人。

1　见《旧约·约拿书》第一章：“约拿却起来，逃往他施去躲避耶和华。下到约帕，遇见一只船，要往他施去……”约拿是耶罗波安二世在位时期的一位先知，上帝命他去亚述京都尼尼微城向当地人传讲悔改弃恶之道，但是他抗命不尊，跑到约帕，登上商船逃往他施。罕见的风暴袭击了商船，约拿知道是由于自己的缘故，便让水手们把他扔进大海，海面顿时风平浪静了。

我就这样犹豫不决地过了一段时间，不确定该采取什么行动，走什么样的人生道路。一想到回家，心中就会产生一种难以抗拒的厌恶感。而且，随着时间的推移，我对灾难的记忆越来越淡，而原本那点儿回家的愿望也随着记忆的消逝越来越模糊，最后彻底被我抛到了脑后。我又开始向往起了航海生活。最初驱使我离家出走的，就是这种邪恶的力量。它让我头脑发热，妄想暴富；让我想入非非，对所有的忠告充耳不闻，对父亲的恳求乃至命令置若罔闻。后来让我看上这种最不幸的冒险事业的，又是这种邪恶的力量（不管这种力量是什么）。它让我踏上驶往非洲海岸的船，或者用水手的俗话说，让我到几内亚去。[1]

我最大的不幸就是在一次次探险之旅中都没有在船上当过水手。当水手有可能稍微辛苦一些，但是可以学到一些普通水手的技术和职责。过些时候，就算做不了船长，也能做个大副。可是，我命中注定总是做出更糟糕的选择，这次也一样。只要我口袋里揣着几个钱，身上穿着体面的衣服，就会习惯以绅士的身份搭船。所以我既不参与船上的任何事务，也不学着做任何事情。

这次我运气还不错，居然在伦敦结识了一个好朋友。当时我放荡不羁，按说这样的好事通常都不会落到我这样的年轻人身上。魔鬼总是不会忘记早早给他们设下陷阱。但是我这次不一样。我一开始便认识了一位船长，他曾经到过几内亚海岸，在那里挣了不少钱，决定再去一趟。当时我的谈吐还算不令人讨厌，所以他挺喜欢跟我聊天。他听我说想去见见世面，就对我说，要是我想跟他一起去航海，可以免费搭船，跟他一起用餐，跟他做

1　贩奴之旅的委婉语。

伴。他还说，要是我能顺便带点货，赚多少都归我，说不定我能挣点儿钱。

我立刻接受了船长的盛情邀请，并和他结为莫逆之交。船长为人正直坦率。我上了他的船，还捎带了点儿货。由于那位船长朋友的正直无私，我大赚了一笔，因为我按照他说的，带了一批大约价值四十英镑的玩具和小玩意儿。钱是一些亲戚帮忙凑的。我写信给他们，估计他们告诉了我父亲，至少告诉了我母亲，然后让父亲或母亲把这笔钱拿了出来，作为我第一次做生意的本钱。

可以说，这是我所有冒险生涯中唯一一次成功的远航。我把它归功于我那位船长朋友的无私和诚实。而且，在他的指导下，我彻底掌握了航海数学和海上航行规则[1]，还学会了怎么记录航海日志，怎么观察子午圈高度。简而言之，我学会了水手需要掌握的基本常识。他很乐意教我，我也很乐意学。总之，这次航行让我既学会了当水手，又学会了经商：这次出门，我带回来五磅九盎司[2]金沙。回到伦敦后，换了将近三百英镑。这让我心中充满雄心壮志，并因此彻底毁掉了自己的一生。

然而，就算在这次航行中我也遇到了倒霉的事。当时我们做生意主要是在非洲西海岸一带，从北纬15° 一直南下到赤道附近。因气候异常炎热，我患上了严重的热病，三天两头恶心呕吐。

现在，我俨然成了几内亚商人。非常不幸的是，我那位船

1 克鲁索学会了通过测量正午时分太阳在地平线上的角度——子午圈高度来计算纬度，后来还学会了使用太阳相对于赤道的角度（偏角）全年日变化的数学运算表。直到18世纪后期才有推断经度位置的可靠方法，而克鲁索当时学的是被称作“船位推测法”的办法，亦即，从固定位置出发后，综合船的航线和速度、天气条件、海面状况、水流以及影响航行的各种因素来推断每天的航程。

2 5磅9盎司：大约2.5千克。

长朋友回到伦敦后不久就去世了，原先的大副做了船长，我决定再去一趟几内亚，于是再次上了那条船。那是有史以来最倒霉的航行。虽然上次赚的那笔钱我只带了不到一百英镑（所以还剩下两百英镑，我把剩下的钱寄存在船长的遗孀那里，她待我很真诚），可是那次航行中我遭遇了悲惨的灾祸。灾祸开始于一天清晨，当时，我们的船正在朝加纳利群岛驶去，或者应该说，正在那些群岛和非洲西海岸之间行驶，突然有一艘萨累的土耳其海盗船[1]扯满了帆朝我们追来。我们也张满了帆，想要逃走。但是海盗船越追越近，再过几个小时势必会追上我们。我们赶紧准备战斗。我们船上有十二门炮，但是海盗船上有十八门。到了下午三点左右，他们赶了上来。他们本来想攻击我们的船尾，结果却横到了我们后舷那里。我们把八门大炮搬到那边，一齐朝他们开火。海盗船一边后退，一边还击。他们船上两百号人一起朝我们开枪。我们的人都隐蔽得很好，一个都没有伤到。海盗船准备再次对我们发起进攻，我们也准备自卫。他们这次从另一侧后舷贴近我们的船，有六十个人跳上了我们的甲板。他们一上船，就对着甲板和索具乱劈乱砍。我们用枪、矛、火药箱等各种武器奋力抵抗，把他们击退了两次。这段悲惨的往事我不想再细说，总而言之，到最后我们的船废了，死了三人，伤了八人，被迫投降，最后全部被押送到萨累——摩尔人的一个港口。

我在那儿的处境并不像我当初担心的那么可怕。我没有像其他人那样，被送到远离海岸的皇宫去，而是被海盗船长当作自

1　萨累：位于摩洛哥大西洋海岸的拉巴特附近，曾以“海岛之城”著称，强盛时期甚至成为独立的“布里格里格共和国”，不接受摩洛哥朝廷的管制。摩洛哥朝廷只要能敛到税金，就对海盗活动听之任之。

己的战利品留了下来，成了他的奴隶，因为我年轻机灵，用起来很顺手。人生境况的突变让我从一个商人变成了可怜的奴隶，这真叫我深受打击。现在，我不由得回顾起父亲的预言，他说我一定会陷入悲惨的境地，而且没有人来救我。我觉得这些话都应验了，现在的情形再糟糕不过了。我受到了上帝之手的惩罚，而且永远得不到救赎。可是，唉，我的苦难这才刚刚开始呢，看了后面的故事你就知道了。

且说我的新主人把我带回了家，我便指望他再出海的时候会带上我，我相信迟早有一天他会被西班牙或葡萄牙的战舰俘获，到那时我就可以重获自由了。可是我这个希望很快就破灭了，因为他出海的时候总是把我留在岸上照看他的小花园，并在他家里做一些奴隶做的苦役。等他出海回来，就吩咐我睡到船舱里去替他看船。

在那里，我整天都在琢磨怎么逃走，有什么可行的办法，可是发现连一丝希望都没有。当时我根本就不具备逃走的条件：没有人可以商量，没有人跟我一起逃跑，没有别的奴隶，没有英格兰人，没有爱尔兰人，除了我之外也没有苏格兰人。所以两年间，我反复想象着怎么逃走聊以自慰，却一直都没有碰到任何有望将逃跑的想法付诸实施的机会。

大约两年后，我的境况忽然发生了变化，这让我脑子里再次燃起争取自由的希望。现在主人在家里待的时间比以往长。我听说是因为手头缺钱，无法配置出海的装备。他经常乘坐大船上那只舢板到开敞锚地去捕鱼，每个星期去一两次，有时候天气好，去得更频繁。他总是带上我和一个莫里斯科小孩替他划船。我们两个颇得他的欢心，而且我捕鱼的时候手脚很麻利，因此，有时候他会派我跟他的一个摩尔人亲戚以及那个被叫作莫里斯科的小孩去替他捕鱼。

一次，在一个风平浪静的早晨，我们出海去捕鱼，海上突然升起了浓雾。尽管我们距离岸边不到半里格[1]远，但是已经看不见海岸了。当时我们辨不清东南西北，只是拼命划船，划了一天一夜，结果到第二天早晨发现我们不仅没有靠近岸边，反而划进海里去了，距离海岸至少有两里格。最后我们费了九牛二虎之力才靠了岸，当时情况很危险，因为那天早晨风刮得很紧，特别是我们大家都饿得前胸贴后背了。

这次的事故提醒了主人，他决定以后多加小心。他手上刚好有从我们那艘英国大船上拿来的长舢板，便打定主意以后不带罗盘和粮食就不去出海钓鱼。于是，他下令他船上的木匠（那人也是一个英国奴隶）在长舢板正中间做一个包房或者舱室，就像驳船上的小船舱那样。舱室后面留出一块可容一人站在那里掌舵、拉主帆脚索的地方，前面留一块可容一到两人站在那里升降船帆的地方。舢板装的船帆是我们通常所说的三角帆。帆桁挂在舱室顶上。舱室做得十分低矮，但是非常舒适，容得下他和一两个奴隶躺在里面，还能摆一张桌子吃饭。桌子做了几个抽屉，放了几瓶他喜欢喝的酒，特别放了面包、大米和咖啡。

我们经常坐这只舢板出去捕鱼。因为我捕鱼的时候最机灵，他每次去都会带上我。一次，他打算跟当地两三个颇有身份的摩尔人坐那只舢板出去消遣、打鱼。他准备了极其丰富的酒菜食物准备款待那几位客人，头天晚上就把东西送上了舢板，所以船上

1 里格：长度单位，多用于航海，1里格约等于3英里或3海里。

的吃食比平时多很多。他还吩咐我从他的大船上拿三支短枪装好弹药，因为除了捕鱼，他们还想打鸟。

我按照他的指示把东西全都准备好。第二天早晨，舢板也洗干净了，旗子也挂起来了，待客的东西全都安排妥当了，专等着客人们来了。不一会儿，主人一个人来了。他告诉我，客人们突然有事，已经改期，并且吩咐我和那个摩尔人以及小孩跟往常一样，乘着舢板去抓几条鱼来，说客人晚上要去他家吃饭。他还特地交代我，一捕到鱼就立刻送回他家。这些吩咐我原是打算一一照办的。

这时，我脑子里突然闪过以前争取自由的念头，因为我发现自己现在好像可以支配一条船了。主人一走，我就着手准备起来，不是准备去捕鱼，而是准备远航。至于去哪儿，我也不知道，也没怎么考虑过，只要能离开这个地方，去哪儿都行。

我第一个计策就是骗那个摩尔人给我们弄一些在船上吃的粮食。我告诉他，我们不能擅自去吃主人的面包。他说这话有理，于是搬来一大筐本地饼干，还弄来三罐淡水，全都搬上了舢板。我知道主人装酒的箱子（从样式看显然是从英国人手里夺来的战利品）放在哪儿，于是趁着摩尔人在岸上的时候把它们搬到舢板上摆放好，假装是主人原本就放在那里的。我还往舢板上搬了半英担[1]蜜蜡、一包麻绳、一把短柄斧、一把锯子和一把锤子。后来这些东西都派上了大用场，特别是蜜蜡，可以做蜡烛用。接着，我又对他玩了个花招，他也天真地中了招。他叫伊斯梅尔，人们都叫他穆里或者莫里，我也这么叫他。“莫里，”

1　英担：计重单位，1英担等于112磅。

我说，“我们主人的几支枪都放在舢板上，你能去弄点儿火药和铅砂弹吗？兴许我们能给自己打几只‘阿尔卡米’（一种类似于我们这里的杓鹬的飞鸟）呢。我知道他的弹药都放在大船上。”“对。”他说，“我去拿一些来。”于是，他就去拎来一大皮袋火药，足有一磅半重，说不定还更多，另外还拿来一皮袋铅砂弹和子弹，也有五六磅重。他把两个皮袋搬上舢板。与此同时，我在大舱里找到主人的一些火药。我把箱子里一个快要喝光的大酒瓶腾出来，填上火药。就这样，一切都准备妥当之后，我们就出港去捕鱼了。港口堡垒上的人认识我们，所以也不怎么在意。我们驶出港口不超过一英里，就下了帆开始捕鱼。这时风向是东北偏北，跟我希望的正好相反，因为要是刮南风，我就有把握把船开到西班牙海岸，至少也能抵达加迪斯海湾。但是我已经下定决心，不管刮什么风，我都要离开这个可怕的地方，其他的就听天由命吧。

我们钓了一会儿鱼，什么都没钓到，因为就算有鱼上钩，我也不拉钓竿，以免让那个摩尔人看见。我对他说，这样可能不行，跟主人交不了差，我们必须走远一点儿。他觉得这么做倒也无妨，就同意了，并在船头扬起帆。我在船尾掌舵，把船又往前开了将近一里格，然后停下船，做出准备钓鱼的样子。我把舵交给那个孩子，自己朝摩尔人走去，并在他身后弯下腰，装作在找东西，然后乘其不备，一把抱住他下肢，将他掀进大海。他水性极好，马上从海里浮了上来，大声向我呼救，恳求我让他上船，说他愿意追随我到天涯海角。他在舢板后面游得飞快，此时又没什么风，眼看他就要追上来了。见此情形，我走进船舱，抓起一把鸟枪，用枪口指着他说，我以前没有伤害过他，要是他乖乖听话，我就不会加害他。我说：“你水性很好，完全可以游回岸边。现在风平浪静，赶紧往回游吧，我不会开枪打你的。不过，要是你敢再靠近舢板一步，我就一枪打爆你的头。我今天铁了心要重获自由。”听了我的话，他立刻转身向岸边游去。我毫不怀疑，他肯定能轻轻松松地游上岸，因为他是个出色的游泳健将。

我本来可以把那个孩子扔进海里淹死，带着那个摩尔人走，可是我不敢相信他。摩尔人离开后，我就对那个被人们叫作“佐立”的孩子说：“佐立，要是你效忠于我，我会让你成为一个大人物。可要是你不肯打自己的脸向我起誓（也就是以穆罕默德和他父亲的胡子的名义起誓），我只能把你也丢进海里去。”那个孩子天真地冲我笑（他的神情如此天真无邪，让我很难不相信他），并发誓忠诚于我，说他愿意追随我到天涯海角。

那个摩尔人还在海里游，我们还在他的视线之内，我故意让船顶着风，径直向大海驶去，好让他以为我是在朝直布罗陀海峡驶去（事实上任何头脑清醒的人都会这么做）。谁会想到我们会朝南驶向野人出没的海岸？那里全是黑人部落，肯定会用独木舟把我们包围起来，并将我们杀掉。而我们一旦上了岸就会被野兽或者更残忍的野人吃掉。

不过，到了傍晚时分，我立刻改变了航向，径直朝南偏东驶去，让航线稍微向东弯曲，好让船沿着海岸航行。这时风势正好，海面也十分平静，照这么行驶下去，估计第二天下午三点再看见陆地的时候，我已经在萨累以南一百五十英里以外了，远离摩洛哥皇帝和任何国王的疆域，根本看不到人迹。

但是，我被摩尔人吓破了胆，唯恐再落入他们手中，所以既不停船靠岸，也不进锚地泊船。当时正好一直都是顺风，我就这样一刻不停歇地走了五天。五天后风向一变，刮起了北风，我估计他们就算派船来追我，到这时候也已经放弃了。于是，我大胆朝岸边驶去，在一条小河的河口抛了锚。我不知道这是什么地方、什么纬度，也不知是什么国家、什么部落或是什么河流。四周看不到一个人，我也不希望看到任何人，我现在只需要淡水。我们傍晚驶入河口，决定等天一黑就游上岸去探查当地的情况。可是天色刚黑下来，我们就听到各种不知名的野兽发出非常可怕的狂吠嗥叫和咆哮怒号声。那个可怜的孩子吓得要死，哀求我等天亮再上岸。我说："嗯，佐立，我不去就是了。不过白天搞不好会碰到人，他们对我们会跟那些狮子一样凶呢。"佐立笑着说："那我们就开枪把他们打'漂'（跑）。"佐立用这种发音不太标准的英语跟我们几个奴隶交谈。看到他这么乐观，我也很高兴，于是（从我们主人的酒箱里）倒了点儿酒递给他，让他壮壮胆。不管怎么说，佐立的建议很有道理，我从善如流。我们把小锚抛下去，在船上静静地躺了一整夜。我说"静静地躺着"是因为我们一夜都没有睡着！因为两三个小时后，我们看到各种各样（我们不知道该叫它们什么）的巨兽来到海边，在水里打滚、嬉戏、洗澡、纳凉。它们的嚎叫怒啸非常可怕，我从来没有听过这样的叫声。

佐立吓坏了，我自己也吓坏了，然而让我们更加心惊胆战的是，我们居然听见一头巨兽朝我们的舢板游过来。虽然看不见它的身影，但是听呼气声就知道是一头可怕而凶猛的巨兽。佐立说是一头狮子，我觉得很有可能。可怜的佐立哭喊着叫我赶紧起锚把船划走。我说："不，佐立，我们可以把锚索系上浮筒，放得长长的，让船往海里漂，那些野兽不会追得太远。"我话音刚落，就感觉那头猛兽距离我们不到两桨远了。我大吃一惊，立刻走到船舱门口，举起枪对着它放了一枪，它立即掉头朝岸上游去了。

随着枪声响起，岸边和岸上的野兽纷纷狂吼怒叫起来，声势可怕得叫人无法描述。我估计那些野兽从来没有听过枪声。这让我彻底相信晚上绝对不能上岸，至于白天怎么冒险上岸，恐怕也是个问题，因为落入野人手中无异于落入雄狮猛虎之口，至少对我们来说，这种情况同样令人担忧。

尽管如此，我们还是得上岸去弄点儿淡水，因为船上只剩下不到半升的水了。问题是什么时候去弄，到哪儿去弄。佐立说，如果我肯让他拿个罐子上岸，他就去找找看有没有淡水，给我装一些回来。我问他，为什么他要自己去，为什么不让我去，让他留在船上？这孩子的回答充满了深情厚谊，让我从此深深地喜欢上了他。他说："要是野人来了，就把我吃掉，你逃走。"我说："嗯，佐立，我们两个一起去。要是野人来了，我们就把他们打死，他们谁都别想吃掉。"我拿了一片干面包给佐立吃，又从刚才说的那个酒箱里给他倒了点儿酒喝。我们把船往岸边划，停在远近合适的地方，只带了武器和两只水罐就一起蹚水上岸了。

我担心野人的独木舟从河的上游顺流而下，就不敢走得离船太远，可是那孩子看到岸上一英里开外有一处洼地，就抬脚朝那边走去。不一会儿，我看见他飞快地朝我奔来，还以为后面有野人在追赶他，或者他被什么野兽吓坏了，急忙迎上前去帮忙。可是我靠近后才看到他肩上扛着个什么东西，那东西样子像野兔，但是皮毛颜色不一样，腿也比野兔长，原来是他打的猎物。这东西的肉肯定吃着不错，我们非常高兴。最叫人高兴的是，小佐立告诉我，他已经找到了淡水，而且没有看到野人的踪迹。

不过后来我们发现根本不用费那么大的劲去打水，其实潮水涌进小河后没流出多远，退潮的时候，沿着我们所在的那条小河往上稍微走一点儿就有淡水。那一带始终没有发现人类的足迹，我们把所有的罐子都盛满了水，又把杀死的猎物煮了饱餐一顿，就准备上路了。

我以前曾经乘船到这一带的海岸来过一次，非常清楚加那利群岛和佛得角群岛距离这一带海岸并不远。不过，我手头没有仪器测量我们现在在什么纬度，再加上我也不知道（就算知道也记不清）那些群岛确切的纬度，所以根本不知道到哪儿去找那些群岛，不知道应该何时离开海岸，朝那些海岛驶去。否则我肯定能不费吹灰之力找到它们。但是，我心存侥幸，希望沿着这条海岸航行一直走到英国人做生意的地方，在那儿碰到一些来往的商船，被他们救走。

我估计，我现在所在的地方刚好位于摩洛哥皇帝的领土和黑人部落的居住地之间，这里荒无人烟，只有野兽出没。黑人因为害怕摩尔人而放弃了这里，迁到更往南的地方；摩尔人则因为这里是蛮荒之地，不肯在此地居住。事实上，不管是摩尔人还是黑人，都是因为这里盘踞着无数的虎豹狮群和其他猛兽而放弃了这个地方。摩尔人只是偶尔来这里狩猎，每次都是两三千人一起来，像开来一支军队似的。我们沿着海岸线走了将近一百英里，白天只能看见一片荒凉的旷野，夜间只能听见野兽此起彼伏的咆哮声。

白天有那么一两次，我仿佛远远看到了泰德峰（加那利群岛泰尼利夫山的最高峰），于是下了很大的决心，打算冒险把船划过去。可是接连试了两次，船都被逆风顶了回来。而且，此时海上的浪头对我们的小艇来说太高了，于是我决定还是按照最初的计划，继续沿着海岸行驶。

我们离开那个地方后，又有几次不得不上岸去打水。特别是有一次，一大清早，我们就在一个很高的小岬角抛了锚。这时正好开始涨潮，我们静静地等着潮水涨上来再往里面走。佐立比我眼尖，他低声对我说，我们最好离岸边远点儿。他说："瞧那儿，一头吓人的怪兽正躺在小山坡上睡觉呢。"我顺着他手指的地方望过去，果然看到一头猛兽：那是一头可怕的、体形巨大的狮子，正趴在岸边一块突出来（仿佛就在它头顶上方）的山岩的影子里。我说："佐立，你上岸去把它打死。"佐立吓了一跳，说："我把它打死？它一嘴巴就把我给吃了。"他是说"一口"就把他吃了。我不再跟那个孩子多说，只叫他乖乖待着别动。我们有三支枪，我拿起最大的那支——口径几乎有毛瑟枪那么大[1]，装了很多火药，又塞了两颗气枪子弹，把它放到一旁，然后拿起另一支，装了两颗子弹，接着拿起第三支，装上五颗小一号的子弹。我拿起第一支枪，凝神瞄准，对着那头狮子的脑袋开了一枪。但是那头狮子趴着的时候，前腿稍稍往上抬着一些，刚好遮住了鼻子，因此子弹打中了它的膝盖，把它腿骨给打断了。狮子受了惊，怒吼一声跳起来，却发现腿断了，又跌倒在地，然后用三条腿站起来，连连发出最恐怖的咆哮声——我从来没听过那么恐怖的声音。我见自己没有打中狮子的脑袋，不由得有点儿吃惊。这时，狮子似乎想逃，我立刻拿起第二支枪，对准它的头又开了一枪。只见它颓然倒下，低吼了一声，便躺在地上拼命挣扎起

1　当时的毛瑟枪口径在10到20之间，也就是说，其直径可以安装重量在1/10磅到1/12磅之间的铅弹。其射程大约为240码，也就是220米。

来。这时，佐立壮起胆子，请求我允许他上岸去。我说："嗯，去吧！"那孩子跳进水里，一只手拿着短枪，一只手划水，向岸边游去。他走到那家伙跟前，把枪口放在它耳边，又向它脑袋开了一枪，彻底结果了它的性命。

其实我们只是在取乐而已，因为狮子的肉根本不能吃。我非常后悔为了这头对我们毫无用处的野兽白白浪费了三份弹药。可是，佐立说他一定要从狮子身上弄点儿东西下来，因此上船来问我要那把短柄斧。我问："要斧头干什么，佐立？""我要把它的头砍下来。"他说。可是他没能砍下狮子的头，只砍了一只爪子带回来。那只爪子大得吓人。

我想到狮子的皮说不定会有什么用处，便决定想办法把皮剥下来。于是，我和佐立跑去剥皮。佐立干这个比我在行得多，我都不知道该从哪里下手。事实上，我们两个忙活了整整一天才把整张皮给剥下来。我们把狮子皮摊在船舱顶上，只用了两天时间就晒干了。后来我把它拿去当褥子用了。

这次逗留后，我们一连往南走了十一二天。粮食迅速减少，我们只好省吃俭用度日。除了不得不取淡水的时候，我们很少靠岸。我计划把船开到冈比亚河或者塞内加尔河，也就是佛得角附近，希望在那儿遇到欧洲的船。要是遇不到，我也不知道该往哪儿去了，只能去找找那些群岛，否则恐怕要死在黑人的地盘上了。我知道，所有从欧洲来的船，不管是去几内亚海岸的，还是去巴西或者东印度群岛的，都要经过那个海角或者那些群岛。总而言之，我把自己一生的命运都押在这个唯一的机会上了，遇得到船就得救，遇不到就死路一条。

我抱着这种决心又往前走了十来天，渐渐看到陆地上开始有人居住了。我们经过两三个地方时，都看到有人站在岸上望着我们，而我们也可以看到他们浑身漆黑，一丝不挂。有一次，我想上岸去找他们，可是我的好顾问佐立对我说："不要去，不要去。"但是我还是靠近岸边，想跟他们聊两句。我看到他们沿着海岸跟船跑了好一段路，还发现他们手里都没有拿武器，只有一个人拿了一根细长的棍子。佐立告诉我，那是一根标枪，他们可以投得又远又准。我不敢靠岸太近，只是卖力地冲他们打着手势，特别是比画着告诉他们想要吃的。他们招手示意我停船，表示会去给我拿一些肉来。于是，我把三角帆降下来，把船停下。他们有两个人往村子里跑去，不到半个小时就回来了，手里拿着两块肉干和一些谷物，估计都是他们的土特产。我和佐立谁都不知道那是些什么东西，不过我们很想要，只是怎么去拿是个问题。我害怕他们而不敢上岸，而他们也同样害怕我们。还好他们想出了一个对我们大家来说都很安全的办法：他们把东西放在岸边，然后到远处等着我们把东西搬上船再过来。

我们打着手势向他们致谢，因为我们拿不出东西答谢他们。说来也巧，那时正好出现一个还他们人情的大好机会。当时，我们就在岸边，突然有两头巨兽一前一后从山上朝海边冲过来，看起来恶狠狠的，不知道是雌雄相逐，还是嬉戏或打斗。同样，我们也不知道这种情况是寻常还是异常，不过我估计是后者。因为，首先，这种凶残的野兽一般除了夜间很少露面；其次，我们发现那些黑人都惊恐万分，尤其是女人，除了手拿标枪那个人，其他的人都逃走了。但是，那两头巨兽径直冲进了水里。它们似乎无意袭击那些黑人，而是跳进海里游起泳来，仿佛是在嬉戏。后来，出乎我意料的是，其中一头竟然朝我们的船游了过来。不过，好在我有所准备。我迅速装药填弹，并叫佐立把另外两支枪也装上弹药。等那头巨兽一游进射程内，我就开了火，一枪打中了它的脑袋。它立马沉了下去，但是很快又浮了上来，在水里上下翻腾，似乎还在做垂死挣扎。它确实是在挣扎，而且立刻掉头向岸边游去，但是由于受到的是致命伤，又灌了几口海水，还没游回岸上就一命呜呼了。

那些可怜的黑人听到枪声，看到枪口发出的火光时，其惊恐之状简直无法描述。其中有几个差点儿吓死，腿一软跌在地上，吓得爬不起来了。不过，他们看到野兽死了，还沉到了海里，而我又招手示意他们到岸边来，这才壮起胆子，过来寻找那头野兽。我循着水里的血迹找到那头野兽，用绳子把它套住，然后把绳子递给黑人，让他们去拖。他们把野兽拖上岸，发现是一只十分罕见的豹子。豹子满身斑纹，美丽极了。黑人们一边敬佩地向我举起双手，一边琢磨我是用什么把豹子打死的。

另一只野兽早就被枪声和火光吓得游到岸上，一溜烟窜回了山里。隔着这么远的距离，我看不清那到底是个什么东西。我发现那些黑人想吃豹子的肉，于是乐得做个人情送给他们。我示意他们可以把豹子拿走，他们非常感激，马上动手剥皮。尽管没有刀，用的是一片锋利的木片，可是他们动作很麻利，一会儿工夫就把皮给剥了下来，比我们用刀子还利索得多。他们要送一些豹子肉给我，我不要，打着手势表示全部送给他们了，但是又指了指豹皮。他们满不在乎地把皮给了我，然后又给了我一大堆粮食，尽管我不知道都是些什么东西，但还是收下了。接着，我打着手势向他们要水。我拿起一只罐子，把它底朝天举起来，表示里面已经空了，希望能把它装满。他们立刻招呼同伴去办，不一会儿来了两个女人，抬着一只用泥土做的大水缸（我猜是在太阳底下焙制而成的）。她们像刚才那样，把水缸放在地上远远走开。我让佐立拿着罐子去装水，把那三只水罐都装满。那些女人跟男人一样赤身裸体。

现在有了不少根茎食物和粮食，又有了水，我便告别那些友好的黑人，一口气又航行了十一天，中间一次都没有靠岸，直到看见前方四五里格处一片陆地远远地伸入海中。当时海面风平浪静，我打算从远处绕过那片海角。最后，从距离岸边两里格左右的地方绕过那片陆地后，我清楚地看到另一侧也有陆地朝海里延伸出来。于是，我断定这里就是佛得角，而那些岛屿就是因其得名的佛得角群岛[1]。然而，那些群岛距离我很远，我不知道该怎么办。要是一阵大风刮来，我哪边都到不了。

现在进退两难，我心事重重地走进舱房坐了下来，让佐立掌着舵。突然，那孩子大声嚷嚷起来："主人，主人，有一只大帆船！"那傻小子吓昏了头，还以为是他原来的主人派船来追我们了，但是我心里清楚，我们已经走了这么远，他们绝不可能追来。我三步并作两步跨出舱房，一眼就看到了那艘轮船，而且看出那是一艘葡萄牙的轮船。我还以为他们是前往几内亚海岸贩卖黑奴的，可是，观察它的航线后我很快确定，那艘船要去的是另一个方向，根本没有靠岸的打算。于是，我赶紧把船往海里开，决心无论如何要跟他们搭上话。

我扯满帆全速行驶，但是发现根本不可能横插到他们的航线上。到时候不等我发出任何信号，他们就过去了。就在我拼命追

1 佛得角和佛得角群岛之间的距离大约有360英里，也就是600公里，克鲁索声称看到这番景象事实上不合情理。

赶了一阵，不由得开始感到绝望的时候，他们好像从望远镜里看到了我，而且发现我们乘坐的是一只欧洲舢板，便以为是哪艘遇险的轮船放出的救生艇，于是落下帆放慢速度，等着我们靠近。这一来我立刻振奋起来。原先主人的旗子就在船上，我对他们挥着旗子，以示求救，还开了一枪。他们看见这两个信号后（后来他们告诉我，他们虽然没有听到枪声，但是看到了硝烟），干脆体贴地停下船等我。大约过了三个小时，我才赶上他们的船。

他们分别用葡萄牙语、西班牙语和法语问我是什么人，可是我一句都听不懂。最后，船上一个苏格兰水手大声朝我问话，我告诉他我是英国人，刚刚从萨累的摩尔人手里逃出来。于是他们让我上了船，十分友好地收留了我和我所有的东西。

我居然就这样，摆脱了那种悲惨乃至绝望的困境，可想而知，我的喜悦之情难以言表。我立刻把自己所有的东西都拿出来献给船长，以报答他的救命之恩。可是他非常慷慨地告诉我，他什么东西都不要我的，等我到了巴西，他会把所有的东西都归还给我。他说："今天我救你的命不是为了别的，而是希望将来别人也能救我一命，说不定哪天我也会陷入同样的困境。再说了，我把你带到巴西，远离你的家乡，假如我要了你的东西，你就会饿死在那里，这就等于我救了你的命，又要了你的命。不，不，英国先生，我把你带到巴西是出于恻隐之心。那些东西你留着到那儿谋生，做你回家的盘缠。"

他的提议很厚道，而且他说到做到，下令任何船员不得擅动我的东西，后来干脆全部自己保管，还给我列了一张十分详细的清单，就连那三只水罐都没落下，以便我拿回来的时候核对。

他看见我的舢板很不错，便跟我说想把舢板买下来，放在大船上用。他问我多少钱肯卖，我对他说，他在各方面都对我如此慷慨，我实在不好意思开价，让他看着给就行。他说他会先给我八十个八里尔银币的期票[1]，到巴西就能兑换。要是到了巴西有人出更高的价，他愿意全数补足。接着，他又出六十个银币买我的仆人佐立，可是我不愿意接受，并不是我不肯把佐立让给船长，而是实在不忍心让那个可怜的孩子终生失去自由，毕竟他曾经那么忠心耿耿地帮助过我追求自己的自由。我把缘由告诉船长后，船长认为有道理，于是提出一个折中的办法：他跟这孩子订立一个契约，如果这孩子能皈依基督教，十年期满后便还其自由。听了这番话，再加上佐立也说自己愿意跟随船长，我才肯把佐立给船长。

去巴西的航程非常顺利，大约二十二天后，我们就抵达了群圣湾[2]。我再次摆脱了人生最悲惨的处境，现在我要考虑一下接下来该怎么办。

船长对我的慷慨令我终生念念不忘。他不仅不收我的船费，还用二十个达克特[3]买下那张豹皮，又用四十个达克特买下我放在小艇里的狮子皮，而且如期将我在船上的东西如数归还。只要我愿意卖掉的东西，他统统都买了下来，包括那个酒箱、两支枪和剩下的那块蜜蜡——我曾用那块蜜蜡做了一些蜡烛。总而言之，我把所有的货物都变卖后拿到了二百二十个西班牙银币。我带着

1 八里尔银币：西班牙货币，重量在27到30克之间，价值相当于英国的4先令2便士。这种银币是当时拉丁美洲的通用货币。

2 群圣湾：大西洋在巴西北部的一处入海口，葡萄牙船长的目的地是萨尔瓦多港口，半数到美洲大陆的非洲人都在巴西上岸，其中很多人都在萨尔瓦多港登陆。

3 达克特：一战以前的欧洲古代贸易专用货币，主要为贸易所使用。1达克特相当于纯度为98.6%的金3.4909克。

这笔钱，踏上了巴西的海岸。

我到巴西不久，船长便介绍我到一个跟他同样善良正直的人家里去住，那个人拥有一座他们称之为“因戈尼奥”的庄园，也就是一座甘蔗园和一间制糖作坊。我在他家住了一段时间，了解了甘蔗种植方法和制糖工艺。我看到住在巴西的这些种植园主生活有多优裕，发家有多迅速，于是打定主意，如果能弄到巴西的居住证，我也跟他们一起做种植园主。同时，我决定要想办法把寄存在伦敦的那笔钱汇到巴西来。为了获得入籍证书，我把所有的钱都拿去买没有开垦过的土地，并根据将从伦敦收到的资本，制订了相应的种植和定居的计划。

我有个邻居，是来自里斯本的葡萄牙人，但是他的父母是英国人。他叫威尔斯，跟我境况差不多。我之所以叫他邻居，是因为他的种植园就挨着我的，我们两人相处得很不错。我和他的资本都不多，刚开始两年，我们基本上只种粮食。可是后来我们渐渐开始发展，种植园也开始走上正轨，因此第三年我们种了一些烟草，又每人买了一大块地，准备来年种甘蔗，但是我们两个人都缺少帮手。这时我更觉得实在不该把佐立让给别人。

可是，唉，我这个人总是把好好的事情办砸，这已经不足为奇了。现在我没有办法，只能硬着头皮干下去。我的天分跟我现在从事的工作相去甚远，跟我所向往的生活也大相径庭。为了我所向往的生活，我抛家舍父，不肯听父亲苦口婆心的规劝。而且，我还即将进入中产阶级，或者说，即将过上父亲以前劝我过的那种中间阶层的生活。要是我真的想过那种生活，倒不如干脆待在家里，根本不用到外面来吃苦受累。我时常对自己说，要过这样的日子，我完全可以留在英国，生活在亲朋好友中间，而不必跑到五千英里之外的蛮荒之地生活在陌生人和野人中间。何况，在这么远的地方，我永远都得不到来自对我略有所知的那个世界传来的消息。

就这样，每当想到自己当前的处境，我总是悔恨不已。我没有一个可以聊天的对象，只能偶尔跟那位邻居说说话；也没有什么工作要做，只能用两只手干点活儿。我总是说，我就像被丢弃在荒岛上的人，茕茕孑立，孤苦伶仃。然而，当人们把自己当前的处境比作更糟的处境时，说不定上天就会让他们陷入那种更糟的境地，好让他们通过切身感受发现以前的境遇有多幸运，这是多么公道、多么值得所有人深思啊！我是说，要是按照当时的生活方式继续过下去，我完全有可能发家致富，变成大富翁，但我总是失之偏颇地把当时的生活比作荒岛上与世隔绝的生活，结果后来我真的陷入那种孤立无援的困境，天道是多么公允啊！

我的种植园经营计划基本上走上轨道后，我那位厚道的朋友，就是在海上救过我的船长，又回来了，因为他的船要在这里等着装货，并准备再次出航，这次航程将持续近三个月。我告诉他，我在伦敦还有一笔小小的资本。他便很讲义气地给了我一个诚恳的建议。“英国先生，”他一直都是这么称呼我的，“你给我一封信，再给我一份正式委托书，嘱托伦敦那个替你保管资金的人把钱汇到里斯本，交给我指定的人，再买一些在这里需要用的货物。要是上帝保佑，我返程的时候就能给你捎过来。可是，天有不测风云，你说你有两百英镑[1]，我建议你只动用其中一半，也就是一百英镑，先试着冒一下险。要是一切顺利，你就可以用同

1　按照旧制，这里的1英镑价值相当于240便士。

样的办法支取剩下的那一半。就算万一失事，你还剩一半，可以用来购买需要的东西。”

这建议确实是个万全之策，而且够义气，我一听就觉得没有比这更好的办法了。于是，我照那位葡萄牙船长说的，给替我保管资金的女士写了封信，又给船长写了一份委托书。

在写给那位英国船长遗孀的信里，我详尽地讲述了自己冒险的始末，包括我如何成了奴隶，如何逃跑，如何在海上碰到那位葡萄牙船长，船长对我又如何体恤，而我现在又处于什么样的境地，我全都告诉了她，并将汇款的其他重要事项一一加以说明。那位正直的葡萄牙船长到里斯本之后，通过当地一些英国商人，设法把我的嘱托和故事一五一十地讲给伦敦的一位商人听。那位伦敦商人便把这些情况原原本本地转述给那位太太。那位太太听了之后，不但把钱如数汇出，还从自己的私人积蓄中拿出一笔相当可观的礼金酬谢那位葡萄牙船长，感谢他对我的体恤和仁厚。

伦敦那位商人按照船长信上的嘱托，用那一百英镑从英国购买了很多货物，然后直接送到里斯本，交给船长。船长把所有的货物都安全运抵巴西交给我。在这些货物当中，他不用我吩咐（因为我经营种植园还是个新手，根本想不到这些），就非常细心地替我带来了种植园需要的各种工具、铁器和用具，这些东西后来都派上了大用场。

这批货物运抵巴西的时候，我觉得自己简直发了大财，不由喜出望外。我那位能干的统筹人，也就是那位船长，从我朋友给他的礼金中拿出五英镑，替我雇来一个签了六年契约的用人。这六年当中，除了我非要给他的那点儿我自己种的烟叶之外，那用人不拿任何报酬。

不止如此，我的那些东西都是地道的英国货，比如布料、呢绒、贝斯呢和一些在当地特别贵重、特别紧俏的东西。我设法把它们卖了个好价钱，可以说，我第一批货就赚了四倍的利润。现在，就种植园的发展来说，我已经远远超过了我那个可怜的邻居，因为我做的第一件事就是买了一个黑奴和一个欧洲仆人。我是说，除了船长从里斯本给我带来的那个用人，我还另外买了黑奴和仆人。

常言道，富得快，厄运来，我的情形就是如此。第二年，我的种植园大获成功。我从自己地里收了五十捆烟叶，除了供给街坊四邻外，还剩下很多。这五十捆烟叶每一捆都超过一百英担，我把它们晒干堆好，等着船队从里斯本返航。现在，随着事业的发展和财富的增长，我头脑里又开始充满了各种不切实际的计划和企图，事实上，此类虚妄的念头往往会毁掉顶尖的商人。

假如我继续照现在的身份生活下去，仍然有希望让所有幸福的事降临在自己头上。而正是为了让我获得这样的幸福，父亲才竭力规劝我过一种平静安宁的生活，他还鞭辟入里地向我阐释，只有中间阶层的生活才能充分享受到这样的幸福。然而，我总是为其他的事所吸引，最终仍旧一手造成自己的不幸，特别是错上加错，后来有空去回想的时候令我倍加悔恨。种种失策都是因为我执拗地坚持遨游世界这一妄念，并执迷不悟地追求这一妄念，而不肯去做怎么看都明显有利于自己的事，以合理本分的手段追求大自然和造物主有意赋予我的幸福生活，并承担上天希望我承担的责任。

既然我曾不顾一切地从父母身边逃走，现在也就绝不可能安于现状。按说我有了种植园，可以变成有钱人，过上富足的生活，可是我非要抛弃这种幸福的远景，冒冒失失地去追求一种不切实际的欲望，妄想以超过事物本性所允许的速度发迹，从而再次将自己抛入人世间最悲惨的深渊。若非如此，说不定我也可以过上稳定而健康的生活。

下面我就来说说那件事的详细经过。你们可以想象，当时我在巴西已经待了将近四年时间，我的种植园事业蒸蒸日上。我不但学会了当地的语言，还在种植园主同行和我们当地港口圣萨尔瓦多的商人中间结交了一些朋友。[1]在跟他们聊天的时候，我经常谈到前往几内亚沿岸的两次航行，谈到跟那里的黑人怎么做生意，以及在那一带沿海做生意有多简单，用一些乱七八糟的小玩意儿，比如珠子、玩具、匕首、剪子、斧头以及玻璃制品之类的东西，不仅可以换到金沙、几内亚豆蔻[2]、象牙等等，还能换来当时巴西正大量需要的黑奴劳动力。每当我谈到这些话题，大家都听得特别认真，对怎么购买黑奴尤其关注。当时，黑奴贸易才刚开始不久，从事该贸易必须持有西班牙和葡萄牙国王颁发的许可证“阿西恩托”[3]，这是一种垄断贸易，贩卖到巴西的黑奴数量并不多，价格也特别昂贵。

有一次，我跟几个相熟的商人和种植园主聊天的时候，十分起劲地谈起这些事情。第二天一早，便有三个人跑来找我，说昨晚一直在考虑我说的那些事，现在特地来跟我提一个秘密的建议。在要求我严格保密之后，他们对我说，他们有意准备一艘船

1　圣萨尔瓦多当时是巴西的首都，是制糖中心和奴隶贸易的主要港口。

2　姜科西非豆蔻的小型种子，又被称作“天堂椒”，既有药用价值，又可以做调味料。

3　16世纪，西班牙和葡萄牙为垄断奴隶贸易采取契约承包制。“阿西恩托”就是西班牙发布的贩奴特许证，它允许其他国家把非洲奴隶卖到西属美洲殖民地，但事先必须向西班牙缴纳巨款，购买特许证。葡萄牙也发放类似的特许证。

前往几内亚。还说，他们跟我一样，都有种植园，但是感觉最缺的就是劳动力。而且，他们不可能长期从事贩卖黑奴的交易，因为回来后无法公开出售黑奴，因此他们打算只去一趟，悄悄从水路把黑奴带回来，分到各自的种植园去。简而言之，他们想问我是否愿意做他们船上的货物押运人，负责经办几内亚沿岸的交易。他们向我承诺，不要我出一分钱，带回来的黑奴同样分给我一份。

不得不承认，如果这个建议是向一个没有安家立业、没有种植园需要照料的人提出的，那的确非常公平。但是我有自己的种植园需要照料，并且这个种植园发展前景十分可观，里面的作物也长势良好。我已经在巴西立足，只要再继续经营三四年，把剩下那100英镑从英格兰汇过来，再加上那些小积蓄，不愁挣不出一份三四千英镑的家产，而且这份家产还会不断增长。处于我现在这种境况，再去考虑这次航行，那简直是天下最荒唐的事了。

但是我这个人天生注定要做自己的毁灭者，我无法抵制这个建议的诱惑，就像当初无法抑制自己漫游世界的念头，不肯听父亲的良言忠告一样。总而言之，我告诉他们，我很愿意去，只要他们答应我，我不在的时候替我照料种植园，假如我遇难，就按照我的吩咐处理种植园的事。这些要求他们全都满口答应了，并立字为据。我还立了一份正式遗嘱，安排我的种植园和财产。我指定曾救过我一命的船长为我死亡后的全权继承人，但是他必须按照我遗嘱中的指示处置我的财产，种植园里的作物一半归他所有，另一半运往英国。

总之，我采取一切可能的谨慎措施来保全自己的财产，维持种植园的经营。哪怕仅用一半的慎重去思考自己的切身利益，去判断什么该做，什么不该做，我也决不会抛弃这么蒸蒸日上的事业，放弃起家发迹的所有希望，冒着重重危险去航海，更不必说我个人还有可能会遭遇一些特别的不幸。

可是我头脑发热，盲目顺从妄想而非理智的驱使。把船备好，把货装好，出海的伙伴们按照协议把所有的事情都安排妥当后，我便于1659年9月1日登上了轮船。那是一个不祥的日子。八年前的同一天，我违逆父母，罔顾自己的利益，从赫尔离家出走。

我们的船负荷约一百二十吨，载有六门大炮，除了船长、他的小伙计和我自己外，另外还有十四人。船上没有装什么大件的货物，只装了一些适合跟黑人交易的玩具，比如珠子、玻璃器具和贝壳，以及一些新奇的玩意儿，特别是望远镜、匕首、剪刀、斧子之类的东西。

我上船那天我们就启航了。轮船沿着我们自己的海岸一路向北，打算到北纬10° 到12° 之间后横渡大洋，直抵非洲海岸。那似乎是当时去非洲的常规航线。路上天气很好，就是太热了。我们沿着自己的海岸往北，一直到圣奥古斯丁海角，然后从那块高地转而驶向大海，似乎要朝费尔南多德诺罗尼亚岛驶去，航向保持东北偏北，然后再从西边绕过那些岛屿。轮船一路沿着这条航线行驶，大约十二天后穿过了赤道。最后一次观测的时候，我们在北纬7° 22'，不料这时一阵猛烈的飓风突然袭来。起初是东南风，接着转西北风，最后变成了强劲的东北风。一连十二天，我们束手无策，被风卷着漂来漂去，听任命运和暴风的摆布，漂到哪里算哪里。不消说，整整十二天时间，我天天都等着被巨浪吞没，船上没有一个人指望着能活命。

雪上加霜的是，除了暴风带来的惊恐，船上又有一个人患热病死去，而那个小伙计和另一个人也被巨浪卷走了。到了第十二天，风浪稍稍平息，船长尽其所能去观测，发现我们大约在北纬11度、圣奥古斯丁海角以西22经度的地方。所以他认为我们现在位处圭亚那海岸或者巴西北部，已经驶过了亚马孙河的入海口，正在靠近那条通常被称为“大河”的奥罗诺科河。他找我商量该走哪条航线，因为船已经漏水了，而且受损严重，他主张直接回巴西海岸。

我坚决反对驶回巴西。我和他一道查看美洲沿岸的航海图后断定，除非我们驶入加勒比群岛的范围，否则根本找不到有人迹的地方可以求助。于是，我们决定向巴巴多斯群岛驶去，让船尽量远离海岸，以避开墨西哥湾的逆流，这样就有可能像我们所希望的那样，在十五天之内轻松抵达那里；然而，轮船和人员得不到救助，我们就不可能抵达非洲海岸。

既然做此打算，我们便改变航线，朝西北偏西方向驶去，以期能抵达某个英属岛屿并获得救助。但是，要往哪里走，我们说了并不算，因为在北纬12° 18' 处我们再次遭遇暴风袭击，[1]风势跟前一次一样凶猛，卷着我们一路往西，最后彻底把我们赶出了人类的贸易航线。就算侥幸不葬身大海，我们也会陷入被野人吃掉的危险，根本不可能回到自己的故乡。

情况万分危急，狂风仍在肆虐。一天早上，船上突然有人大喊一声：“陆地！”我们刚冲出船舱，想去看看究竟到了什么地方，船却一头扎在沙滩上动弹不得了。排山倒海般的浪头不断打来，我们感觉立刻就会有灭顶之灾。大家赶紧钻进舱房关上门，

1　这表明克鲁索他们在格林纳达往东一点儿的地方。

以躲避扑面而来的泡沫和浪花。

没有切身体验过类似情形的人很难描述或领会那种惊慌失措的心情。我们不知道自己身处何地，被暴风卷到了什么样的地方，是岛屿还是大陆，是有人居住还是杳无人迹。此时风势略减，但依然异常凶猛，我们不太可能指望轮船能撑多久，估计要不了几分钟就会被撞成碎片，除非奇迹出现，让狂风戛然而止。总之，大家坐在那里面面相觑，随时等待死亡的降临，所有人都在准备到另一个世界去，因为在这个世界上我们已经无能为力了。当前唯一令我们感到宽慰的是，船并未如我们所料被撞得粉碎，而且船长说风势开始减弱了。

尽管我们觉得风势确实有所减弱，但是船搁浅在沙里动弹不得，根本走不了。事实上，情况糟透了。除了尽量设法自救外我们一筹莫展。刮暴风之前，船尾还拖着一艘小艇，可它先是一头撞到大船的舵上把舷撞破了，接着又被浪头卷走了，不知道是沉了还是漂走了，反正是指望不上了。船上还有一艘小艇，但是怎么把它弄到海里是个难题。然而，此时已经刻不容缓，我们感觉大船随时都可能被撞得粉碎，有人说船其实已经裂了。

在这万分危急的时刻，大副一把抓住那艘小艇，大家一起帮忙，总算把它从船舷边抛了下去。然后我们十一个人爬上小艇，解开缆绳，把命运交给仁慈的上帝和狂暴的大海。尽管风势已经大大减弱，但是滔天巨浪依旧扑打着海岸，简直可以像荷兰人形容暴风雨中的大海时那样，称其为“疯狂的大海”。

我们当时的处境非常危险。大家都很清楚，浪头这么高，小艇根本撑不住，我们必死无疑。船上没有帆，就算有也无济于事。大家心情沉重地朝岸边划着桨，就像走向刑场的犯人，因为我们都知道，小艇靠近岸边的时候肯定会被海浪打得粉碎。然而，我们以最虔诚的态度把灵魂托付给上帝，趁着风势拼命往岸上划，这不啻亲手加速自己的死亡。

那一带海岸什么情况，是礁石还是沙滩，是峭壁还是浅滩，我们一无所知。唯一的希望就是侥幸碰到某个海湾或者河口，并且有机会把小艇划进去，或者躲在靠近陆地的避风处，那说不定能找到一片风平浪静的水域。可是现在根本看不到海湾和河口。距离海岸越近，我们就越感觉陆地比大海更可怕。

我们划着桨——倒不如说风浪驱赶着，往前走了估计有一里格半远。这时，一个巨浪排山倒海般从身后扑来，显然将给我们致命一击。说时迟，那时快，怒浪一下子将小艇掀了个底朝天，我们全都掉进了水里，东边一个，西边一个，还没来得及喊一声“上帝啊”就被浪头吞没了。

我沉入水中那一刻的惊慌失措难以描述。我水性虽好，在这样的惊涛骇浪中却无法浮出水面呼吸。海浪推着我——抑或说卷着我，把我朝岸边送出了很远，然后势头渐弱，退回海中，将我留在几乎已经半干的岸上，但是我已经被海水灌得半死了。我还剩下一口气，神志也还有一丝清明，看到自己居然离陆地那么近了，便站起身来，挣扎着朝陆地奔去，想在下一个浪头再次把我卷入大海之前跑上岸。可是，我很快就发现根本无法避开浪头。我看到高山似的海浪从身后猛扑过来，像盛怒中的敌人，我根本无从抵抗，也无力抵抗，只能屏住呼吸，努力让自己浮出水面，尽可能朝岸边游去。此时我最担心的是，海浪扑过来的时候把我朝岸边送出这么远，退回去的时候再把我卷回大海去。

浪头再次打来，一下子将我淹没在二三十英尺深的海水里。

我能感觉到海浪迅猛有力地把我朝岸边推出很远一段距离，但是我屏住呼吸，顺势拼命朝岸边游去。就在快要憋不住气的时候，我感觉身子开始往上浮，头和手都露出了水面，顿时松了一口气。尽管只有短短两秒钟，却大大减轻了我的痛苦，让我透过一口气，萌生了新的勇气。紧接着我又被埋入水中，但是这次时间没那么长，我总算挺住了。等我发现水势渐衰，潮水开始后退的时候，就拼命在后退的潮水里往前挣扎，终于感觉两只脚再次踩到了地面。我安静地站了一会儿，想喘口气，等着海水从我身边退尽，便使出全身力气，拔腿朝岸上奔去。但是，这个办法还是无法让我避开怒浪的袭击，浪头再次从身后打来，一连两次像之前那样把我卷起来向前推去，推向非常平坦的海岸。

后面那个浪头差点儿要了我的命，因为海浪像之前那样卷着我往岸边冲的时候，猛地把我甩到了一块礁石上，力度之大让我顿时失去了知觉，动弹不得。这一下正好撞在我的胸口和肋骨上，把我撞得透不过气来。假如此时马上再有浪头打来，我肯定会淹死在水里。好在第二个浪头打来之前，我已经苏醒过来，看到自己即将再次被海水吞没，我决定紧紧抱住那块大石头，尽量屏住呼吸，直到海浪退去。现在浪头已经不像刚开始那么高了，距离陆地也更近了，我紧紧抱着石头，等海水退去后，就又朝前跑去，一直跑到了距离岸边很近的地方，这次浪头再打来的时候，就只是漫过我的头顶，却无法再把我吞没或者卷走了。我继续往前跑，最后终于跑到了岸边。我沿着峭壁爬上岸，在草地上坐下来，心里感到无限宽慰。我总算脱离了危险，海浪再也够不到我了。

现在，我登上了陆地，平平安安地上了岸。我抬起头来仰望上空，感谢上帝保佑我绝处逢生，仅仅几分钟前，我还看不到一线生还的希望。我相信，当一个人像我这样死里逃生的时候，他灵魂中的那种狂喜是无法形容的。无怪乎英国有一种风俗：当罪犯被套上绞索，收紧绳结正要行刑的时候，赦令突然送到——那些人通常要带上一名外科医生来传达赦令，以便在把消息告诉他的那一刻给他放血，免得他乍听喜讯血气攻心，晕死过去：

突如其来的狂喜，如同突然而至的悲恸，乍然得知会令人心神大震。[1]

我举着双手在岸上走来走去，可以说，当时我全副身心都沉浸在自己脱险这件事上。我做出千百种古怪动作，心里反复想，同伴们全都葬身大海了，只有我一人死里逃生。我后来再也没看到他们的影子，只看到三顶礼帽和一顶便帽，还有两只不成双的鞋子。

我放眼眺望那艘搁浅的轮船，此时大海白浪滔天，而轮船又离岸很远，几乎看不见。我想："上帝啊，我是怎么上的岸哪？"

能逃出生天，我深感庆幸和欣慰，于是开始环顾四周，看看自己究竟到了什么样的地方，下一步该怎么办。不看则已，看了之后情绪立刻低落了，因为我虽然脱了险，当下的境况却糟糕透顶：我浑身湿淋淋的，没有衣服换，也没有东西充饥解渴，更看不到任何出路，要么活活饿死，要么被野兽吃掉。尤其让我苦恼的是，我没有任何武器，既无法猎捕动物为自己补充营养，也无

1　这句诗出自英国讽刺诗人罗伯特·怀尔德1672年所写的一首诗，诗人在诗中庆祝查尔斯二世通过"大赦谕诰"推行宗教自由，并挑衅嘲弄英国圣公会。

法抵御想用我来补充营养的动物。总而言之，我身上除了一把匕首、一个烟斗和装在盒子里的一点烟叶外，什么都没有，这就是我全部的家当。这让我极其痛苦，好一会儿，我都像个疯子似的在岸上乱跑。夜幕渐渐降临，想到野兽一般都在夜间出来觅食，我的心情不由得沉重起来，心想，万一这里真有猛兽出没，我会落个什么下场。

当时我能想到的唯一的办法，就是爬到附近那棵枝繁叶茂的大树上躲起来。那棵树长得颇似冷杉，但是上面有刺。我决定爬上去过夜。至于怎么个死法，明天再想吧，反正我看不到一线生机。我从岸边往陆地上走了大约一浪远[1]，想看看能不能找到淡水喝，居然找到了，我不由得喜出望外。喝过水，我往嘴里塞了几片烟叶充饥，然后爬上树，尽量让自己躺得稳当一些，以免睡熟后从树上掉下来。我还从树上砍了一截树枝，做成一根短棍防身，然后就歇下了。我很疲惫，一下子就睡着了，而且睡得特别舒服。我估计没几个人处于我这样的境地还能睡得这么舒服。一觉醒来，我觉得神清气爽，这种感觉以前从来没有过。

我醒来的时候，天色已经大亮，天空万里无云，风势渐弱，大海也不像之前那样汹涌澎湃。但是，最让我惊奇的是，那艘轮船夜里被潮水从搁浅的沙滩上托了起来，几乎被冲到了之前把我撞伤的那块大石头附近。现在它距离我所在的岸边不到一英里远，仿佛还好好地竖在那里。我希望能到船上去，那样至少可以拿出一些必需品来用。

我从树上睡觉的地方下来，再次环顾四周，一眼就看到了那

1 浪：英国长度单位，相当于220码、201米。

艘小艇。它被风浪卷上了陆地，就在我右手边两英里远的地方。我从岸上朝小艇走过去，结果发现一道大约半英里宽的小水湾挡住了去路，于是便暂时折返了，因为我更关心的是怎么到大船上去，希望能在上面找到一些目前生存必需的东西。

晌午过后，大海风平浪静，潮水退去很远，我发现可以走到距离轮船四分之一英里远的地方了。这时，我心里不禁又难过了起来，因为我很明显地看到，要是我们留在船上，大家都会平安无事。也就是说，我们都会安全上岸，而我就不会像现在这样孤零零的一个人，既没有帮手，也没有伙伴了。想到这里，我忍不住再次流下眼泪，可是悲伤无济于事，我决定，只要有可能，就一定要上船去。这时天气非常炎热，我脱掉衣服下了水。可是，等我游到轮船跟前一看，发现怎么上船才是更棘手的问题，因为它站在陆地上，高出水面很多，手臂所及的范围又没有可以抓的东西。我绕着船游了两圈，忽然发现一小截绳子。很奇怪我之前竟然没看到它。那截绳子从船头垂下来，垂得很低，我可以毫不费力地抓住它。我抓着绳子爬进前舱，发现船身已经鼓起来，而货舱里进了很多水。不过，船搁浅在一片坚硬的沙滩上，船尾翘了起来，船头几乎全部栽进水里，因而所有的舱房都没有进水。不用说，我上船第一件事就是查看哪些东西坏了，哪些东西没坏。首先，我发现船上的粮食都是干的，没有被水浸泡。我很想吃点儿东西，就走进面包房，往口袋里塞满了饼干，一边吃一边查看其他的东西，因为时间非常紧迫。接着，我在大船舱里发现了一些朗姆酒，于是喝了一大杯。此时此刻，我需要多喝点酒让自己振作起来，好应付当前的局面。现在我只想要一艘小艇，好把我认为将来会对我非常重要的很多东西运走。

坐在那里空想自己没有的东西徒劳无益，这让我萌发了自己动手的念头。我们有几根备用帆桁，还有两三根圆材、一两根备用中桅。我决定用这些东西做个木筏。只要能搬得动的，我就扔下水去，每根木头都用绳子捆着，以防漂走。然后，我翻身下船，把它们拉到我跟前，把四根木头绑在一起，两头尽可能捆紧，扎成一只筏子的样子，又把两三块短木板横放在上面。我发现在上面走动还挺稳当，只是筏子太轻了，吃不住多少重量。于是我又动手用木匠的锯子把一根备用中桅锯成三截，加到我的筏子上。这项工作非常累人，但是一想到有望获得那些对我至关重要的东西，我就力气倍增，完成了平时根本完不成的工作。

现在筏子足够牢固了，可以吃得住相当的重量。接下来要考虑的是应该装些什么东西上去，以及如何保护放在船上的东西不被海浪打湿。不过我很快就想出了办法。我先把所有能找到的木板放在筏子上。然后，我思考了一下自己最需要哪些东西，搬来三个水手箱，把它们砸开，把里面的东西腾出来，然后吊到筏子上。我往第一个箱子里装满了粮食，即面包、大米、三块荷兰乳酪、五块我们赖以为生的干羊肉和剩下的一点儿欧洲玉米——那些玉米原本是用来喂养我们带上船的家禽的，现在家禽都杀了吃了。船上还剩下一些大麦和小麦，可是我后来发现全都被老鼠吃光或糟蹋了，不由得大失所望。至于酒类，我找到船长留下的几个酒箱，里面装的是浸果酒，另外还有五六加仑雪利酒。我把这些酒放在一旁，因为没必要把它们塞进箱子里，何况箱子里也放不下了。就在我忙着收拾东西的时候，潮水开始上涨，不过海面依旧很平静。我看到自己放在沙滩上的外套、衬衫和马甲全都漂走了，心中十分懊恼。我刚才游过来的时候只穿着一条及膝短裤和一双袜子。不过，这倒让我想起来应该找些衣服穿。我看到很多衣服，但是只拿了几件当下要穿的，因为我要找更重要的东西。首先是在岸上干活用的工具。我找了很久才找到船匠的箱子。这个箱子对我来说太有用了，这会儿就算一整船的金子都远远比不上它宝贵。我把箱子原封不动地放到筏子上，没有浪费时间打开去看，因为我大致知道里面装着什么东西。

其次要找的是枪支和弹药。大舱里放着两支非常好的鸟枪，还有两支手枪，我先把它们找出来，又拿了几支装火药的牛角筒、一小包子弹和两把生了锈的老式长剑。我知道船上有三桶火药，就是不知道炮手把它们放到哪儿了，找了半天才找到。其中两桶干燥完好，第三桶被水浸湿了。我把那两桶干燥的火药连同那几支枪弄到筏子上。这时，我发现筏子上已经装了不少东西，便盘算着怎么才能运上岸去。我没有帆、没有桨、没有舵，只要有点儿风就能把我的筏子掀翻。

三个有利条件鼓舞着我：第一，海上风平浪静；第二，此时正在涨潮，潮水在往岸上冲；第三，虽然有微风，但是在把我朝岸上吹。同时，我还找到原本属于那艘小艇的两三根断桨，而且，除了船匠箱子里面的工具，我还找到了两把锯子、一把斧头和一把锤子。把这些装上船我就出发了。最初那一海里左右，筏子行驶得相当顺利，只是有点儿偏离了我昨天上岸的地方。这样一来，我发现这边的水在朝着岸边的某个方向流去，于是便希望附近有小溪或者小河，那我就可以把它当作港口卸货了。

不出所料，我面前出现了一小片水湾，湍急的潮水正在往水湾里涌去。于是，我驾着筏子，尽可能让它驶在激流中间。在这里，我差点儿再次遭遇翻船事故。要真是那样，我肯定会非常难

我驾着筏子，尽可能让它驶在激流中间。

过。我对这里的海岸一无所知，一不小心让筏子扎在了浅滩上。它一头搁在浅滩上动弹不得，而另一头还漂在水上，眼看着船上的货物就要全部从漂在水上的那头滑到水里去了，我拼命用背部顶住那些箱子，不让它们滑过来。但是我使出浑身力气都无法把筏子撑开。我顶着箱子一动不敢动，就那样足足站了快半个小时。后来，潮水涨上来，让我的身体稍稍平衡了一些。又过了一会儿，随着水面持续升高，筏子再次浮了起来。我用桨把筏子撑入航道，一直划到小河的河口。小河两旁是陆地，一股激流直冲进去，我打量着两边的河岸，想找个合适的地方停靠。因为我不想驶入河道太远，希望能及时看到海上过往的轮船，所以决定尽量在靠近海岸的地方安身。

最后，我终于在小河的右岸发现了一个小湾，于是费尽周折，把筏子驶入小湾，一直划到最浅的地方，可以用桨抵住河底，把船径直撑进去。可是，我在这里又差点儿把所有的货物掉进水里，因为这片河岸非常陡峭，没有地方可以上岸。要是让筏子在这里靠岸，必然会像刚才那样一头高高在岸上，一头低低在水里，我的货物就会再次面临危险。现在我只能用桨当锚，让木筏的一侧紧紧贴着岸边一片平地，等着潮水涨到最高点，漫过那片平地。潮水果然继续上涨，漫过了那片平地。我的木筏吃水一英尺左右，我等到水面涨得足够高，才把它撑向那片平地。然后，我把两支断桨插入平地，一支插在这侧靠这一头的地方，另一支插在那侧靠那一头的地方。把筏子停好之后，我就单等潮水退去，把筏子和货物平平安安地留在岸上。

接下来我得去看看周围的情况，找个合适的地方安顿下来，存放我的东西，以防发生意外。我还不知道自己身处何地，是大陆还是岛屿，是有人居住还是杳无人烟，是野兽横行还是安全无虞。前方不超过一英里的地方有一座陡峭巍峨的山峰，山峰凌驾于北面山脉的其他几座山岭之上。我拿了一支鸟枪、一支手枪和一牛角筒火药，朝那座山的山顶爬去，准备去探索一番。我费了九牛二虎之力，爬上山顶一看，不禁为自己的处境担忧起来，我所在的这座岛四面环海，看不见一片陆地，只有很远的地方有几块礁石，西边约三里格远的地方有两座比这座岛更小的小岛。

此外，我发现这座岛非常荒凉。我有充分的理由相信这里杳无人烟，最多只有野兽出没。不过我倒不曾看见野兽，只看到许多飞禽，只是不知道是什么鸟，也不知道打死后能不能吃。回来的路上，我看见有只鸟落在一片森林旁边的树上，就朝它开了一枪。我相信，开天辟地以来，这里是第一次响起枪声。枪声一响，不计其数的各种禽鸟就轰然从林子的各个角落里飞了出来。它们困惑地尖叫呼嚎，发出各种鸣叫声，但是我一种都认不出来。我觉得打死的那只鸟应该是一种鹰，它的羽毛和喙都很像鹰，只是没有长着钩爪。它的肉酸腐难吃，没什么用处。

我满意地探索完之后便回到自己的筏子那里，动手把货物搬上岸来。那天剩下的时间全都用来搬东西了。至于夜里怎么办，到哪里去歇息，我也不知道，因为我不敢睡在地上，怕野兽把我给吃了。其实我后来发现，这种担心是多余的。

不管怎么说，当时我还是尽自己所能，用运到岸上的那些箱子和木板垒成了一间小木屋，准备晚上在里面过夜。至于吃饭问题，我也不知道该怎么解决，不过，刚才打鸟的时候我看到两三只野兔似的小动物从林子里窜了出来。

这时，我开始考虑先去把很多日后用得着的东西从船上拿下来，尤其是一些索具、船帆和诸如此类可以搬上岸的东西，我决定，只要有可能，就再到船上去一次。我知道，只要再来一场风暴就会把大船打成碎片，所以决定暂时不理会其他的事，先把船上能搬下来的全部搬下来再说。随后，我琢磨着是否应该把那只筏子弄回来，不过这看上去不太可能，于是便决定像之前那样游过去。等潮水一退，我就出发了。不过在走出小木屋之前，我就把衣服全脱了，只穿着一件格子衬衫、一条短裤和一双浅口鞋。

我像之前那样上了船，重新做了一个木筏。有了上次的经验，我不再把木筏做得那么笨重，也不再往上面堆那么多东西了，不过还是搬了几件对我非常有用的东西。首先，我在船匠的存储室里找到满满两三袋短钉和长钉、一把大钳子、十几根短柄斧，最主要的是，还有一个最有用的东西，叫作砂轮。我把这些东西安放好，又拿了几件原本属于炮手的东西，特别是两三根起货铁钩、两桶枪弹、七支短枪和一杆鸟枪，还有一些火药、满满一大袋小子弹和一大卷铅皮。可是铅皮太重了，我搬不动，无法把它举过船舷，吊到木筏上。

除了这些东西，我还把所有能找到的男士衣服都拿上了，还有一个备用樯帆、一张吊床和一些被褥。我把这些统统装上新木筏，平平安安运上了岸，并为此深感宽慰。

离开的时候，我还担心自己放在岸上的粮食被什么东西吃掉。可是等我回来一看，没有任何不速之客来访的迹象，只有一只长得像野猫的小动物蹲在一个箱子上。我朝它走去的时候，它跑开几步，然后一动不动地蹲在那里。它神态自若，毫不在意，还盯着我的脸看，仿佛想跟我交朋友似的。我拿出枪指着它，可是它不知道那是什么东西，还是一点儿也不在乎，丝毫没有要跑

我费了九牛二虎之力，爬上山顶一看，不禁为自己的处境担忧起来。

开的意思。见此情景，我丢给它一小块饼干。其实，我手头并不宽裕，因为我的存粮也不多。不管怎么说，我还是给了它一小块。它跑过去闻了闻，就吃掉了。它似乎很高兴，还想要，可是我不能再分给它了，只好谢绝了它的要求。于是它就走开了。

把第二批货物弄上岸后，我很想把那两桶火药打开，分成一小包一小包搬走（因为那两只桶很大，实在太重了），可是我要先用裁好的帆布和砍好的杆子搭个帐篷，然后把经不起雨淋日晒的东西统统搬进去，再把所有的空箱子和空桶堆放在帐篷周围，以防御人或野兽的突然袭击。

帐篷搭好之后，我用几块木板从里面把帐篷门堵住，门外再竖放一个空箱子。然后在地上搭起一张床，在脑袋旁边放两支手枪，身旁放一杆猎枪，就上床睡觉了——这是我上岛之后第一次在床上睡觉。我累坏了，一整夜都睡得很安稳，因为昨天夜里睡得很少，白天又干了一整天，把东西从船上搬下来，再搬上岸，实在辛苦。

我相信，现在我所拥有的各种物资储备，其数量对单独一个人来说可谓空前，可是我并不满足。我觉得只要那艘船还矗立在那里，我就应该把搬得走的东西全都搬走。所以，我每天趁退潮的时候上船，并运走一些东西。特别是第三次去的时候，我把船上所有能搬走的大小索具统统搬走了，还有一块用来补帆的备用帆布，以及那桶受潮的火药。总而言之，我把船上前前后后的帆全都拆下来，裁成一块一块的，每次能拿多少就拿多少，因为我现在需要的不是船帆，而是帆布。

不过，最让我感到宽慰的是，这样跑了五六趟之后，我还以为船上已经没有东西值得我费神了，结果又找到一大桶面包、三小桶朗姆酒、一大盒糖和一桶上好的面粉。我不由得喜出望外，因为我已经放弃希望了，以为除了那些被水泡坏的食物以外，不会再有粮食了。我立刻把面包全部倒出来，用裁好的帆布包起来。总而言之，我把这些东西也安全地运上了岸。

第二天，我又到船上去了一趟。此时我已经把船上搬得动又拿得走的东西洗劫一空了，于是开始动手搬锚索。我把锚索截成一段一段的，以便运走，然后把两根锚索、一根缆索和所有能搬走的铁器都弄上岸。我把斜杠帆桁、后桅横桁和所有木料都砍下来，扎成一个大木筏，再把那些笨重的东西全部搬上筏子，就驾着筏子离开了。可是现在好运气开始离我而去，因为筏子太笨重，负荷又太重，进入之前卸货的小湾后，我无法像之前那样灵巧地让筏子靠岸，结果翻了船，连人带东西，统统掉进了水里。我倒还好，没怎么受伤，因为当时离岸边已经很近了，可是货物却损失了大半，特别是铁器，我原本还指望着它们派上大用场呢。不过，退潮后，我费了九牛二虎之力（因为我不得不潜入水中去打捞，打捞工作让我疲惫不堪），总算把大部分锚索和部分铁器都打捞了上来。此后，我每天都到船上去，把能运走的东西全都运来。

我上岸十三天，到船上去了十一次。这十多天时间里，我已经把两只手拿得动的东西统统搬走了，其实我深信，要是天气继续好下去，我肯定能把整艘船都拆散运走。可是，我准备第十二次登船的时候发现起风了。不过，我还是趁着退潮上了船。我以为自己已经把整艘船都搜了个遍，不可能再找到任何东西，结果还是发现了一个有抽屉的柜子。我从其中一个抽屉里找到两三把剃刀、一把大剪刀和十几副刀叉；从另一个抽屉里发现价值三十六英镑的钱币，有欧洲金币，有巴西银币，有西班牙银币，有金子也有银子。

看着这些钱，我不由得失笑。“噢，废物！”我大声说，“你们对我毫无价值，捡都不值得我捡。一副刀叉就抵得上你们这一大堆。你们对我半点儿用都没有，还不如就把你们丢在这儿，来日像那些不值得救助的生物一样葬身海底。”可是，继而一想，我还是把它们裹在帆布里拿走了。我开始考虑再做一个筏子，可是就在我准备的时候，发现天空乌云密布，风越来越大，不到一刻钟就变成一股劲风，从岸上直吹过来。我马上意识到，风从岸上刮来，做木筏根本没有用，倒不如趁海上还没有起浪赶紧回去，否则搞不好就上不了岸了。想到这里，我立刻跳下水，游过轮船和沙滩之间那片狭长的水湾。我游得很吃力，因为带的东西太重，而风越刮越猛，海水开始汹涌，潮水还没有涨起来就变成了暴风。

我回到自己的小帐篷躺下来，所有的财产都安安稳稳地放在我周围。风整整咆哮了一夜。第二天早上我出门一看，那艘船已经无影无踪了。对此我略感意外，但是回头一想又觉得很满足。我没有浪费时间，没有偷懒，把有用的东西全都搬下来了，就算还有时间，基本上也没什么可以拿走的东西了。

我不再去想那艘轮船，也不再想船上的东西了，只盼着会有什么东西从轮船残骸上漂上岸。后来确实有些零星的东西漂上来，但是对我没多大用处。

现在，我一心一意想着如何保护自己，万一岛上有野人或者野兽出没，该如何抵御。我想了很多办法，盘算着该搭建什么样的居所，是应该挖洞还是应该搭帐篷。后来，我决定两者都要建，至于该怎么去建，建成什么样子，倒不妨详细讲一讲。

我很快就发现目前这个地方并不适合居住，因为它离海太近，又处于潮湿的洼地，对人体健康不利，特别是附近没有淡水。于是，我决定找一个更卫生、更方便的地方。

我根据自己的情况设定了几个条件：第一，像我刚才说的那样，要卫生，要有淡水；第二，能遮阴蔽日；第三，能抵御饥肠辘辘的人类和兽类；第四，能看到大海，万一上帝让什么船只打此处经过，我不致失去求救的机会。对此我始终不肯放弃最后的希望。

在寻找符合条件的地方时，我发现一座山坡上有一片小小的平地，挨着平地的山壁十分陡峭，像一堵墙，不管什么东西都别想从上面下来袭击我。山壁上有一块凹进去的地方，有点儿像山洞的洞口，但是并没有山洞。

那片平坦的草地正对着山壁凹进去的地方，我决定就在这里搭个帐篷。那片草地宽不超过一百码，长度是宽度的两倍，就像家门口的草坪，连绵起伏，形成一道缓坡，一路延伸到海边的那块洼地里。草地位于小山的西北偏北处，白天小山可以遮住太阳，等太阳转到西南边的时候，也快要落下去了。

搭帐篷之前，我先在凹进去的石壁前画了一个半圆形，从石壁算起，半径大约十码，直径从头到尾全长二十码。

我沿着这个半圆形插了两排结实的木橛子，并把木橛子打进土里，直到它们像木桩一样坚固。木桩大头朝下，高约五英尺半，顶端削得尖尖的，两排木桩之间的距离不超过六英寸[1]。

1　英寸，长度单位，1英寸等于0.0254米。

然后，我取出在船上截好的那些锚索，沿着那道半圆形，一层叠一层堆放在两排木桩之间，一直堆到顶上，再用两英尺半高的木桩从里面斜着顶住它们，就像斜撑着柱子的短木桩。这道篱笆异常坚固，不管是人还是野兽，都别想冲进去或翻过去。这项工作耗费了我大量的时间和体力，特别是从树林里砍下木桩，再把它们扛回去，打入泥土，非常费事。

我没有给这个地方留出门来当进出口，而是用一架短梯从篱笆顶上翻进翻出。我一进来就把梯子收起来。就这样，我严严实实地把自己围了起来，彻底与外界隔绝，因而晚上睡得非常安稳。尽管后来我发现，对我所担心的敌人，根本不必这么戒备森严，但是如果当时没有这么做，夜里就不可能睡得那么安稳。

我费了九牛二虎之力，把前面列出来的那些财产，包括粮食、弹药和补给品，统统搬进篱笆或者说堡垒里来。我搭了一顶大帐篷防雨，因为这里每年都有一段时期经常下暴雨。我搭的是双层帐篷，也就是说，里面一顶小的，外面一顶大的。大帐篷顶上再罩一块我从帆上拆下来的防水油布。

现在我再也不去睡我运到岸上的那张床了，而是睡在一张质地良好的吊床上，那张吊床原本属于大副。

我把所有的粮食和所有可能受潮损坏的东西都搬进了帐篷。把东西全部搬进来之后，我便把敞开的出入口堵上了。此后，我就像刚才说的那样，用一架短梯翻进翻出。

完成这项工作后，我又开始挖凿岩壁，把挖出来的土石方从帐篷里运出去，在篱笆墙里面堆成一个土台，台子约一英尺半高。就这样，我在帐篷后面挖了一个山洞，如果帐篷是住房，山洞就是我的地窖。

我花了许多天，耗费了很大的体力，才把这些事一一完成，所以现在我得回头说一说其他几件煞费苦心的工作。就在我制订好搭帐篷、挖山洞的计划时，天空突然乌云密布，暴雨如注，电光闪过，一声霹雳随之而至。使我大惊失色的倒不是闪电，而是一个闪电般从我脑海闪过的念头："哎呀，我的火药！"想到一个霹雳就会把我的火药全部炸毁，我心情顿时沉重起来。我不仅要靠它们自卫，还要靠它们猎食求生。当时我压根儿没想到自己有多危险，一旦火药爆炸，我也会跟着没命。

这件事令我心有余悸，等暴雨一停，我赶紧把手头的活儿搁置一旁，不再忙着搭帐篷、筑篱笆，而是立刻着手做袋子和匣子，好把火药分开放置。我把它们分成很多小包，希望以后不管出什么意外，都不会一下子全部炸毁。我把它们分开存放，以免一包着火的时候引燃另外一包。这项工作花了我大约两个星期的时间。估计我的火药总共有两百四十磅左右，我把它们分成一百多包。至于那桶受潮的火药，我倒不担心会发生什么危险，干脆把它搬进我刚挖好的山洞里。我把山洞戏称为我的厨房。至于其余的火药，为了避免受潮，我把它们分别塞进石头缝里，并且在藏火药的地方小心地做好标记。

在这项工作开展期间，我至少每天带着枪出去一趟，一来可以散散心，二来可以看看能不能打到什么东西吃，再者还可以了解一下岛上有什么物产。我第一次出门就发现岛上有山羊，这让我深感欣慰。可是也有于我不利的地方，那就是，它们胆小而灵敏，而且跑得飞快，要靠近它们恐怕是世界上最难的事。不过我并不灰心，坚信迟早会打到一只。果然，不久之后我就打到了。当时，我发现了它们经常出没的地方，就埋伏在那里。我注意到，如果它们看到我在山谷里，哪怕它们站在山岩上也会吓得四散逃窜；但是如果它们在山谷里吃草，而我站在山岩上，它们就不会发现我。我断定这是由于它们眼睛生的部位只能直直地往下看，却没那么容易看到自己上面的东西。于是后来我就采取这个办法：每次都先爬到上面的山岩上，结果经常打中。我第一次向它们开枪，便打死了一只正在给小羊喂奶的母羊，这让我心里非常难过。母羊倒下后，小羊呆呆地站在它身旁，一动不动，直到我走过来把母羊弄走。我把母羊扛在肩上，小羊也跟着我，一直跟到围墙外面。见此情景，我把母羊放下，抱着小羊翻过栅栏，希望能把它驯养大，可是它什么都不肯吃，我只好把它也杀了吃掉。这两只山羊让我吃了很长一段时间的肉，因为我吃得很省。我要尽量节约粮食，尤其是面包。

住所建好之后，我发现必须有烧火的地方，还要有柴火烧，这点至关重要。至于我是怎么做的，以及怎样扩大山洞，又创造了哪些便利条件，后面会在适当的地方详细讲述。现在我得先稍微谈一谈我自己，谈谈我对生活的看法。完全可以想象，我的感触肯定不少。

我感觉自己前景惨淡。我被狂风刮到这座岛上，远离我们原定的航线，距离人类的常规贸易航线有数百里格之遥。我有充分的理由相信这是天意，天意要我在这个孤独而凄凉的地方，孤独而凄凉地了却残生。每每想到这些，我就忍不住泪雨滂沱。有时候我问自己，上苍为什么要这样作践他所创造的生灵，弄得他如此悲惨、如此孤立无助、如此意志消沉，以致找不出理由对这样的生活心存感激。

可是，总是会有某种力量阻止我的这些想法，并责备我。特别是有一天，我拿着枪到海边去漫步，想到目前的处境，不由得心事重重。这时，理智从另一个角度这样劝导我："嗯，你现在的处境确实很凄凉，这点不假。可是请你想一想，你那些同伴到哪儿去了？你们上船的时候不是有十一个人吗？那十个人呢？为什么不是他们得救而你丧命呢？为什么单单你活着？是在这里好还是去那里好？"我指着大海问自己。遇到任何不幸，都应当想到好的一面，也应该想到更糟的情况。

这时，我又想到，我现在所拥有的用于维持生计的装备有这么丰富，要是那艘轮船没有从最初触礁的地方浮起来，漂到离岸边这么近的地方，让我有时间把所有的东西都取来，那我现在又会是什么情况？要是我像刚上岸的时候那样一无所有，既没有生活必需品，又没有可以获取那些物品必不可少的器具，那我现在又会是什么情况？"尤其是，"我大声（尽管是对自己）说，"如果没有枪，没有弹药，没有制造东西的工具，没有衣服，没有被褥，没有帐篷，没有任何蔽体之物，我又该怎么办？"现在这些东西我全都有，而且数量充足，就算弹药用完之后，没有枪我也可以活下去。我这一生不会有冻饿之虞，因为我最早就考虑到遇到意外该怎么办，未来的日子该怎么活下去，甚至不但想到弹药用完之后的情况，还想到了自己年老体衰之后的事。

我承认，我根本没考虑弹药毁于一旦的可能性，我是说，火药被雷电击中后发生大爆炸的可能性，所以雷电交加的时候我才那么大惊失色，就像我之前说的那样。

现在，我即将过上一种全世界闻所未闻的忧郁而寂寞的生活，因此，我应该从头至尾，按照时间顺序，把自己的生活一一记录下来。按照我的计算，我应该是9月30日踏上这座可怕的小岛的，至于怎么上岛的，前面已经说过。其时正值秋分，太阳几乎就在我正头顶上，根据观测，我估计自己在北纬9° 22' 的地方。

上岛后大约十一天，我忽然想到，没有本子，没有笔和墨水，我肯定会忘记计算日期，甚至连安息日和工作日都会忘记。为了预防这种情况，我用匕首在一根大柱子上刻上这几个字："本人于1659年9月30日在此地上岸。"把它做成大十字架，然后立在我最初上岸的地方。我每天用匕首在这根方柱的侧面刻一个凹槽，每七天刻一条长一倍的凹槽，每个月第一天刻一个再长一倍的凹槽。我就这样做了个日历出来，可以按照周、月和年计算日期了。

另外，我应该解释一下，刚才我已经说过了，我从船上林林总总搬下来很多东西，其中有几件没什么价值，用处却不小——之前我忘记交代了，特别是笔、墨水和纸，还有船长、大副、炮手和船匠保管的几个包裹，里面有三四个罗盘，还有一些数学仪器、日晷、望远镜、海图和航海书籍之类的东西。当时我也不管这些东西有没有用，一股脑儿都给收拾回来了。此外，我还找到三本非常好的《圣经》，是夹在从英国发来的货物中一起送到我手上的，当时我把它们跟行李一起打包带上了船。另外还有几本葡萄牙书，其中有两三本天主教祈祷书和几本其他的书。我把这些书小心地保存好。对了，差点儿忘了说，船上原本养着一条狗和两只猫，关于它们的非凡经历，我会在后面适当的地方谈到。我把两只猫带上了岸，至于那条狗，我第一次去搬东西上岸的第二天，它就自己跳下船，游到岸上来找我了，后来做了我多年的忠仆。我不需要它替我衔什么东西，也不需要它做能巴结我的伴儿，只求它能跟我说说话，可是这是不可能的。正如我刚才说的，我找到了笔、墨水和纸，但是我用得非常节省。你们会看到，有墨水的时候，我一丝不苟地把事情记了下来，但是墨水用完后，我就记不成了，因为我想不出任何办法可以造出墨水来。

这让我想到，尽管我收集了这么多东西，可是缺的还有很多，墨水就是其中之一，还有挖土或铲土用的铁锹、丁字镐和铲子，以及针线和大头针等。至于内衣，虽然也缺，但我很快就适应了。

由于缺乏工具，所有的活儿干起来都特别吃力。我花了将近一年的时间，才把栅栏小院完全建好。那些木桩重得都快搬不动了，在林子里砍树削枝要花很长时间，而搬回家花的时间就更长了。所以，有时候我得花两天时间才能把一根木桩砍削好，运回家，第三天再把它打进土里。为了打木桩，我起初找了一块很重的木头，后来想起来我有一根铁撬棍，于是就把它翻找了出来，可是，就算找到了铁撬棍，打桩工作也非常辛苦，而且进展非常慢。

但是，我何必介意那些不得不做的工作是不是麻烦呢？反正我有的是时间，至少现在还没想到做完这件事还有什么要干的，无非就是在岛上到处转转，找点儿吃的。我每天多多少少都会出去转一圈。

我开始认真考虑自己的情形和处境，并把自己的境况写下来。这倒不是为了给后来者看（我觉得在我之后不大可能会有人到这里来），而是为了转移自己的注意力，不让自己每天都想着这些事，受尽折磨。而且，随着理智渐渐开始控制消沉的情绪，我也开始尽可能宽慰起自己来。我把当前的福祸加以比较，好让自己明白当前还不算最糟糕的。我把自己所享受到的好处和所遭受的不幸，像记“借方”和“贷方”那样，毫无偏颇地列下来：

祸	福
我流落到了可怕的荒岛，毫无获救的希望。	可是我还活着，没有像船上的同伴那样葬身海底。
我被单独挑出来，与世隔绝，孤苦伶仃。	可是我也从所有船员中被单独挑出来，免于一死。上帝神奇地救了我一命，必然也会救我脱离这种困境。
我与人类隔绝，形单影只，被人类社会所抛弃。	我并没有被饿死在这不出产任何物产的不毛之地。
我没有衣服穿。	可是我身处热带，就算有衣服也穿不上。
我没有办法抵御人类或野兽的袭击。	可是我所流落的孤岛上没有我在非洲海岸看到的野兽来伤害我，要是我在那里发生海难又会怎么样?
没有人跟我说话，也没有人来救我。	可是上帝神奇地把船送到了距离小岛足够近的地方，让我可以从船上取走很多必不可少的东西，供我这一生受用不尽。

总的来说，事实毋庸置疑地证明，我目前的悲惨处境实属世所罕见，可是即使如此，其中也有一些消极的东西或积极的东西值得感恩。希望世人能从我这种最悲惨的境遇中得到启发，在逆境中总是能找到聊以自慰的事，然后把福与祸相对照，计入“贷方账户”。

现在我对自己的处境稍感欣慰，不再对着海面望眼欲穿，等着轮船出现。我是说，我把这些东西放在一旁，开始专心为自己的生活创造便利条件，尽可能把日子过得舒适一些。

前面我描述过，我的住所是一顶搭在山岩下的帐篷，围绕在用木桩和锚索做成的坚固栅栏里，不过我现在可以把那道栅栏称作围墙了，因为我用草皮挨着栅栏外面砌了一道两英尺厚的墙壁。过了一段时间，我估计是一年半，我在围墙和岩壁之间搭上了椽条，再盖上茅草和树枝等我能弄到的东西，以遮挡雨水。我发现每年都有一段时间经常暴雨如注。

前面我也说过，我是如何把所有的东西都搬进栅栏，挪到帐篷后面的山洞里的。不过，我还需要补充一下，起初那些东西都杂乱无章地堆在那里，以致把我的地方全都占满了，弄得我连转身的空间都没有。于是，我开始扩大并加深自己的山洞。好在里面是结构松散的砂岩，挖起来并不费力。所以，当我感觉自己相当安全，不会受到野兽袭击后，就着手把山洞往右边挖，然后再往右边转，直到把岩壁挖穿，给自己挖出一个可以出去的门，门口开在围墙外面。

这么一来，我不但有了出入口（因为它成了帐篷和储藏室的后门），还有了更多的空间存放自己的财产。

现在，我开始专心打造自己最需要的必需品，特别是桌椅。没有桌椅，我连世界上为数不多的几样生活乐趣都无法享受。没有桌子，我写字、吃饭，或做其他的事，就少了很多乐趣。

于是，我开始着手工作。这里我必须说一下，推理乃数学之本质与起源，所以，通过推理，对一切事物加以分析计算，做出最合理的判断，假以时日，人人都可以精通各种机械工艺。我这一生从未使用过任何工具，但是，假以时日，我最后发现以自己的劳作、勤奋和发明才能，没有什么造不出来的东西，特别是在有工具的情况下。即便没有称手的工具，我也能制造出很多东西，有时候只用一把锛子和一把短柄小斧都能做出一些东西来。估计以前从来没有人使用这种方法制造这些东西，也没有像我这样费九牛二虎之力。譬如说，我要做一块木板，就只好去砍一棵树，然后把它横放在面前，用斧头把两面削平，直到把它削成木板那么厚，再用锛子把它刨光。不错，用这种方法一整棵树只能做一块木板，但这是没有办法的事，只能耐心去做。做一块木板要耗费我大量的时间和体力，而时间和体力都不值钱，用在哪里都一样。

尽管如此，我还是先给自己做了一套桌椅（正如我刚才所说的那样），是用从船上运回来的那几片短木板做的。后来，我又用刚才说的那种方法做了一些板子，靠着山洞的岩壁，搭了几层一英尺半宽的大木架，把所有的工具、钉子和铁器都分门别类地放在上面，以方便取用。另外，我还往墙上钉了几个木块，用来挂枪和其他能挂的物件。

所以，如果你看到我的山洞，肯定会觉得它像个综合仓库，里面五花八门，什么必需品都有。我把每件东西都安置得很方便取用。看到所有的东西摆放得这么井井有条，尤其是一应物品库存都这么丰富，我不由得感到极其欣慰。

我就是从这个时候开始把每天做的事都写成日记的。因为最开始日子过得太忙乱，不但忙着劳作，而且心绪也不宁。那时候写日记肯定满篇都是枯燥乏味的东西。比如，我肯定会这么写："9月30日，我没有淹死，上了岸，先吐掉胃里的大量海水，稍稍定下心来。此时我非但没有感谢上帝的救命之恩，反而在岸上狂奔乱跑，又是绞手，又是打自己的头和脸，嚷嚷着自己多可怜，大叫着：'完了，我完了！'一直闹到筋疲力尽，才倒在地上休息。可是我又不敢入睡，生怕被什么东西吃掉。"

此后数日，以及我登上轮船把所有能搬走的东西全都搬走之后，我还忍不住爬到小山顶上，眼巴巴地望着大海，渴望看到轮船的影子，后来竟然发现很远的地方出现一片帆影，不由得欣喜若狂，紧紧地盯着那片帆影，把眼睛都要盯瞎了，帆影却消失得无影无踪了。我一屁股坐在地上，像个孩子似的号啕大哭起来。这种愚蠢的行为反而让我更加悲惨。

我在某种程度上克服了这些情绪，并把自己的家什安置好，把住所搭建好，又做了一套桌椅，尽可能把一切都安排得井井有条，此后，我才开始写日记。现在，我把记下来的日记抄给你们看（不过前面提到的那些细节还需要再重复一遍），后来墨水用完了，我就没办法再记下去了。

日　记

1659年9月30日——我，可怜的鲁滨孙·克鲁索，在一场可怕的暴风雨中，遭遇海难，流落到这座荒凉的小岛上，我称之为“绝望岛”。船上的同伴全都葬身大海，唯有我死里逃生。

上岸后整整一天时间，我都在为自己沦落到如此凄凉的境地而深感痛苦。我没有食物，没有房屋，没有衣服，没有武器，没有地方可逃，也没有获救的希望。我的面前只有死路一条，要么被野兽吃掉，要么被野人杀掉，要么活活饿死。夜幕降临，我为了避开野兽而睡在一棵树上，尽管整夜都在下雨，我却睡得很香。

10月1日——我一大早就看到我们的轮船随着涨潮浮了起来，被潮水推到离小岛更近的地方了，不由得大吃一惊。见此情景，一方面我感到些许宽慰，因为看到它还好好地矗立在水面上，没有被海浪打碎，希望等风势减弱后可以上船去拿一些食物和必需品来自救；另一方面，想到同伴的离散，不由得再次悲从中来，我想，要是我们大家都待在船上，说不定就能保住轮船，至少他们不会全部淹死，倘若他们获救，说不定我们可以用轮船的残骸造一艘小艇，然后划到其他地方去。这一整天，我大部分时间都在琢磨着这些事。可是，后来我看到轮船几乎是干的，便从沙滩上朝轮船走去，一直到前面走不过去后，才游了过去。今天雨还是下个不停，好在没有风。

10月1日到24日——我连日往返于轮船和小岛之间，把船上能搬走的东西弄走，每次趁着涨潮，用筏子运上岸。这些天还是经常下雨，偶尔天晴，看来此时正值雨季。

10月20日——筏子翻了，我装在筏子上的东西全都掉进了水里。好在翻船的地方是浅滩，而那些东西又很重，退潮后，我捞回来不少。

10月25日——雨下了一天一夜，还刮起了阵阵狂风，而且风势越来越猛，把轮船打成了碎片，除了退潮的时候还能看到碎片，轮船连影子都不见了。我花了一整天时间把抢救回来的物资盖起来安置好，以免被雨淋坏。

10月26日——我在岸边跑了差不多一整天，想找个合适的地方修建住所。我最关心的是要保护自己不受野兽或者野人的夜袭。傍晚时分，我终于在一块山岩下找到一个合适的地方，于是划了一个半圆形区域当自己的营地，决定打两排木桩，中间盘锚索，外面加草皮，修筑一道坚固的工事、围墙或碉堡。

10月26日到30日——我埋头苦干，把所有的物资都搬进新居，尽管有段时间雨下得很大。

10月31日——早晨，我带着枪深入小岛腹地去找吃的，并查看小岛的环境。我打死一只母羊，小羊跟着我回了家，后来我把它也杀了，因为它不肯吃东西。

11月1日——我在山岩下搭起了帐篷。我把帐篷搭得很大，足够在里面打几根木桩挂我的吊床。这是我第一晚躺在帐篷里睡觉。

11月2日——我沿着自己为防御工事划的半圆形的内圈，把所有的箱子、木板以及做筏子的木料砌起来，在周围竖起来一道栅栏。

11月3日——我带枪外出，打死两只长得像野鸭的飞禽，它们的肉很好吃。下午开始做桌子。

11月4日——今天早上，我开始安排自己的时间，规定什么时候干活，什么时候带着枪出门转悠，什么时候睡觉，什么时候娱乐。如果不下雨，我每天早上带着枪出去转两三个小时，接着干活干到十一点，然后有什么就吃点什么。十二点到下午两点躺下睡觉，因为天气异常炎热。然后到晚上再接着干活。今天和明天的工作时间全都用来做桌子。目前我还是个拙劣的工匠。不过，时间和需求很快就会把我变成一个熟练的机械师。我相信，换了任何人都一样。

11月5日——我带上枪、牵着狗去遛弯，路上打死一只野猫，其毛皮极其柔顺，肉却不能吃。每打死一只动物，我都会剥下皮保存起来。从海边回来的时候，我看到各种各样的水鸟，都叫不上来名字，另外还看到两三只海豹，把我吓了一跳。还没等我弄明白是什么东西，它们就纷纷跳下大海，从我眼皮底下逃走了。

11月6日——早晨散步回来继续做桌子，终于把它做好了，只是样子不好看，我不大喜欢。没过多久，我就设法把它改进了一下。

11月7日——天气开始放晴。7日、8日、9日、10日及12日的部分时间（因为11日是礼拜日），我都拿来做椅子了。我费了好大的劲，才勉强把它做成椅子的形状，连差强人意都谈不上，即便在做的时候我拆了做、做了拆，折腾了好几次。

附记：我很快就不再做礼拜了，因为我在柱子上刻凹槽的时候忘记把它们标注出来了，也就忘记哪天是哪天了。

11月13日——今天下雨，下得人神清气爽，地面也凉快了。可是，下雨的时候电闪雷鸣，把我吓得半死，因为我担心自己的火药。雨一停，我就决定把自己的火药分成很多很多包，以免发生不测。

11月14日到16日——我用这三天时间做了很多小匣子，每个匣子最多可以盛放一到两磅火药。我把火药放进去，分别妥善安置好，尽可能妥善地、远远地将它们分开放置。这三天当中，我打死一只大鸟，鸟肉很好吃，不过我不知道那是什么鸟。

11月17日——今天我开始在帐篷后面的岩壁上挖洞，以扩大空间，让生活变得更方便。

附记：挖洞有两样东西必不可缺，即丁字镐、铲子类的工具和独轮车或者箩筐。于是，我停下手头的工作，开始考虑如何满足这种需求，给自己制造一些工具。铁撬棍可以代替丁字镐，虽然重了点儿，凑合着倒也能用。可是还缺一把铲子或者锹，这种工具极其重要，没有它我就什么都干不好，可是我又不知道该做个什么样的铲子出来。

11月18日——也就是第二天，我到林子里去搜寻，找到一棵类似于巴西人称之为“铁树”的大树，因为它的木质特别坚硬。我费了半天劲，差点儿把斧头都砍坏，才砍下一块来，然后又千辛万苦地把那块木头弄回家，因为那种木头实在太重了。

因为木料特别坚硬，而我又没有别的办法，所以我花了很长时间才做成一把铲子。我一点一点地把它削成铲子或锹的形状，手柄跟我们英国铲子一样，只是铲子头上没有包铁皮，所以没那么耐用。不过，需要的时候用起来倒还算称手。我相信，从来没有哪把铲子是用这种方式、花这么长时间做成的。

我的效率还是不够，因为没有箩筐或独轮车。箩筐我没办法做，因为没有编箩筐用的那种细软的枝条，至少目前还没有找到。至于独轮车，我觉得除了轮子，其他部位都做得出来，可是我茫无头绪，完全不知道如何着手，更何况我造不出让轮子转动的铁轴柱，只能作罢。为了把石洞里挖出来的土运出去，我做了一个形似灰斗的东西，就是小工替大工运灰浆用的家什。

做灰斗不像做铲子那么费劲，但是，做灰斗、做铲子、做独轮车的徒劳尝试就足足花了我四天时间。我是说，除开每天早晨带着枪外出散步的时间。我很少有哪天不出门，也很少有出门不带点吃的回来的时候。

11月23日——因为制造那些工具，其他的工作都中止了。工具做好后我接着干了起来。只要体力和时间允许，我每天都工作。我花了整整十八天的时间拓宽并加深山洞，以便存放我的物资。

附记：这期间，我致力于扩大洞室的空间，让其足以充当我的储藏室、军火库、厨房、餐厅和地窖。至于住宿问题，我一直都睡在帐篷里，但是雨季有时候雨下得特别大，把我身上都浇湿了，只有这种时候我才会离开帐篷。正是由于这种缘故，后来我才用长木条架在山岩上充当椽条，把整个篱笆院都遮盖起来，再铺上菖蒲和宽大的树叶，弄得像个茅草屋一样。

12月10日——原以为我的山洞已经完工，可是突然发生了塌方，大量的泥土从洞顶和四壁轰然掉下来（看来是我把山洞挖得太大了），把我吓坏了，我害怕倒不是没有理由的，要是我当时就在洞里，那就连掘墓人都用不着了。由于这次灾祸，我又有很多活儿要干，不但得把掉下来的土运出去，更重要的是，必须把洞顶撑起来，以避免再次发生塌方。

12月11日——我按照昨天的打算着手干了起来。我竖起两根柱子撑住洞顶，每根柱子顶端都十字交叉钉着两块木板。这项工作第二天就完成了。接着我做了更多带木板的柱子，用了一周的时间去加固洞顶。洞里竖起一排排柱子，把洞室隔成了好几间。

12月17日——从这一天到20日，我在洞里安装了几个架子，又在柱子上钉了很多钉子，打算把能挂起来的东西全都挂起来。现在，我的山洞看上去有点儿条理了。

12月20日——把东西全部搬进洞里，开始布置自己的房子。我把几块木板搭起来，有点儿像碗橱，以摆放吃食。可是现在木板越来越少了。我又给自己做了一张桌子。

12月24日——大雨倾盆，昼夜不停，没有出门。

12月25日——下了一天雨。

12月26日——没有下雨，地面凉爽多了，舒服多了。

12月27日——打死一只小羊，还打瘸一只。我抓住打瘸的那只，用绳子牵回家。到家后，我给小羊的断腿上了夹板。

附记：我照料得十分精心，小羊总算活了下来，腿也长好了，跟以前一样结实了。可是，被我照料了那么长时间后，它渐渐驯服了，每天乖乖地在我门口那片小草坪上吃草，不再逃走。这让我第一次萌生了蓄养一些容易驯养的动物的念头，以便确保自己在弹药用完之后也有东西吃。

12月28日、29日、30日——酷热难当，没有一丝风，所以没有去散步，只有傍晚出去觅食。这几天时间我把家里所有的东西都整理得井井有条。

1月1日——依然炎热，但是我早晚各出去一趟，中午躺在家里休息。这次傍晚我深入位于小岛腹地的山谷，发现有很多山羊，但是极易受惊，很难捕捉。我打算带上狗去试试看能不能捉到几只。

1月2日——也就是第二天，我照着昨天的打算，带上狗出了门，准备让它去捉山羊。可是我判断失误了，因为山羊全都转过身来瞪着我的狗，狗也知道危险，因为它根本不肯上前去。

1月3日——我开始加固栅栏或者叫围墙。因为我还是担心自己受到袭击，决定把围墙修得又厚实又坚固。

附记：这道围墙之前我详细描述过，就不在日记里赘言了，这里只消说一下：从1月3日到4月14日，我一直都在加固、修整、完善这道围墙，尽管围墙全长只有二十四码左右，从岩壁这头到那头只有八码左右。山洞的门开在围墙后面的正中间。

这段时间，大雨耽搁了我很多天时间，有时候甚至一连下好几个星期，但是我工作非常努力。我觉得，不把围墙修好我根本安不下心。我在每项工作上所付出的辛劳简直难以形容，叫人无法置信，特别是把那些木桩从林子里拖出来，打进土里，因为我把木桩做得太大了，而实际上并不需要那么大。

墙壁修好之后，我又在外面砌了一道几乎跟围墙一般高的草皮外墙。我劝自己说，就算有人到岛上来，也看不出这里住了人。我做得非常好，后来一件非同寻常的事充分证明了这点。

在此期间，只要雨下得不是很大，我就会去林子里转转，找一些野味，并且转悠的时候经常会有一些这样那样对我有利的新发现，特别是，我发现了一种野鸽。它们不像斑尾林鸽那样把巢筑在树上，而是像家鸽那样把窝安在石缝里。我抓了几只小鸽子，想把它们驯养大，养倒是养大了，可是它们一长大就飞走了，估计是因为没有经常给它们喂食才会这样，因为我实在没有东西喂它们。但是，我经常找到它们的窝，捉几只小鸽子回来吃，它们的肉味道十分鲜美。

料理家务的时候，我发现自己还缺很多东西。刚开始我觉得我根本没办法做出这些东西来，有些东西也的确做不出来。譬如我永远都造不出一个小桶，并把它箍好。我之前说过，我有两个小酒桶，可是我花了好几个星期都无法照着它们造出一个来。我没办法把桶底安上去，也没办法把那些薄木板拼得严丝合缝不漏水，于是，我只好放弃了造桶的念头。

我还急缺蜡烛，所以天一黑——一般七点左右，我就得上床睡觉。我还记得上次非洲历险期间用来做蜡烛的那一大块蜜蜡，可惜现在已经没了，只能每次杀羊的时候把羊油攒起来。我用陶土做了一个小碟子，太阳烘干就能用了。我把羊油放在碟子里，然后把几根麻絮捻成灯芯放进去，做成一盏油灯。尽管这种灯的光没有烛光那么明亮、稳定，但总算有了一点亮光。

我收拾东西的时候，发现了一个小袋子。我之前说过，小袋子里装满了用来喂家禽的玉米。不是这次航行带上船的，我估计是轮船从里斯本出发的时候有人放在船上的。袋子里剩下的谷粒已经被老鼠吃光了，只剩下谷壳和尘土。我想把袋子拿去做其他用途（我记得是准备装火药来着，因为当时担心霹雳把我的火药炸毁，打算把它们分开放置，反正就是用在诸如此类的地方），就把里面的谷壳抖落在山岩下的围墙边。

其实这件事发生在雨季前不久，只不过我这会儿才提起罢了。我把里面的东西抖落出来的时候，根本没把这件事放在心上，甚至都不记得自己扔过什么东西。大约一个月后，我看到地上冒出几根绿色的茎秆，还以为是某种自己没见过的植物，不料过了不多久，我惊诧地发现它们竟然抽出了十来根谷穗，跟欧洲，不，跟英国的大麦一模一样。

我对此事的惊诧和困惑简直难以描述。我这人以前行事从来不以宗教信仰为准绳，事实上，我脑子里根本就没有什么宗教信仰的概念。我把发生在自己身上的事统统看作偶然事件，或者归结于大家随口所说的“天意”，从来不去追问上苍的意图，或者其支配世间万物的法则。可是，当我看到在并不适合谷类生长的季节居然长出了谷类，特别是我又不知道它们是怎么长出来的，当时着实吃了一惊。我开始认为，是上帝让这些谷物在没有种子播下去的情况下神奇地生长出来的，目的是为了让我在这个荒凉的地方生存下去。

此事让我很感动，不由得流下了眼泪，并开始祈求上苍降福于我，感谢上苍让这种自然界的奇迹发生在我身上。更令我惊异的是，我看到旁边沿着岩壁还长出几根稀疏的茎秆，后来发现是稻子的茎秆。我认识稻子，因为我在非洲大陆上见过这种庄稼。

当时，我不但认为这些谷类是上苍为了让我活下去而赐给我的，而且坚信岛上其他地方还有，于是我找遍了之前到过的地方，把每个角落、每块山岩下面都找了个遍，可是一棵都没找到。最后，我突然想起来自己曾经在那个地方抖落过放鸡饲料的袋子，这才不感到惊异了。我必须承认，发现这一切不过是很寻常的事之后，我对上帝那种虔诚的感恩之情也随之减退了。其实我还是应该感谢如此奇特而不可知（仿佛奇迹般）的天意，因为老鼠把大部分谷粒都吃掉后，仅存的十几颗竟然没有坏掉，就像是天上掉下来的，应该说，这的确是上苍对我的恩赐。还有，我恰好把这些谷粒丢在一块很高的岩壁的影子里，所以很快就长了出来。要是丢在其他地方，早就被晒死了。

不用说，到了大麦成熟的季节，大约是六月底，我小心地把麦穗收好，把每颗麦粒都存起来，打算用它们再播一次种，希望假以时日，将来收获的大麦够我拿来做面包吃。可是，直到第四年，我才吃到自己种的粮食，而且也只能省着吃。这件事后面再说。且说第一次播种的时候，我把种子全都毁掉了，因为我播种的时节不对，刚好是在旱季来临之前。庄稼根本长不出来，就算长出来的也长得不好。这些都是后话了。

之前说了，除了这些大麦，还有二三十根稻谷的禾苗。我同样小心翼翼地把谷穗保存了起来，准备再次播种，希望以后能拿来做面包或者其他的吃食，因为我找到了煮着吃的办法，不用烤成面包也可以，不过后来也烤了面包。

现在接着说我的日记。

这三四个月，为了把围墙修好，我干得很卖力。

4月14日——我终于把围墙完全封闭了起来，因为我原本就计划不从门进出，而是用一架梯子翻墙出入，让外面看不出这是我住的地方。

4月16日——我做好了梯子。我架起梯子，翻过墙头，再把梯子抽起来放到围墙内侧，从上面爬下去。对我来说，这就是个完全封闭的栅栏院了。里面有足够的空间，外面什么都进不来，除非对方能越墙而入。

围墙竣工的第二天，我差点儿前功尽弃，命丧黄泉。事情是这样的：我正在帐篷后面的山洞口忙碌，突然发生了一件极其可怕的事，吓得我心寒胆战。当时山洞的顶上和山坡上突然塌下来大量泥土，我撑在山洞里的两根柱子都被压断了，发出可怕的爆裂声，我顿时大惊失色，根本没有去想究竟是什么缘故，还以为洞顶和上次一样塌方了。我担心自己被土石埋住，便朝梯子跑去，后来觉得在那里也不安全，索性爬上梯子翻墙出来，以免被山上滚下来的石块砸中。我双脚一落地，就明白是发生强烈的地震了。我所站立的地面八分钟之内震了三次。这三次地震极其强烈，足以把地面上最坚固的建筑物晃倒。海边一座离我半英里左右的小山顶上一块巨大的山岩崩裂下来，发出一声我生平从来没听过的可怕的巨响。另外，我发现大海也随之猛烈地震荡起来，估计海底的震动比岛上还要强烈。

我以前从未经历过地震之类的事，也没有听有此类经验的人谈起过，一时间吓得魂不附体，目瞪口呆。大地的震动让我胃里难受得想吐，就像晕船似的。那块山岩滚落下来发出的巨响惊醒了正在发呆的我，我顿时满心恐惧，生怕小山倒塌，顷刻间将我的帐篷和我所有的家什都埋在地下，一想到这里，我心里又凉了半截。

第三次地震过后，我等了一会儿，感觉没再震，才渐渐壮起胆子来。可我还是不敢翻墙回去，生怕被活埋。我只是垂头丧气地坐在地上，心中十分愁闷，不知该如何是好。整个地震期间，我没有产生任何宗教上的思绪，只是像平常那样嚷嚷着：“上帝啊，可怜可怜我吧。”地震过去后，连这种呼声都没有了。

我就这样呆呆地坐在地上，这时，天空忽然乌云密布，好像要下雨了。不一会儿便起风了，风势越来越大，不到半个小时就变成了一场极其可怕的飓风。顷刻之间，海上白浪翻腾，惊涛拍岸，大树被连根拔起，真是一场可怕的风暴。飓风刮了三个小时，风势才渐渐减弱。又过了两个小时，才完全平静下来，此时却又下起了滂沱大雨。

在此期间，我呆呆地坐在地上，心中极其惶恐而沮丧，突然，我意识到这场狂风暴雨应该是地震带来的，看来地震已经过去，我可以壮起胆子回到自己的山洞去了。想到这里，我开始振作起来，再加上雨下得又大，不得不进去躲一躲。于是，我爬进围墙，到帐篷里坐下，可是这场雨实在太大了，都要把帐篷给扑倒了，我不得不躲进山洞去，尽管我心里还是万分惶恐，生怕洞顶塌下来。

这场暴雨逼着我去干一项新的工作：在围墙脚下开一个洞，像一条小水沟，把水排出去，否则雨水会把我的山洞给淹了。我在洞里待了一会儿，发现没有再发生余震，这才稍稍镇定下来。为了让自己打起精神来——也的确非常需要打起精神，我走进小储藏室，喝了一小口朗姆酒。我喝朗姆酒一向都是这样节约，因为我知道喝完就没有了。

雨下了整整一夜，第二天又下了大半天，所以我出不了门。不过我心里平静多了，已经开始考虑今后该怎么办了。我想，要是这座岛经常发生地震，那住在山洞里会没命的，我必须考虑在空旷的地带建一座小屋，像这里一样用墙围起来，以保护自己不受野兽或者野人的侵袭。要是我在这里住下去，肯定迟早会被活埋。

想到这里，我决心把帐篷从现在的地方搬走。帐篷原本搭在小山的悬崖下，要是再发生地震，悬崖肯定会把我的帐篷砸倒。于是，我花了两天时间，也就是4月19日和4月20日那两天，盘算该搬到哪里去住，以及怎么搬过去。

我害怕自己被活埋，整夜都无法安睡，但是，若是睡到四周没有任何屏障的户外，我心里同样害怕。而且，当我环顾四周，看到每件家什都摆放得如此井井有条，看到自己的住处如此隐蔽，如此安全，又实在不愿意搬走。

这时，我突然想到，修建新家需要大量的时间，现在我只能冒险住在这里，等到新的营地建好，并做好安全防护以后才能搬进去。做出这个决定后，我心里安定了下来，打算以最快的速度用木桩和锚索建一道围墙，就像之前那样。等围墙修好，再把帐篷搭在围墙里面。但是在这一切完成之前，我还得冒险住在这里。这是4月21日的事。

4月22日——也就是第二天，我开始考虑如何实施搬家计划，但是不知道怎么才能解决工具的问题。我有三把大斧头，很多短柄小斧头（我们原本是带着短柄小斧头去跟印第安人做生意的），可是由于经常砍削多节的硬木，上面全是缺口，斧头已经很钝了。磨刀砂轮倒是有，可惜我根本没办法把它转起来去磨我的工具。我为此花费的心思一点儿都不亚于政治家琢磨政治事务，不亚于法官判决一个人的生死。最后，我想到往轮子上套根绳子，靠脚踩来转动轮子，这样两只手就解放了。

附记：别看现在这东西司空见惯，我以前在英国可从来没见过，至少没有留意过是怎么做出来的。此外，我的砂轮又大又笨重，我花了整整一个星期的时间才把它完善好。

4月28日、29日——整整两天时间我都在磨工具，转动砂轮的装置效果很不错。

4月30日——我好久以来就发现干粮不多了，便查看了一下，决定每天只吃一块饼干。这让我心情非常沉重。

5月1日——早晨，我朝海面望去，只见潮水已经退去，有个东西躺在岸上，比普通的东西大，看着像一个小圆桶。我过去一看，原来是一个琵琶桶，还有两三块破船的残骸，都是被之前那场飓风吹到岸上的。我望着破船，感觉它比以前高出水面更多了。我往那个被吹到岸上的琵琶桶里一看，一眼就发现是一桶火药。但是火药被水浸过硬得像块石头，不过我还是暂时把它推到了岸上。然后，我踏着沙滩，尽量走近那艘破船，想再弄点儿东西。

我走到船边，发现它的位置变化特别大。船头原本是埋在沙子里面的，现在至少抬高了六英尺；而船尾原本在我最后一次上船之后就被打成了碎片，脱离了船身，现在看样子被冲到一旁去了。船尾旁边原本是一大片水洼，走到离船四分之一英里的地方就必须游泳过去，现在潮水一退就能走过去。刚开始我对这一变化颇感意外，不过很快就推测出是地震造成的。经过剧烈的震动，轮船残破得更严重了，每天都有东西被浪头打得松散开，再被风和浪慢慢卷上陆地。

这么一来，我就不再去想搬家这件事。我忙碌起来，特别是那天，忙着查看能不能进到船里去，可是我发现不太可能，因为船的内部结结实实地塞满了泥沙。不过，我已经学会对任何事都不轻言放弃，所以决定把能拆走的东西统统拆走。我认为，那些东西迟早有一天都会派上用场。

5月3日——我动手用锯子锯断了一根横梁，估计是支撑部分上甲板或者后甲板的。把梁锯断后，我尽力把旁边堆得特别高的泥沙清理走，可是潮水开始上涨，这次只好作罢。

5月4日——我去钓鱼，钓到的鱼却一条都不敢吃，直到钓得有点儿烦了，刚要离开，结果钓到一只小海豚。我用麻绳做了一根长长的钓鱼线，可是没有鱼钩。但我时常能钓到鱼，足够我吃了。我把它晒成了鱼干，以后再吃。

5月5日——在破船上干活，又砍断一根横梁，从甲板上拆下来三大块杉木板。我把木板捆在一起，趁着涨潮把它们放在水里拖上岸。

5月6日——在破船上干活，从船上拆下来几根铁螺栓和其他的几个铁件。我干得非常卖力，回家后累坏了，有点儿想放弃。

5月7日——又去了破船，没打算干活，但是发现横梁被锯断后破船把自己给压垮了，船身有几处都散了，船舱裂开一条大缝，可以看到船舱里面，可是里面几乎全是水和泥沙。

5月8日——去了破船，这次带了一根铁撬杆，把甲板撬开了。甲板上现在已经没有多少海水和泥沙了。我撬开两块木板，也趁着潮水拖上岸去。我把撬杆留在了船上，以备明天使用。

5月9日——去了破船，把撬杆伸入船舱，探到里面有几个桶。我用撬杆把它们撬松了，但是打不开。我还探到了那卷英国铅皮，能拨得动，但是太重了，钩不起来。

5月10日到14日——每天到破船去，弄到了不少木料和木板，还有两三百磅铁。

5月15日——我带了两把短柄小斧头上船，想看看能不能从那卷铅皮上截一段下来。我把其中一把斧头的斧刃放在铅皮上，用另一把去砸。可是铅皮浸在水下一英尺半深，没办法砸到。

5月16日——刮了一夜大风。破船被海浪打得更加破烂不堪了。为了找鸽子吃，在林子里耗的时间太长了，想上船的时候潮水已经涨了上来。

5月17日——我看见破船的几块残骸漂上岸，离我挺远，有接近两英里，不过我还是决定去看个究竟，结果发现是船头上的一块木料。木料太重了，我搬不走。

5月24日——这几天我天天上船去干活。我费了九牛二虎之力，用撬杆把一些东西撬得松散开来，潮水涌进去的时候，几个桶和两个水手箱便漂了出来。可是风是从岸上吹来的，那天漂到岸上的东西只有几块木料和一个装着巴西猪肉的大木桶，猪肉泡了海水，又掺了泥沙，已经不能吃了。

我每天都在继续这项工作，一直干到6月15日，只在必要的时候去寻找食物。在此期间，我规定自己趁涨潮的时候去觅食，以便到退潮的时候随时可以去工作。这段时间，我弄到很多木料、木板和铁件，要是我会造船，这些材料已经够造一只不错的小艇了。此外，我还先后几次弄到几块铅皮，大约有一百磅重。

6月16日——我走到海边，发现一只巨大的乌龟或海龟。这是我上岛后看到的第一只海龟，这似乎是我运气不佳所致，其实岛上海龟不少，要是我住在岛的另一边，肯定每天都能捉到好几百只，不过搞不好也会龟满为患，受其侵扰。

6月17日——我把那只海龟煮了，在它肚子里发现六十个蛋。当时我觉得它的肉无比鲜美，是我这辈子吃过的最美味的佳肴。自从我踏上这个令人讨厌的地方，除了山羊和飞禽，什么肉都没吃过。

6月18日——雨下了一整天，我待在家里没有出门。这次感觉雨有点儿寒意，身上有点儿发冷。我知道在这个纬度这不太正常。

6月19日——很不舒服，浑身发抖，仿佛天气很冷似的。

6月20日——整夜都睡不着，头疼得厉害，发高烧。

6月21日——很不舒服，想到自己生病没有人照顾的惨状，心里怕得要死。从赫尔出发遭遇暴风雨那次算起，这是第一次向上帝祷告，却不知道说了些什么，也不知道为什么要祷告。我的头脑一片混乱。

6月22日——好一点儿了，可还是非常恐惧，担心自己生病。

6月23日——病情再次加重，浑身冷得发抖，头痛欲裂。

6月24日——好多了。

6月25日——严重的疟疾，发作了七个小时，忽冷忽热，最后终于出了点儿汗。

6月26日——好了一点儿。没有东西吃了，我带上枪去打猎，觉得身体非常虚，但还是打死一只母山羊。千辛万苦把它拖回家，烤了一点儿羊肉吃。我想炖汤喝，可是没有锅。

6月27日——疟疾再次发作，而且来势汹汹。我不吃不喝地在床上躺了一整天，口干得要命，可是身体虚弱得站都站不起来，也没办法去弄水喝。我再次向上帝祷告，可是头晕眼花，等头不晕了，又不知道该说些什么了，只是躺在床上连连哭喊："上帝保佑啊！上帝可怜可怜我吧！上帝救救我吧！"我整整哭喊了三个小时，直到寒热渐渐退去，才昏昏睡去，一觉睡到半夜才醒过来。醒来后发现精神爽快了不少，只是浑身虚弱无力，而且口渴得要命。整个住处都没有水，我只好躺下等着天亮，结果又睡着了。这次我做了一个可怕的噩梦。

我梦到自己坐在围墙外面的地上（就是地震过后刮暴风时我坐的地方），只见有个人驾着一大片乌云，在一片明亮的火光中从天而降。来者浑身像火焰似的明亮耀眼，令我无法直视；其面目狰狞可怖，难以言表。他两只脚落到地面上的时候，我感觉大地都在发抖，跟之前发生地震的时候一样。令我惊恐的是，满天都燃烧着熊熊火焰。

他一着地就朝我走过来，手里拿着一根长矛似的武器，似乎要来杀我。他走到不远处的一座高坡上，便开口对我说起话来，其声音极其可怕，我都无法形容有多恐惧。他说的话我只听懂一句，就是："见此种种，汝仍不知悔过，既如此，当取汝命！"[1]说着，他举起手中的长矛就要过来杀我。

见此情景，我吓得灵魂出窍，不管是谁，看到我这段记述，都不会指望我能描述出自己当时的恐惧，我是说，即便是在梦中，即便只是梦到了那些可怕的情景。醒来后，我明知那是一场梦，却久久无法忘怀，更无法描述心中的震撼。

唉，我是个不知敬神的人！八年来，我一直在海上过着充满罪恶的生活，跟我交往的人也都和我一样，行为恶劣，亵渎神灵，因此，我从父亲那里受到的那些良好教育也磨灭殆尽了。这些年来，我从来不记得自己曾有意敬仰上帝或内省其身。我生性愚钝，冥顽不灵，不知向善，亦不知反思罪过。即便在普通水手当中，我也算得上心肠最冷、行为最鲁莽、最恶劣的人，危难中不知敬畏上帝，获救后亦不知对上帝感恩。

从我前面的叙述中，你们很容易看得出来，应该说，我从来不曾想过，时至今日降临在我身上的种种苦难是出自上帝之手，是对我罪行的惩罚，对我悖逆父亲的惩罚，对我现下深重罪孽的惩罚，也是对我罪恶人生的惩罚。当我孤注一掷要到非洲的蛮荒海岸时，从来没想过自己以后会怎么样，也没有祈求上帝指引我

1 此处原文为古语，后同。

是否应该前往，或者求他保佑我远离显而易见围绕在身边的危险，不受贪婪野兽和残忍野人的袭击。我压根儿就没想到上帝，没想到造物主，就像听凭自然法则控制的畜生，任由头脑支配，甚至连头脑都谈不上。

当我在海上被葡萄牙船长救起，受到他公正、尊敬、慷慨的对待时，没有对上帝产生丝毫感激之情。我再次遭到海难，失去所有财产，差点儿淹死在这座岛上时，也没有产生丝毫的懊悔之意，将其视作报应，而是经常对自己说，我是个倒霉蛋，注定要过凄惨的日子。

的确，我刚上岸来到这里，发现所有的船员都葬身大海，唯有我自己死里逃生的时候，顿感狂喜不已。当时假如上帝相助，心中激荡的情感或许会变成发自内心的感恩之情，可是狂喜过了就过了，也就高兴了那么一阵子，也可以说“我只是很高兴自己还活着”，丝毫没有想到将我救起的那只上帝之手特别眷顾我，在其他人葬身鱼腹的时候，独独让我一人幸免于难；也不曾追问上苍为何对我如此慈悲，而是像那些水手那样，侥幸从海难中逃生，心中欣喜万分，上岸后先喝两杯，然后几乎把一切都忘得一干二净，我的一生就是这样度过的。

后来，经过一番思考，我对自己的境况有了清醒的认识，发现自己流落到这个可怕的地方，与世隔绝，毫无获救的希望，即使此时，我一看到活下去的希望，看到自己不会饿死，所有的苦恼便烟消云散了。我安下心来，专心为了自己的生存忙活，根本就没有为自己身陷绝境而痛苦，没有把它当作上苍的审判，当作上帝之手的干预。我的脑子里很少出现诸如此类的想法。

正如我前面在日记中提到的那样，庄稼刚冒出头的时候，曾让我产生一些小小的震撼，以为是某种超自然的奇迹。可是，等我发现这并非奇迹后，所有的触动便随之消散了，这一点我已经说过了。

地震算是最可怕的自然现象了，最容易让人马上联想到那种冥冥中主导着此类事物的神力。可是即便如此，在最初的恐惧过去后，那种触动也随之消失了。我从来没想过上帝和上帝的审判，更不用说想到目前这种绝境是出自上帝之手，假如我日子过得红红火火倒罢了，可我明明身处绝境。

现在我生病了，死亡的悲惨景象逐渐呈现在我面前。病痛的折磨令我精神萎靡，高烧让我筋疲力尽，这时，我沉睡已久的良知终于开始苏醒，开始为了自己以往的生活而责备自己。显然，在以往的生活中，我以深重的罪孽触怒了上帝，现在上帝对我施以重惩，以这种报复性的手段对待我。

在我身染重病的第二天和第三天，这些思绪压得我透不过气来。高烧的剧烈折磨和良知的剧烈谴责逼得我叫嚷了几句类似祈祷的话，虽然这样的祈祷既缺乏良好的愿望，也不含任何希望，只能说是出于恐惧和痛苦而发出的喊叫声而已。我的大脑一片混乱，深知自己有罪，又深恐自己就这样凄惨地死去，心中不由得万分惶恐。惶然之下，连我自己都不知道自己会说些什么，只是不断地喊叫着："上帝啊，我多么可怜啊！要是我重病缠身，必然会无人照顾，我会落得个什么下场啊！"说到这里，我的眼泪夺眶而出，半天说不出话来。

此时，我想到了父亲的忠告和预言，这些我在故事开始的时候就提到过，就是：如果我非要做这么愚蠢的事，上帝一定不会保佑我，等到我将来孤立无援、求助无门的时候，就会后悔当初不肯听从他的劝告。我大声说，现在亲爱的父亲的那些话就要应验了：上帝的惩罚降临了，不会有人来帮助我，也不会有人听我呼救。上天原本十分仁慈地将我安排在一个非常优裕的生活环境里，让我有幸过上幸福顺遂的日子，我却身在福中不知福，又不肯从父母那里学会惜福，断然拒绝了上天的意旨。我任由父母为我的愚蠢行为伤心难过，结果现在自己却因这种行为所造成的后果悲伤欲绝。父母本打算帮我成家立业，替我把一切都安排好，让我过上轻松顺遂的日子，我却拒绝了他们的帮助。现在，我要在困境中挣扎求生，困难之大，连人性本身都难以承受。我孤立无援，无人相助，没有人照应，也没有人提出忠告。我哭喊着："上帝啊，救救我吧，我已经走投无路了！"

假如这能够称得上是祷告的话，这是我多年来的第一次祷告。不过现在还是接着说我的日记吧。

6月28日——睡了一觉，精神多少振作了点儿，病情也没再发作，于是就起床了。尽管噩梦令我心有余悸，但是我想着疟疾明天多半还会发作，现在应该趁机去准备一些东西，以备生病的时候食用。我做的第一件事就是把一个大方瓶子灌满水，放在床头的桌子上，确保在床上一伸手就能够到。由于水太过寒凉，我往里面倒了四分之一升的朗姆酒，然后把它搅匀。接着，我切了一块山羊肉，放在炭火上烤熟，但是吃不下多少。我四处走动了一下，觉得非常虚弱。想到当前悲惨的处境，我心中异常悲哀，心情无比沉重，担心明天病情再次反复。晚上，我在灰烬里面烤了三个龟蛋，剥开壳吃掉，权作晚饭，并且生平第一次祈求上帝赐福，从记事以来，我这辈子都不曾做过饭前祷告。

吃过晚饭，我想出去散散步，可是发现自己太虚弱了，连枪都拿不动（我每次出门都带着枪）。我只走了几步，就在地上坐了下来。大海就在我面前，我眺望着风平浪静的海面，心中不由得思绪万千。

我每日所见的这苍茫大地和浩瀚大海究竟为何物，又来自何方？我是何人？万物生灵，野生的和驯养的、仁慈的和残暴的，又来自何方？

诚然，万物生灵是一种神秘的力量创造出来的，也正是这种力量缔造了大地、海洋、空气与天空，可是这种力量究竟是什么？

最顺理成章的解释就是：是上帝创造了这万物。而这就得出一个非同寻常的结论：倘若是上帝创造了这一切，那他必然在引导和驾驭这一切以及与之有关的一切，因为能够创造万物的力量，当然也拥有能够引导和驾驭万物的力量。

倘若如此，那么在他所创造的世界里，不管发生任何事，他都不可能不知道，也不可能不是出自他的安排。

若是他什么事都知道，那他肯定知道我流落到了这里，知道我身陷绝境。若是什么事都出自他的安排，那发生在我身上的这一切肯定也是出自他的安排。

我想不出任何理由能推翻这些结论，因此更加坚信，发生在我身上的这一切都出自上帝的安排，正是上帝的旨意让我落入这种悲惨的境地。不仅对我，他对世间万事万物都有着绝对的支配权。我随即想到：

“上帝为什么要这样对待我？我究竟做了什么事导致上帝这样惩罚我？”

我的良知立刻制止了我的质问，好像我这么问就亵渎了神明。我仿佛听到它在对我说：“你这不可救药的可怜虫！你竟然还问自己做了什么事！回首往事，看看你虚度光阴的这半辈子，再问问自己，你什么坏事没做过？问问自己，为什么没有在很久之前命丧黄泉？为什么没有淹死在雅茅斯港外的锚地里？萨累海盗占领你们的轮船时你为什么没有在交战中丧命？没有被非洲西海岸的野兽吃掉？就在这里，全船的人都葬身大海的时候，为什么你没有淹死？你还要问自己究竟做了什么吗？”

想到这些，我不由得惊呆了，一时间目瞪口呆，无言以对。于是我心事重重地站起身来，走回自己的住处，翻过墙头，打算上床睡觉。可是我心烦意乱，没有一丝睡意。我在椅子上坐下，点上蜡烛，外面夜色开始降临。想到病情有可能复发，我心中极其惶恐。这时，我突然想到巴西人几乎生什么病都不吃药，而是用烟叶治疗。我记得箱子里有一卷烟叶，大部分已经熏制过了，还有一些青烟叶没有完全熏制。

我起身去取烟叶。毫无疑问，这是上天的旨意，因为我不仅在箱子里找到了医治肉体的良药，还找到了救治灵魂的良药。我打开箱子，找到了要找的烟叶。我保存下来的那几本书也在箱子里，我便取出一本《圣经》。之前我说过，我从破船上找到几本《圣经》，此前一直无暇也无意去读。我把《圣经》和烟叶一起放到桌子上。

我不知道怎么用烟叶来治我的病，也不知道它是否对我的病有好处，但还是试了好几种办法，想着总有一种办法能见效。我先往嘴里塞了一撮烟叶去嚼，结果脑子一下就麻了。烟叶太青，味道很冲，我不太接受得了。我又往朗姆酒里放了一撮烟叶，泡了一两个小时，准备睡觉前当药酒喝。最后，我拿出一撮烟叶放在炭盆里烤，强忍着烟熏的热气和令人窒息的气味儿尽量把鼻子凑上去闻。

我趁着治病的间歇，拿起《圣经》准备看一看，可是大脑被烟叶熏得昏昏沉沉的，根本看不下去，至少那会儿看不下去。于是，我只随手翻开书，结果映入我眼帘的第一句话便是："汝于患难之日求告于吾，吾必救之，汝须赞吾。"[1]

这句话对我的处境非常适用，只看了一眼就给我留下了深刻的印象，而且随着时间的推移，印象越来越深。至于"吾必救之"这句话，在我看来不太靠谱。我担心这实在太渺茫、太不现实了。正如上帝请其子民以色列人吃肉的时候，他们竟然问："难不成上帝能在旷野开设宴席吗？"[2]我当时也在想，难不成上帝能把我从这个地方救走？因为多年来一直都没有出现任何希望，这句话便一直在我脑子里盘旋。不管怎么样，这句话当时给我留下了非常深刻的印象，我后来也时常默念。

此时夜渐渐深了，正如我刚才说的，我被烟叶熏得头昏脑涨，昏昏欲睡。于是，我让石洞里的灯亮着，以备晚上想拿东西的时候照亮，就上床打算睡觉了。可是，躺下之前，我做了一件生平从未做过的事：我跪下来，向上帝祈祷，祈求他兑现诺言，若我在患难之日向他求告，他一定要搭救我。我磕磕巴巴地祷告完后，喝下泡了烟叶的朗姆酒，就立马躺下睡觉了。泡过烟叶的酒浓烈而呛人，我捏着鼻子才喝了下去。一喝下去就感觉酒劲直冲脑门，不过我睡得很熟，一觉睡到第二天下午快三点的时候。这会儿说起来，我有点儿怀疑自己多半昏睡到第三天才醒来，第

1　见《圣经·旧约》中《诗篇》50:15。

2　见《圣经·旧约》中《诗篇》第78章亚萨的训诲诗：（以色列人）妄论神说："神在旷野岂能摆设筵席？他曾击打磐石，使水涌出，成了江河。他还能赐粮食吗？还能为他的百姓预备肉吗？"

二天整整睡了一天一夜，否则我实在不明白我的日历中这个星期怎么会少算了一天，这件事几年后我才发现。若说是因为我来回跨越赤道的时间差造成的[1]，那我少的应该不止一天。但是我的确把日子漏记了一天，至于到底是怎么漏掉的，我就不得而知了。

不管怎么样吧，反正我醒来的时候发现自己神清气爽，精神抖擞。起床的时候我就感觉比昨天有力气了，胃口也好些了，因为肚子竟然饿了。总而言之，第二天疟疾没有发作，病情继续恢复，身体越来越好了。这一天是29日。

6月30日——当然是个不错的日子，我带着枪出去了一趟，只是不敢走太远。我打死两只长得有点儿像黑雁的海鸟，把它们带回家，但是又不太想吃，就又吃了几个龟蛋，味道非常好。晚上，我又喝了点儿泡着烟叶的朗姆酒，因为我感觉昨天就是喝了这种酒才好转的。不过这次我没喝那么多，也没再嚼烟叶或者烤烟叶来熏头。我以为第二天，也就是7月1日，会更好一些，结果感觉没那么好，反而有点儿发冷，所幸并不严重。

7月2日——我重新把三种方法都用上了，像第一次那样把自己弄得昏昏沉沉的，药酒的量也加倍了。

7月3日——病完全好了，再也没有发作，但是体力过了好几个星期才完全恢复。休养的时候我一直在思索那句话："吾必救之。"但是，我深感自己毫无获救的可能，因而并不对此心存奢望。正当因这些想法而灰心丧气的时候，我突然想到：我一心只想上帝把我从当前的困境中解救出来，却忽视了自己已经获得的拯救。于是，我开始扪心自问：难道我没有获得拯救，没有神奇

1　在计时上，由西向东跨越本初子午线时要减去一天，反之，由东向西则加上一天。其实克鲁索距离本初子午线很远，作者多半把赤道和本初子午线搞混了。

地从重病中痊愈吗？难道我没有摆脱最悲惨、最可怕的境地吗？可是我注意到什么了呢？我尽到自己的本分了吗？上帝拯救了我，我却没有赞美他，也就是说，我并没有把这些看作上帝对我的拯救而知恩图报，那又如何能奢望更重要的救助呢？

想到这些，我顿时如醍醐灌顶，立即跪下来大声感谢上帝，感谢他让我痊愈。

7月4日——早晨，我拿起《圣经》，从《新约》[1]开始读起。我读得非常认真，每天早晚都要读一会儿，但并不规定必须读多少章节，只要有兴趣就读下去。认真读《圣经》后没多久，我就为自己以前的生活充满罪恶而深感不安。梦中的情景再次浮现在我眼前，梦中人说的那句“见此种种，汝仍不知悔过”如雷贯耳，我忙恳求上帝赐予我忏悔的机会。仿佛天意使然，那天我在翻阅《圣经》的时候刚好看到这句话：“神且用右手将他高举，叫他做君王、做救主，将悔改的心和赦罪的恩，赐给以色列人。”[2]我把《圣经》放下，把心灵和双手都举向天空，欣喜若狂地高喊：“耶稣，你是大卫的子孙，耶稣，你是君王、救主，请将悔改之心赐予我吧！”[3]

可以说，这是我有生以来第一次真正意义上的祷告，因为我把这次祷告跟自己对境遇的感悟联系了起来，而且在上帝真言的

1 《旧约》和《新约》是以耶稣的出生来划分的。《旧约》主要记录从神创世开始到耶稣降生之前的以色列民族历史，《新约》主要记载耶稣降生后33年间的事迹以及门徒所写的书信告诫。

2 见《新约·使徒行传》5:31。

3 《新约·马太福音》中多次将耶稣称为“大卫的子孙”。《新约·马太福音》1:1–17和《新约·路加福音》3:23–38给出的两份耶稣的家谱中都有明确记载，第一份家谱清楚地表明耶稣是显赫的大卫王直系后裔。

鼓舞下抱着一种真正符合经文精神的希望。也可以说，从这次开始我才真正希望上帝能听到我的祷告。

现在，我开始以一种截然不同的角度来理解之前提到的那句话："汝求告于吾，吾必救之。"过去，我仅仅把拯救理解成把我从当前的困境中解救出去，因为我在这里虽然自由自在，但是这座荒岛对我来说不啻于一座监牢，而且是世界上最糟糕的监牢。但是现在我学会了从另一个角度来看待拯救。回顾过去的生活，我的心中十分惶恐，我的罪孽如此深重，以致我对上帝别无他求，只求他把我从罪孽的深渊拯救出来，罪恶感已经压迫得我寝食难安。至于当前孤苦伶仃的生活，根本就算不得什么。我并不怎么祈求上帝把我从这里解救出去，甚至连想都不怎么去想。相对于灵魂获救而言，这实在无足轻重。我之所以在这里说这些，是想让看到这本书的人明白，无论何时，只要他们洞悉世事，就会发现从罪孽中解脱比从困境中解脱幸福得多。

不过这些暂且不说了，还是接着说我的日记吧。

现在，我当前的境况是：尽管生活依然艰苦，精神却轻松多了。我坚持阅读经文，坚持向上帝祷告，因而思想变得更高尚了。我心中感到无限宽慰，这种心情以前从未有过。随着身体的复原和体力的恢复，我开始打点起精神，准备自己所需要的种种物事，尽可能让自己过上正常的生活。

7月4日到14日——我主要的活动就是拿着枪出去转悠，每次都不走远，就像大病初愈休养生息的人那样，因为你简直无法想象我的精神有多萎靡，身体有多虚弱。我用来治病的办法举世未闻，说不定以前从来没有治愈过疟疾，我不可能通过这次实验就把这种方法推荐给别人。它确实治好了我的疟疾，却让我的身体极度衰弱，此后好长一段时间，我的神经和四肢还经常抽搐。

此外，这场大病还让我弄明白了一件事：雨季外出对健康危害极大，特别是刮着暴风和飓风的雨天。旱季下雨基本上都是风雨交加，我发现这种雨比九、十月的雨要危险得多。

我在这座荒凉的小岛上已经生活了十个多月，似乎完全没有获救的可能。我坚信，人类的足迹从来没有踏上过这个地方。现在，我觉得我已经完全按照自己的想法把住处修缮得很安全了，于是便渴望去深入探索一下这座荒岛，看看有没有自己尚未发现的物产。

7月15日——我开始对小岛进行更为详细的勘察。我先走到以前停靠木排的小河边，沿河而上两英里后，发现潮水只涌到这里为止，再往上就是一条潺潺的小溪，溪水清澈可口。时值旱季，有些地方几乎已经干涸了，就算有水也汇不成水流了，所以也看不出来。

溪畔是一片片可爱的草地，草地十分平坦齐整，绿草如茵。河岸两侧地势缓缓上升，照理溪水永远都流不到缓坡上，坡上长着很多烟草，绿油油的，茎秆又粗又壮。另外还有很多各种各样的植物，可惜我都不认识。这些植物可能各有各的用处，只是我不知道罢了。

我四处寻找热带印第安人用来做面包的木薯根，但是一个都没找到。我看到一些巨大的芦荟，不过当时并不认识。另外还有几株野生甘蔗，没有经过人工培育，不太好吃。这次能发现这么多东西我已经很满足了，回家路上一直在寻思着怎么才能了解我发现的这些植物和水果的用处，可是毫无头绪。总而言之，我在巴西的时候没怎么注意观察，所以对田野里的植物所知甚少，至少不知道现在怎么加以利用才能有利于改善自己当前的处境。

7月16日——我沿着原路往前走，从昨天到达的地方再往前，小溪和草地就到了尽头，林木却越来越茂盛。林子里结满了各种果实，地上结了很多甜瓜，树上挂着很多葡萄。葡萄藤爬满了大树，一串串熟透的葡萄甜美多汁。这一发现十分意外，令我惊喜万分。可是经验告诉我不能多吃，我记得在巴巴里靠岸的时候，几个在那里沦为奴隶的英国人就是因为贪吃葡萄才害痢疾和热病丧命的。不过，我想到一个很好的办法，可以对这些葡萄加以利用，就是把它们放在太阳底下晒干，制成葡萄干保存起来。我觉得在没有葡萄的季节，葡萄干肯定会非常好吃，而且有益健康。

我在那儿住了一个晚上，没有回家。顺便说一声，这可以说是我第一次在外面过夜。到了夜里，我采用刚上岸时候的老办法，爬到树上，香甜地睡了一夜，第二天早上继续我的勘察。按山谷的长短判断，我往前走了将近四英里，仍然是在朝正北走，我的南侧和北侧是一道道连绵不绝的山脉。

最后，我来到一片开阔的空地上，这里地势似乎向西倾斜，一道清澈的山泉从我旁边的山坡上奔流而下，朝着正东流去。这片山区生气勃勃，绿意葱茏，一片欣欣向荣的景象，山间的林木郁郁葱葱，春意盎然，犹如一座人工种植的花园。

我沿着这道风景宜人的山谷往下走了一段路。想到这一切都是我自己的，我是这个地方无可争辩的君王和领主，拥有这个地方的所有权，心中不由得暗自高兴（尽管夹杂着几丝苦恼）。我一边勘察一边想，要是可以世代相传，我就可以把这个地方传给子孙后代，就跟英国那些享受采邑的领主一样。我看到很多可可树、橘子树、柠檬树和香橼树，可惜都是野生的，没结什么果实，至少现在没有。不过我摘的那些酸橙不但酸甜可口，而且营养丰富。后来，我用酸橙汁兑水，喝起来既有营养，又清凉提神。

现在我有事要忙了，我要采摘一些水果运回家去。我知道雨季即将来临，打算存一些葡萄、酸橙和柠檬，以备雨季食用。

为此，我摘了一大堆葡萄放在地上，又在另一个地方摘了一小堆，除此之外，还摘了一大堆酸橙和柠檬。我把每种水果都带上几个，就踏上了回家的路。我打算下次再来的时候带上一个布袋或者麻袋，抑或其他能装东西的家什，好把剩下的水果运回家。

这次外出前后花了三天时间才回到家，也就是回到我的帐篷和山洞。还没到家，葡萄就烂了。这些葡萄都熟透了，汁液充沛，一经挤压就破了，基本上都不能吃了。酸橙倒完好无损，可惜带不回来多少。

7月19日——我带着两个事先做好的小袋子，准备去装采下来的水果。但是，我走到葡萄堆跟前就惊呆了：那些饱满而漂亮的葡萄被扔得到处都是，有的被踩烂了，有的被拖得这里一片，那里一片，很多都被吃掉了。看来这附近有野兽出没，是它们糟蹋了我的葡萄。至于到底是什么野兽干的，我就无从得知了。

我这才意识到，把葡萄摘下来堆在地上行不通，用麻袋把它们运回去也行不通。堆在地上会被野兽糟蹋光，装进袋子里又会挤烂。我又想出一个办法。我摘了很多葡萄串，把它们挂在伸到树荫外面的树枝上，好让太阳把葡萄晒干。至于柠檬和酸橙，能扛得动多少就带多少回去。

这次外出回家后，我想着那条山谷里丰富的物产和迷人的景色开心不已。那里靠近溪流，林木茂盛，不会遭遇暴风雨的袭击。看来，我选了一个全岛最糟糕的地方安家落脚。总而言之，我开始考虑搬家。如果有可能，我打算在那个物产丰富、风光明媚的山谷里要找一个跟我现在的居所同样安全的地方。

搬家的念头在我脑子里盘旋了很久，有一段时间，这个念头十分强烈。山谷里迷人的景色对我的吸引力非常大。可是仔细一想，现在我住在海边，说不定会发生什么对我有利的事。万一再有哪个可怜虫像我一样倒霉，流落到这个地方呢？虽然这种事情不大可能发生，但要是我搬进深山密林，住到岛中央，无异于把自己禁闭起来，那我就完全不可能碰到这种事了。思前想后，无论如何都不应该搬家。

不过，我的确非常喜欢那个地方，经常在那里盘桓，七月剩下的日子基本上都是在那里过的。尽管经过再三考虑，我决定不搬家了，但还是打算在那里修建一座类似于小茅舍的住所，然后隔开一段距离，用一道结实的围栏从外面把它围起来。围栏由两道树篱构成，我向上伸出手刚好能够到树篱的顶部。木桩打得很牢固，两道木桩中间塞满了树枝，睡在里面感觉很安心。有时候我会一连住上两三个晚上，每次也都是用梯子进出。这么一来，我现在竟然拥有一座乡间别墅和一座海滨别墅了。这座乡间别墅直到八月初才告完成。

新居的围墙刚修好，我正打算享受自己的劳动成果，就下起了大雨，把我困在了旧居。新居虽然跟旧居一样，用帆布搭了一顶帐篷，而且搭得很好，就是没有小山遮挡暴风，也没有山洞供我躲避滂沱大雨。

如前所述，我在八月初修好了茅舍，打算在里面享受一番。8月3日，我发现挂在树上的葡萄全都干透了，已经晒成了上等葡萄干，便把它们从树上取下来。幸亏我及时取了下来，否则肯定会毁于随后而至的暴雨，那我就会失去最好的过冬粮食了，因为我挂了两百多串葡萄，而且每串都很大。我刚把它们全都取下来，把其中大部分运到我的山洞，就下起了雨。从那天起，也就是8月14日开始，一直下到十月中旬，差不多每天都会下雨。有时候雨下得很大，搞得我一连几天都躲在山洞里不能出去。

这个雨季，令我大为意外的是，我的家庭成员竟然增加了。之前有一只猫跑了，一直音信全无，我还以为它死了，心中十分挂念。不料八月底它突然回来了，还带回了三只小猫。这几只小猫跟母猫一样，全是家猫，这就更令我诧异了，因为我在岛上用枪打死过一只野猫——我称之为野猫，觉得它跟我们欧洲的猫是完全不同的品种，而我带来的两只猫又都是母猫，所以才觉得十分诧异。后来，这三只猫繁衍了很多后代，让我受够了侵扰，最后不得不把它们像害虫或野兽一样杀掉或者尽可能赶走。

8月14日到26日——雨下个不停，我无法出门。现在我非常小心，不大敢淋雨。这段时间一直困在家里，食物都不够吃了，只好冒险出了两次门。第一次打了一只山羊，最后那天，也就是26日，抓到一只很大的海龟，让我打了一次牙祭。我的食物是这样分配的：早餐吃一串葡萄干，午餐吃一块烤羊肉或者烤龟肉（非常不幸的是，我没有炖煮用的厨具），晚餐吃两三个龟蛋。

被大雨困在家里这段时间，我一直在扩大自己的山洞，每天干两三个小时的活儿。我把山洞慢慢朝一边挖，一直到挖通山壁，在围墙外面开出一道门来，可以从那条路进出。可是这么一来太缺乏防护了，我不是很安心。之前我想方设法把自己严严实实地围起来，可是现在这地方什么东西都进得来，我感觉自己很容易受到袭击。不过到现在为止还没发现什么可怕的生物，我在岛上看到的动物最大的就是山羊。

9月30日——今天是我流落到这座荒岛的周年纪念日。我算了一下柱子上的凹口，发现已经上岸三百六十五天了。我把今天定为神圣的斋戒日，并决定在这一天举行宗教仪式。我以最虔诚谦卑的心情跪伏在地，向上帝忏悔我的罪行，接受他对我的公正的惩罚，祈求他通过耶稣宽恕我的罪过。我整整十二个小时都没吃东西，甚至到太阳落山，才吃了一块饼干和一串葡萄干，然后就上床睡觉去了。这一天就这么过去了。

这段时间我一直都没有注意过安息日，因为我的脑子里最初根本没有任何宗教意识。有段时间，我都忘记在安息日刻一道更长的凹口来区分每个星期的日子了，所以根本搞不清楚哪天是哪天。不过现在我算了一下日子，发现上岛已经一年了，于是把这一年的凹痕按星期来划分，每七天划出一个安息日，可是算到最后，我发现自己漏算了一两天。

此后不久，墨水即将告罄，我只好用得更加节省，只把生活中最不同寻常的大事记下来，对其他事情，就不再每天都记录了。

现在，我逐渐摸到了雨季和旱季的规律，并学会了怎样划分它们，以做好相应的准备工作。不过，我是付出了代价才获得上述经验的，下面我就来说说最令人沮丧的一次实验吧。

我说过，我存着几穗大麦和稻谷，就是起初我非常意外地发现凭空冒出来的那些谷物。我估计有三十穗稻谷、二十穗大麦。当时雨季刚刚过去，太阳逐渐南移，我觉得是时候播种了。

于是，我用木铲挖了一块地，然后把它分成两块。可是，刚要撒种，我突然想到，不能一开始就把种子全都撒下去，因为我还不清楚到底什么时候适宜播种。于是，我每种都留了一把，只撒下去三分之二的种子。

后来我很庆幸自己没把种子全部撒下去，因为这次的种子全都白撒了。种子撒进地里之后，一连几个月都没有下雨，土壤里没有水分，种子就发不了芽。一直到雨季再次来临，它们才从地里冒出头来，好像刚播种下去似的。

第一次播下去的种子没有发芽，我想都不用想也知道是由于干旱的缘故，于是打算找一块比较潮湿的地再试一次。二月，临近春分的时候，我在新居附近挖了一块地，把剩下的种子撒了下去。三、四月阴雨连绵，雨水浇灌了种子，禾苗很快就冒出了头，而且长势喜人，产量很高。可惜当时没剩下多少种子，而且播种的时候我又没敢全部撒下去，结果最后没收多少粮食，每种只收了半配克[1]多。

不过，通过这次实验，我成了种田好手，对何时适宜播种了若指掌，而且知道一年可以播种两次，收割两次。

在庄稼生长的时候，我有一个小发现，这个发现后来对我大有用处。大约十一月的时候，雨季已经过去，天气开始转晴，我去巡视自己的乡间茅舍。我已经好几个月没有来过了，但是发现一切如故，跟我离开的时候一样。我做的那圈双层树篱不仅完好无损、坚固如初，而且从附近砍下来的木桩都发了芽，抽出了长长的枝条，就像头年砍掉树头的柳树似的。我不知道是什么树，反正这些木桩都是从那种树上砍下来的。看到这些小树都成活了，我不禁喜出望外。我把这些树修剪了一番，尽量让它们长得一般大。三年后，它们变成了一道极其优美的风景线。树篱围成

1 配克：容积单位，1配克=2加仑=9.092升。

的院子直径足有二十五码，但是这些树很快就把它遮住了。院子里的绿荫遮天蔽日，整个旱季住在里面都很舒适。

于是，我决定再去砍一些木桩，在那道半圆形的围墙外面也做一道树篱，我是说我旧居的篱笆院。说干就干，我在距离第一道围墙大约八码远的地方打了两排树桩，或者说栽了两排树苗。树苗很快就长了起来，把我的住所严严实实地遮蔽了起来。后来，这道树篱还成了一道防御工事，这事儿我后面会讲到。

我现在发现，这里的季节可以大致划分为雨季和旱季，而不是像欧洲那样分为夏季和冬季。雨季和旱季的划分大致如下：

二月下半月 三月 四月上半月	雨季，太阳在赤道上或靠近赤道
四月下半月 五月 六月 七月 八月上半月	旱季，太阳逐渐抵达北回归线
八月下半月 九月 十月上半月	雨季，太阳逐渐回到赤道
十月下半月 十一月 十二月 一月 二月上半月	旱季，太阳逐渐抵达南回归线

雨季有时候长，有时候短，主要取决于风向。不过这只是我的大致观察罢了。自从我根据切身经历明白了雨天外出的严重后果，便留心在雨季来临之前准备好口粮，免得冒雨出门。下雨那几个月，我尽量待在家里。

这次我有很多事要忙（而且也非常适合在这时候做），因为我发现自己还缺很多东西，只能靠辛苦而持续的劳作创造出来。我想编个箩筐，试过很多办法都行不通。摘来的枝条太脆了，根本不中用。小时候，我很喜欢站在镇上的箩筐店门口看篾匠们编柳条筐。那时候我跟大多数男孩子一样，喜欢凑上去帮忙，而且会非常认真地观察篾匠们是怎么编箩筐的，有时候还去打打下手，因而也学会了编箩筐，现在倒是派上大用场了，就是手头没有材料。我突然想起来，我砍来做木桩的那种树的枝条说不定跟英国的柳条一样坚韧，于是决定试试看。

第二天，我到自己那座乡间别墅去砍了一些细枝条，结果发现再合用没有了。于是，第二次我带了一把短柄斧去，准备砍它一大堆。山谷里这种树很多，不一会儿就砍够了。我把枝条放在我的篱笆院里晒干，等晒好之后就扛回山洞。等到雨季再次来临的时候，我就忙碌起来，编了很多筐子。这些筐子既可以用来装土，也可以随意装其他东西。那些筐子尽管编得不太好看，但是挺耐用。后来，我经常编筐子，从来不让自己缺筐子用。旧的坏了，就赶紧编新的，还特地编了很多又结实又深的筐子，准备盛放收获的粮食，以后就不用拿布袋装了。

我花很多时间解决了这一难题，不由备感振奋，便想看看能不能做出来我想要的两样东西：除了两个桶和几个玻璃瓶，我没有盛放液体的容器，只有两个几乎都装满了朗姆酒的桶和几个用来装水与装酒的玻璃瓶（有的是常规尺寸，有的是方形的）。我没有煮东西用的锅，只有一个从轮船上抢救出来的大水壶，可是水壶太大了，不能照我想的那样用来煮汤或者炖肉。我特别想要的第二样东西是烟斗，可是自己做不出来，不过最后还是想出了解决办法。

整个夏季，或者说是整个旱季，我都在忙着打第二排木桩、编篓筐。此外，另一项工作也占去了我不少时间，比我预料得还要多。

我前面提到过，我特别想周游全岛。之前我沿着小溪往北，走到了修建茅舍的地方，那里有块开阔地，一直延伸到海岛另一头的海边。现在我决定穿过海岛，到另一头的海边去看看。我带上枪、短柄斧、狗和大量的弹药，袋子里揣上两片饼干和一大串葡萄干，便踏上了旅程。我穿过茅舍所在的那条山谷，向西眺望，大海便映入眼帘。这一天，天气晴朗，能非常清晰地看到陆地，至于是岛屿还是大陆，我就无从得知了。那里地势很高，从西向西南偏西方向延伸出去很远，不过估计距离这里有十五到二十里格那么远。

我不知道那里是什么地方，只知道肯定是美洲的一部分，而且据我观察，肯定靠近西班牙的领土，说不定上面住的全是野人。要是我在那里上岸，境况肯定比现在糟糕。于是，我更愿意听从天意的安排了，也开始承认并相信所有的一切都是最好的安排。想到这里，我平静多了，不再自寻苦恼，妄想到那里去了。

另外，经过一番考量，我想，如果那块陆地是西班牙的海岸，那我迟早都会看到有船只经过；如果看不到船只往返，那就说明是西班牙领土和巴西之间的蛮荒海岸，住在那里的是最坏的野人，他们是食人族，不管什么人，只要落到他们手里，都会被他们吃掉。

我一边想，一边慢悠悠地往前走，发现脚下的环境比我住的那一带好得多。这里草原开阔，绿草如茵，鲜花似锦，到处都是郁郁葱葱的树林。我看到很多鹦鹉，便想捉一只去养，教它跟我说话，结果费了半天劲才捉住一只小鹦鹉，还是用棍子把它打下来的。我把鹦鹉弄醒之后带回家去，后来过了好多年才教会它说话。最后，我还教会它亲昵地叫我的名字。后来发生的那件小事说起来十分有趣，不过那是后话了。

这次旅行让我心满意足。在地势较低的地方，我还发现了不少据我估计是野兔和狐狸的动物，可是它们跟我以前见过的那些野兔和狐狸长得截然不同。我打死几只，但是无意去吃它们的肉。我不缺食物，没必要冒这个险。何况我的食物很可口，特别是山羊肉、鸽子肉和海龟肉这三种。这三种食物再加上我的葡萄干，就个人平均享受到的食物数量和种类而言，即便是伦敦勒顿活市集都无法提供比我的食物更丰盛的宴席。尽管我的境遇令人扼腕，但我还是应该感激上天，因为我非但从来不缺食物，而且数量相当充裕，甚至还有珍馐美馔。

这次旅行当中，我没有哪天一天走出两英里的，因为我总是绕来绕去，往复来回，想看看会有什么新的发现。每次走到准备休息过夜的地方，我都疲惫不堪了。有时候我会爬上树去休息，有时候会在四周插上一圈木桩，或者把木桩和树木相间，围成一圈，以便有野兽靠近的时候先把我惊醒。

一走到海边，我就惊讶地发现自己住在全岛环境最糟糕的地方。这里的海滩上到处都是海龟，不计其数，而我住的那边，一年半的时间才找到三只。这里还有大量飞禽，种类极多，有些是我见过的，有些我从来没见过，其中很多禽类的肉吃起来都不错。这么多飞禽当中，我只认得那种叫企鹅的鸟，其他的都叫不上名字。

本来我想打多少就能打多少，可是我不想浪费弹药，倒是很想打一只母山羊，那样可以吃得更久。这边山羊比我那边多，但是很难靠近，因为这一带地势平坦，更容易被它们觉察，不像我在的那边，人可以躲在山上。

我承认这一带比我那边好得多，但还是无意搬家，因为我在那边住习惯了，感觉在这边像在出门旅行。

我沿着海边往东走，估计走了十二英里，然后在岸边竖了一根大柱子做标记，便决定先回家去。下次我打算到海岛另一边去看看，从我的住处往东走，兜上一个圈子，再回到柱子这里。这些是后话了。

回家的时候我走了另一条路，心想只要密切注意全岛的地貌，就不会迷路，不会找不到我的旧居，可是我发现自己错了。走出两三英里远之后，我发现自己走进了一条大山谷，周围群山环绕，山上丛林密布，我不知道该往哪里走，除非靠太阳辨认方向，甚至靠太阳也没用，除非我知道当时太阳应该在什么位置。

更不幸的是，我在山谷的那三四天浓雾弥漫，根本看不见太阳，只好像没头苍蝇一样四处乱走，最后不得不回到海边，找到那根柱子，沿着原路返回，然后再慢悠悠地朝家里走去。天气异常炎热，我扛着枪、弹药、短柄斧和其他东西，感觉特别沉重。

回家路上，我的狗突然扑向一只小山羊，把它按倒在地，我赶紧跑过去抓住小羊，把它从狗嘴里救了下来。我很想把它带回家去。以前我就经常盘算着有没有可能抓两只小羊，把它们饲养起来，让它们繁殖，等到弹药用光后可以供我食用。

我给小家伙做了个项圈，又用随身携带的绳线搓了一根绳子，颇费了一番周折才把它牵回我的茅舍。我把它圈起来就走了，因为我离开家已经一月有余，急着回家去看看。

回到旧居，我躺在吊床上，心中有说不出的惬意。这次小小的漫游中，我居无定所，觉得很不舒服，相较之下，我的房子简直就是完美的安身之所，家里的一切都布置得极其舒适，于是我决定，如果我注定要在岛上生活下去，以后再也不出远门了。

我在家里休息了一个星期，洗去长途旅行的疲惫，肆意享受着生活。在此期间，我把大部分时间都花在了另一件大事上面，就是给我的小鹦鹉做笼子。此时它已经完全驯服了，跟我非常亲热。这时，我想到那只可怜的小羊，打算去把它牵回家来，或者喂它吃点儿东西。我走的时候把它圈在了小篱笆院里，等我回去一看，它还老老实实地待在那里，因为它根本出不去，但是已经快饿死了。我赶紧去砍了点儿嫩枝嫩叶丢进去喂给它吃，然后还像以前那样，用绳子牵着它走。可是它已经被饿得十分温顺，根本不需要牵，就像只小狗似的乖乖地跟着我走了。后来，我一直养着它，它变得又温顺又可爱，也成了我的家庭成员之一，从此再也没有离开我。

秋分时节的雨季又降临了。我跟去年一样，以严肃虔诚的方式度过了9月30日，也就是我在登陆这座岛的周年纪念日。现在，我到这里已经满两年了，但还是跟刚来的时候一样，毫无获救的希望。整整一天，我都怀着谦卑而感激的心情，感念上帝种种神奇的恩赐。若是没有这些恩赐，我孤苦伶仃的生活会更加凄

我沿着海边往东走，估计走了十二英里，然后在岸边竖了一根大柱子做标记。

惨。我谦卑而衷心地感激上帝，因为上帝让我明白，我虽然离群索居，却有可能比自由地生活在人群中更幸福。上帝陪伴在我身边，仁慈地与我的灵魂交流，支持我、安抚我、鼓励我，让我信赖天命，祈祷他以后永远与我同在，这足以弥补我寂寞生活的种种不足和远离人群的痛苦。

直到现在，我才充分体会到，当前的生活比过去幸福得多，尽管当前处境狼狈，但过去的生活卑劣可憎，令人生厌。现在我的喜怒哀乐都变了，我的欲求也不一样了，我的爱好和兴致也不同了。跟刚来的时候相比，其实也就是这两年间，我获得了全新的快乐。

以前，我去打猎或勘察海岛环境的时候，走着走着，一想到自己的处境，想到自己被困在这深山老林里，困在这荒无人烟的地方，就会突然痛苦不堪，感觉自己就像个永无出狱之日的囚犯，茫茫大海就是永不腐朽的铁栅栏，将我囚禁在这杳无人迹的蛮荒之地。即使在我心情最平静的时候，这种感觉也会像暴风雨一样突然席卷而至，让我扭绞着双手，像个孩子似的失声痛哭。有时候我正干着活，这种感觉突然袭来，我就会立刻坐在地上长吁短叹，一连一两个小时垂头盯着地面。其实这样更糟糕，要是能痛哭流涕，能叫喊两声，还能发泄出来，悲伤的情绪也能得到纾解。

可是现在我开始用新的思想锻炼自己。我每天读《圣经》，把那些安慰的语句统统跟自己当前的处境联系起来。一天早上，我的心情十分悲凉，打开《圣经》便看到这几句话："吾必不弃汝而去。"[1]我立刻觉得这句话就是对我说的，否则怎么会刚好在我为

1 见《旧约·约书亚书》1:5。

自己的处境感到悲伤、觉得自己被上帝和人类遗弃时，让我看到这句话呢？我说：“好吧，既然上帝不遗弃我，就算全世界都遗弃了我又如何？又有什么关系？反之，即使我拥有全世界，却失去了上帝的宠幸和庇佑，那也太得不偿失了。”

从这一刻起，我心中开始断定，对我来说，处于这种离群索居的生活状态说不定比处于任何其他状态都幸福，这么一想，我不由得要感谢上帝将我带到这个地方来了。

想到这里，不知什么让我心头一惊，没敢把感激的话说出口。“你怎么是这样的伪君子，竟然假装感激这种处境？不管你多么努力让自己安于现状，都无法抑制你发自内心的渴望被救赎的愿望。”我甚至把这些话大声宣之于口。于是，我不再顺着那个思路想下去。不过，尽管我不能说我感谢上帝把我带到这里，但还是要感谢他让我历尽磨难，睁开眼睛看清楚自己过去的生活，为自己的罪孽感到悲恸和悔恨。我每次翻开《圣经》时或合上《圣经》时，都发自内心地感激上帝引导我在英国的朋友未经我嘱托就把《圣经》放在我的货物中间寄来，并感谢上帝后来帮助我把它从破船里翻找出来。

我以这种精神状态开始了自己第三年的生活。尽管我没有像第一年那样，把自己的工作巨细靡遗地讲述给读者听，不过总体上来说，我很少有空闲的时候。我按照眼前的几项日常工作，把自己的时间安排得很有规律。比如说：第一，对上帝尽责，阅读经文，我每天都留出时间读三次《圣经》；第二，不下雨的时候，带着枪去觅食，一般每天上午要花三个小时的时间；第三，处理打死或捕获的猎物，或熏、或腌、或烹，这项工作要花去我大半天的时间。此外，还得考虑每天中午太阳当空的时候酷热难当，什么都不能干，这么一来，真正能干活的时间一般来说只有傍晚那四个小时。不过也有例外，有时候我会调换一下打猎和干活的时间，上午干活，下午打猎。

不但能干活的时间十分短促，而且工作也异常艰辛。很多时候，由于缺乏工具，没有助手，不懂技术，我做每件事都要耗费大量的时间。譬如，我想在山洞里做个长木架，结果花了整整四十二天时间才做出一块装在木架上的木板。而事实上，要是有工具和锯木坑，两个锯木工只要半天时间就可以用同一棵树锯出六块木板来。

而我是这样干的：我要先找一棵大树把它砍倒，因为我要做的是很宽的木板。砍树要花三天时间，还要花两天时间把枝丫砍掉，把它削成一根原木，或者叫木料。再经过无数次的砍劈，把两侧一点点削去，直到砍到搬得动为止。然后，我把它翻过来，把一侧从头到尾削平刨光，再把削平的那面翻下去，削另一面，直到削成三英寸厚、两面光滑的木板。不管是谁，都能一眼看出，我凭着一双手完成这样一项工作有多辛苦。但是，凭着辛苦和耐心，我不但完成了这项工作，还完成了其他的很多工作。我只是用这个例子说明，为什么我花了这么多时间只做了这么点儿工作，这些工作本是在有助手和工具的情况下可以轻而易举完成的，若单凭一个人空手去做，会耗费大量的体力和时间。

尽管如此，我还是靠耐心和劳动创造了很多东西，事实上，在这种处境下不可或缺的那些东西全都是我靠耐心和劳动创造出来的，这些后面会说到。

现在到了十一月多，我在等着收割大麦和稻谷。我开垦的耕地面积并不大，正如我前面说的，由于我在旱季播种，白白损失了整整一季的收成，每种种子都只剩下不超过半配克的量。不过现在我的庄稼有望大获丰收。不料突然出现几种敌人，让我再次面临失去所有收成的危险，而这种危险几乎无法避免。最开始是山羊和那些被我叫作野兔的动物，它们尝到了禾苗的甜味儿，种子一发芽就昼夜蹲伏在我的田里，把露出地面的禾苗啃个精光，禾苗根本长不出茎秆来。

我实在想不出其他办法，只能修一道树篱把庄稼地围起来，这项工作我干得非常辛苦，而且为了赶时间，就更加辛苦了。好在庄稼种得不多，耕地面积也不大，我花了不到三个星期的时间就把庄稼地严严实实地围了起来。白天，我开枪打死几只山羊和野兔，到了夜里，又把狗拴在大门口的木桩上让它守夜，它就在那里整晚吠个不停。没过多久，那些敌人就舍弃了这块地方，庄稼开始茁壮成长，而且迅速开始成熟。

庄稼刚发芽的时候兽类来祸害，现在要抽穗了鸟类好像又要来祸害。一天，我到田里去看庄稼的长势如何，结果发现我那块小小的庄稼地里聚集了不知道多少种鸟类。它们围着庄稼地，仿佛在等着我走开。我立刻对着鸟群开了枪（我总是随身带着枪的），枪声一响，一大群我起先根本没有看到的鸟乌压压地从庄稼中间飞了出来。

这让我非常痛心，因为可想而知，要不了几天时间，它们就会把我所有的希望吃个精光，我只有挨饿的份儿，而且再也种不成庄稼了，简直无法想象到时候该如何是好。不过，我打定主意一定要保住自己的粮食，就算夜以继日地守着也在所不惜。我先走进田里去查看受损情况，发现它们糟蹋了不少庄稼，不过幸好麦穗和谷穗还很青，损失不是太大，假如剩下的庄稼能保住，多半还会有个不错的收成。

我站在庄稼地旁边，给枪装上弹药，然后一眼就看到那些窃贼都站在周围的树上，仿佛就等着我离开似的。事实也确实如此。我走到一旁，假装已经离开了。等我一走出视线，它们就再次纷纷飞进庄稼地。我顿时火冒三丈，等不及更多的鸟飞下来（可以这么说，我知道它们现在所吃掉的每颗谷粒几年后都是个一配克的大面包），就快步走到树篱跟前连开几枪，打死三只鸟。这正中我下怀，我把那三只鸟捡起来，按照英国惩治臭名昭著的窃贼的做法，用锁链将它们吊起来，以儆效尤。叫人意想不到的是，这个办法居然奏效了，鸟儿们不但再也没有来糟蹋庄稼，而且彻底舍弃了这一带，再也不来了。那些死鸟吊在那里示众期间，附近连一只鸟的影子都看不到。

不用说，对此我很高兴。大约到了十二月下半旬，也就是本年度的第二个收获季，我开始收割庄稼。

没有收割庄稼的镰刀，这叫我十分为难，只能将一把从轮船的武器舱中取出来的砍刀改作镰刀凑合着用。好在第一次收成不多，收割起来不算太难。简而言之，我是按照自己的办法来收割的，只割麦穗和谷穗，把茎秆留在地里。我把麦穗和谷穗装进自制的大筐子里扛回家，然后用双手把谷粒搓下来。全部收割完之后，我发现那半配克种子收了将近两蒲式耳[1]稻谷和两蒲式耳半大麦，我是说按照我的估计，因为我当时没有量器。

这极大地鼓舞了我，我预见有朝一日，上帝会赐给我面包吃。可是我对此再次感到束手无策，因为我根本不知道如何把谷

1　蒲式耳，谷物和水果的容量单位，相当于八加仑。

粒碾成粉，甚至不知道如何脱粒，如何去秕糠；就算能碾成粉，也不知道怎么做面包；就算知道怎么做面包，也不知道怎么烤面包。再加上我想多攒一些粮食，以保证持续供应，便决定这次收获的庄稼一粒都不吃，全部留存起来做种子，等到下个季节播种。在此期间，我把时间和精力全部投入到为自己提供粮食和面包这项伟大的工程上。

可以说，现在我真是在为了面包而工作。为了制作面包这种小小的东西，你得耕地、播种、加工、筛面粉、揉面团、烘烤，经过众多奇特烦琐而必不可少的过程，这真是令人惊叹，相信很少有人会想到这些。

我沦落到一种纯粹的原始状态，这让我每天都感到很沮丧，而且随着时间的流逝，这种感觉越来越强烈，特别是意外得到第一把粮种之后。

首先，我没有犁去耕地，也没有铁锹或者铲子去挖地。不过，前面说了，我自己做了一把木铲，算是克服了这个困难。可是用它干起活来很笨拙，尽管我花了好多天才做好一把木铲，却因为没有铁，磨损得更快，干起活来更累，挖得也没那么好。尽管只能凑合着用，我还是耐着性子把地挖好，挖得不好也随它去了。播种的时候，因为没有耙，我不得不拖着一根又粗又重的大树枝在田里来回走，与其说是在耙地，还不如说是在爬地。

我前面已经说过，庄稼成长期间和成熟前我有很多事要做。要建树篱，要保护庄稼，要收割，要晒粮，要运回家，要打谷脱粒，要筛谷壳，要储存。我还缺磨粉用的石磨、筛粉用的筛子、做面包用的发酵粉和盐巴、烘烤用的烤箱。不过，没有这些东西我也做出了面包，但这是后话了。即便这些东西我统统都没有，这些粮食对我来说也是莫大的慰藉和优势。正如我刚才说的那样，所有的事做起来都特别吃力，特别耗费时间，可是没有办法。而且，我并没有浪费时间，因为我把时间分配得很好，每天都安排出一定的时间来做这些事。我打算攒很多粮食再做面包，所以我有六个月的时间，可以把全部的精力投入到发明创造加工（以备后用的）粮食各道工序所需的各种工具上。

不过，首先我要准备更多的田，因为现在我的种子足够播种一英亩地。耕地之前，我苦干了一个星期，至少给自己弄了把铲子。铲子做得又难看又笨重，拿它去挖地事倍功半。但是不管怎样，总算做成了。接着，我尽可能在离家最近的地方找了两大块平地，把种子播下去，用从我以前栽种的那种树上砍下来的木桩筑了一道坚实的树篱。这种树长得很快，只要一年时间就会长成一道生机勃勃的树篱，几乎不怎么需要修补。这项工程可不算小，足足花了我三个月的时间，因为这期间大部分时间都是雨季，我出不了门。

待在家里的时候，也就是下雨的时候，我也会找点儿事情做，一边干活儿，一边跟我的鹦鹉闲扯，教它说话，聊以消遣。我很快就教得它能听懂自己的名字了，后来终于能大声叫出“波儿”了。这是我上岛以来第一次听到的不是从我嘴里发出的单词。教鹦鹉说话不是我的工作，而是工作中的消遣。前面说过，现在我手头上有一项大工程，那便是，我很早就在研究用什么办法做几个陶器。我非常需要这种东西，可就是不知道怎么做。鉴于这里气候炎热，我毫不怀疑，要是能找到陶土，我多半能做出几个盆盆罐罐，放在太阳底下晒干，晒得足够坚硬，足够结实，可以盛放任何需要放进容器的干东西。我最近要加工粮食、制造面粉，这些东西就是必不可少的。我决定尽量把容器做得大一些，可以像瓮那样放在地上，里面盛放东西。

说起来读者肯定会可怜我，或者更确切地说，会笑话我，他们不知道我用了多少稀奇古怪的办法来捏这些黏土，做出的那些奇形怪状的东西有多丑，那些东西因为黏土太软坍塌了多少个，往外搬得太匆忙又晒裂了多少个，晒制前和晒干后搬动的时候碎了多少个。总而言之，我费了很大的劲，去找黏土、挖黏土、调黏土，再运回家，做成泥瓮。我干了两个月，只做成了两个大型的泥坯，样子十分丑陋，简直不能叫作瓮。

不管怎么样，太阳把这两个大泥坯晒得又干又硬后，我便小心翼翼地把它们搬起来，放入之前特地为它们编的两只大柳条筐里。瓮和筐之间有一点儿空隙，我又用稻草和麦秸塞得严严实实的。我想，那两只瓮既然永远都不会受潮，等粮食舂好就可以装进去了，说不定还能装面粉。

尽管两个大瓮做得不是很成功，但是那些小物件做得都还不错，比如小盆、盘子、水罐、小锅等等，凡是我随手做出来的，都还不错。而且，由于阳光强烈，这些瓦罐都晒得特别坚硬。

不过，这些并没有达到我的最终目的，我想要的是既能装液体又不怕火烤的陶器，而这些都做不到。过了一段时间后，有一次我生起一堆大火烤肉，烤好之后去灭火，结果发现火堆里有一块泥胎的碎片被火烧得像石头一样坚硬，像砖头一样红。这一发现令我喜出望外，我对自己说，既然碎片能烧成陶，那泥胎当然也能烧成陶。

为了给自己烧几口锅，我开始研究如何控制火力。我根本不知道怎么建陶工烧陶用的窑，也不知道怎么用铅去上釉，尽管我还有一些铅。我把三个罐子和两三口锅一个一个摞起来，四面架上木柴，底下生一大堆炭火，然后在四周和顶上点起火来，一直到把里面的罐子烧红为止，而且当心不让它们烧裂。看到泥胎烧得红透之后，我用同样的火力将它们烧了五六个小时，直到发现其中一个虽然没有裂，却已经开始熔化（因为掺在黏土里的沙子被大火烧熔了，再烧下去就要变成玻璃了），我才慢慢减小火力，让锅和罐子渐渐褪去红色。为了避免火力退得太快，我整夜守着火堆。到了第二天早晨，我烧成了三个说不上好看但质地上乘的瓦罐和两个极其坚硬的砂锅，其中一个由于沙子被烧熔了，还上了一层漂亮的釉。

这次实验之后，我再也不缺陶器用了。不过不得不说，这些东西的形状真是令人不敢恭维，大家也可以想象，因为我根本不知道怎么做，就像小孩子做泥饼，或者不会和面的妇女做馅饼那样。

我发现自己烧成了一个耐火的砂锅，不由得大喜过望，这件小事如此微不足道，我的欣喜却无可比拟。我等不及它们完全冷却下来，就把其中一个放回炉子上，倒上水煮起肉来。锅非常好用。我用一块羊羔肉煮了一锅十分鲜美的肉汤。没有燕麦，也没有其他的配料，否则我可以把肉汤煮得跟自己想的一样美味。

接下来要考虑的是如何做一个石臼舂粮食，因为我知道，仅凭一双手根本不可能完成这么复杂的工艺。至于怎么做石臼，我一筹莫展。在三百六十行里面，我最不在行的就是石匠行当了，更何况也没有适用的工具。我花了好几天的工夫，想找一块中间能挖个凹坑当石臼的大石头，可是一块都没找到。岛上除了坚硬的礁石，就没有足够硬的石头，全都是一碰就碎的砂岩。礁石挖不出来，砂岩又经不住用杵去捣，就算能舂粮食，也会把沙子捣进粮食里。我花了很长时间都没能找到合适的石头，只好放弃这个打算，决定去找一块坚硬的木头，结果发现找硬木比找石头容易得多。我找了一块很大的木头，大到我几乎搬不动，然后用长柄斧和短柄斧把外面砍成圆形，再用火烧，费了九牛二虎之力，才把中间挖出一个凹坑来，就像巴西的印第安人做独木舟那样。然后，我用那种被叫作铁树的木料做了一个非常重的杵。舂粮食的工具做好之后，我就等着收割庄稼，按照自己的打算舂粮食，更准确地说是磨面粉做面包。

然后要解决的难题是做个筛子筛面粉，把麸皮和谷壳筛出去，我认为没有筛子不可能做得出面包来。这件事就连想一想都觉得难如登天，因为我实在没有做筛子用的东西，我是指那种有细网眼、可以把面粉筛出来的薄帆布之类的东西。一连好几个月我都没有着手去做，而且也不知道该怎么做。除了几片破布碎片，我连一块亚麻布都没有。我有羊毛，可是不知道怎么织布，连怎么纺线都不知道。就算我会纺线织布，也没有纺织工具。最后，我想起来从轮船上取来的那些水手的衣服里，有几块平纹细布的围巾，便用那几块围巾做了三个小筛子，总算能凑合着用了，而且这样应付了好几年。至于后来是怎么做的，我后面再说。

还要考虑的是烘焙问题，以及有了粮食之后如何做出面包的问题。首先，我没有发酵粉，这个需求无从解决，所以就干脆不去费脑筋了。但是为了做烤炉，我颇费了一番周折。最后，就连这个问题也想到了解决办法，具体做法如下：我用黏土做了几个又大又浅的容器，直径大约两英尺，深度不超过九英寸。像之前烧制其他陶器那样，我把它们也放进火里烧成陶盆，然后放到一旁备用。我的壁炉贴着说不上方整的自制方砖。烤面包的时候，我在壁炉中生一大堆火。

当木柴快要烧成灰烬的时候，或者变成热炭的时候，我把炭取出来放在壁炉上面，把壁炉铺满，直到把壁炉烧得很烫，才扫去灰烬。然后，我把面包放在壁炉上，用陶盆扣住，再把陶盆外面和上面铺满热炭，以保持并增加里面的热度。就这样，我烤出了大麦面包，而且那些面包绝不亚于世界上最好的烤箱烤出的面包。不久之后，我就变成了出色的糕点师傅，因为我还用大米做了一些糕点和布丁。我没有做馅饼，因为除了鸟肉和山羊肉，没有可以做馅的东西。

这些事情花去了我在岛上第三年的大部分时间，这倒不足为奇，因为在做这些事情的间隙，我还要收割庄稼，料理农务。我在收获季收割了庄稼，尽可能完整地把谷穗和麦穗运回家，装进大筐子，等有工夫的时候再用手把谷粒和麦粒搓出来，因为我没有打谷场，也没有打谷用的工具。

现在，随着粮食储备不断增加，我急需扩建谷仓。我缺一个存放粮食的地方。现在粮食产量很不错，我已经有二十蒲式耳大麦和比二十蒲式耳只多不少的稻谷，便打算随意吃用，因为从轮船上取下来的面包早就吃完了。此外，我也想估算一下，看看一整年要多少粮食才够吃用，并打算一年只种一季。

我发现一年有四十蒲式耳大麦和稻谷大体上就绰绰有余了，于是便决定每年只播种同等数量的种子，并希望收获的粮食足够我做面包吃。

不用说，在此期间，我经常想有没有可能到我在小岛另一侧看到的那片陆地上去，心中暗暗希望自己此刻就在那边的大陆上，幻想着找到陆地和有人烟的地方之后，能找到办法继续往前走，说不定最终会找到办法逃出生天。

不过当时我根本没有考虑到那种处境有多危险，没有考虑到自己可能会落入野人手中，或许有理由认为，他们比非洲的雄狮猛虎还凶残得多。一旦落入他们手中，我绝对会被杀掉，甚至被吃掉。听说加勒比海沿岸住的是食人族，而从纬度来看，我距离加勒比海岸不会太远。就算他们不是食人族，也有可能把我杀掉，很多落入他们手中的欧洲人都惨遭杀害，即使一二十个人结伙都难逃厄运，何况我孤身一人，毫无自卫能力。就算我后来的确考虑到了这些本来就应该慎重考虑的情况，起先也不曾有丝毫畏惧。我一门心思想要到对面的陆地上去。

这时，我怀念起我那个小仆人佐立，还有那艘挂着三角帆、载着我沿非洲海岸航行了一千多英里的小艇。但是想这些徒劳无益。我想去看看我们轮船上的那艘小艇。前面已经说过，在我们最初遇难的时候，小艇被暴风刮出了很远，一直刮到了岸上。它几乎还躺在原地没动，但是位置变了。小艇在狂风巨浪中翻了个个儿，几乎底朝天扣在一道高高的沙脊上，只是周围没有水了。

如果我有助手，把小艇整修一番，并推它下水，那肯定非常好用，说不定我可以乘着它轻而易举地回到巴西去。其实我早就应该预见到，凭我一己之力是无法把它翻过来的，其难度跟搬走这座岛不相上下。不管怎么说，我去树林里砍了几根木头做杠杆和转木，然后把它们扛到小艇跟前，打算尽我所能试试看。当时我一心想着，要是我能把它翻个身，就可以毫不费力地把受损的地方修好，那它会变成一艘相当不错的小艇，说不定我可以乘着它轻松自如地出航。

为了这件徒劳无功的苦差事，我不遗余力，而且足足花了四个星期的时间，最后发现凭自己这点儿力气根本不可能把小艇抬起来，便开始挖沙子，想把小艇下面掏空，好让它自己从沙脊上掉下来。与此同时，我在底下竖了几块木头，好让它往下掉的时候翻过身来。

完成这一步之后，我再也无法让它动弹分毫了，也无法把杠杆和转木什么的插到船底下面，更别说把它推到水边去了。最后，我不得不放弃。然而，即便我对这艘小艇放弃了希望，到那片陆地去的渴望却没有因为无法实现而减退，反而愈加强烈了。

最后，我想，就算没有工具，没有帮手，我是否也能像热带的土著那样，用一根巨大的树干做一艘独木舟。我觉得这事儿不但可行，而且很简单。想到能自己做独木舟，想到我拥有的便利条件比任何黑人或印第安人都多得多，我就喜不自胜。我根本没有想到，我所面临的不利条件也远甚于印第安人：等独木舟做好之后，没有人帮我把它推下水。这种困难远比缺乏工具给印第安人带来的不便更难解决。即便我能在树林里找到一棵大树，千辛万苦地把它砍倒，用工具把外面削成一艘小船的形状，再把里面烧空或者凿空，做成一艘小船——即便我能完成上述种种工作，也无法把它弄到水里，只能留在原地，那对我又有什么用呢？

人们会想，我制造这艘小船的时候不可能一点儿都没想到自己的处境，应该立马就想到怎么才能把小船弄下水。可是我一心只想坐上小船出航，从来就没想过怎么把小船从陆地上弄下水。就小船本身的性能来说，在海上把它开出四十五英里，比在陆地上把它拖出四十五英寻[1]弄下水要容易得多。

1 英寻，测量水深单位，1英寻=6英尺，约1.8米。

我像个大傻瓜似的开始造船，而且对自己的计划十分满意，根本就没想好是否真的能付诸实施。我并非没有想到让小船下水是个难题，但是对这一疑虑却不肯深究，还是愚蠢地安慰自己说："先把它造出来，只要能造出来，我保证能找到办法解决。"

这真是最荒唐的办法，可是迫切的心情占了上风，于是我说干就干了起来。我砍倒一棵杉树。我怀疑就连所罗门建造耶路撒冷的圣殿都没有用过这么大的木料。[1]那棵大树靠近树根的地方直径达5英尺10英寸，22英尺处的末端直径也有4英尺11英寸，然后树干才明显变细，开始长出树杈。为了把那棵大树砍倒，我付出了无数的辛苦劳作：我花了二十天时间砍断树根，接着又花了十四天时间，靠长柄斧和短柄斧，经过难以描述的辛苦劳作，把向四面舒展的巨大树冠和枝干砍掉。此后，我又花了一个月的时间把它刮削得略具规模，削出了像船底一样的东西，使其能够船底朝下浮在水面上。而后我用了三个月时间把中间挖空，把它做成一艘像模像样的小船。这次我不用火去烧，只用锥子和凿子一点一点地把里面凿空，直到把它雕成一只相当漂亮的独木舟。独木舟很大，足以容纳二十六个人，因而足够载上我和我所有的东西。

这项工作完成后，我满意极了。这只小船实在是比我这辈子见过的任何用整棵树做成的独木舟都大得多。为了制造这艘船，我不厌其烦地砍凿了许许多多下。现在万事俱备，只剩下让它下水了。要是能把它弄下水，我肯定会不假思索地开始有史以来最疯狂、最不可能付诸实施的远航计划。

1　见《旧约 · 列王记上》5:5—6:36，所罗门从推罗王希兰那里弄到以粗壮见称的香柏树，建造了耶路撒冷的圣殿。

但是，我使出了浑身解数，费了九牛二虎之力，也没能让它下水。从小船所在的位置到河边最多不超过一百码，但是一道上坡路，这是我面临的第一个障碍。我决定把它挖成一道向下的斜坡。说干就干。我历尽千辛万苦才把它挖好，但是，但凡有逃出生天的机会，谁还顾得上辛不辛苦？不料完成这项工程，解决这个难题后，情形依然如故，因为我根本推不动这艘独木舟，就跟推不动那艘小艇一样。

于是我测量了一下现场的距离，打算开凿一条船坞或者运河——既然无法把独木舟推下水，就把水引到船底下来。于是，我又开始着手这项工程。一开始我就算了一下大概需要挖多深多宽，怎么把挖出来的土运走，结果发现单凭着自己一双手，得十一二年的时间才能完成，因为河岸很高，坡那头至少要挖二十英尺深。所以，尽管我心里极不情愿，最后也只能放弃这个计划。

这件事让我非常难过，现在我才明白（虽然为时已晚），开始做一件事之前，倘若不先计算一下需要付出的代价，不正确估计一下自己的力量，那真是十分愚蠢！

这项工作进行到一半的时候，我结束了自己在荒岛上第四年的生活。我怀着和以往同样虔诚和欣慰的心情度过了我的登岛纪念日。通过对《圣经》的不断学习和认真实践，再加上上帝的眷顾，我获得了全然不同于过去的认知，对事物也产生了截然不同的看法。现在对我来说，世界是个遥远的存在，我跟它之间毫无瓜葛，对它没有任何期望，也没有任何欲求。总而言之，我现在跟它毫无关系，以后也不太可能扯得上关系。因此，我现在看待世界就像我们离开人世后再回首一样，亦即，把它看作一个自己曾经生活过但是已经离开的地方。我完全可以用圣父亚伯拉罕对那些财主说的那句话对它说："尔与吾之间，如隔深渊。"[1]

首先，我摆脱了人世间的一切罪恶。我既没有肉体的情欲和眼目的情欲，也没有人生的骄傲。[2]我无欲无求，因为我所拥有的一切已经尽够我享受了。我是这块土地的领主，只要我愿意，尽可以在自己所拥有的这片领域里称王称帝。没有对手，没有竞争者跟我争权夺势。我可以种出整船的粮食，可是这对我没什么用，所以我只种到够自己吃。我有足够的海龟，可是偶尔捉一只就够了。我有足够的木材，可以建造一只船队。我有足够的葡萄，可以酿酒，可以晒葡萄干，可以在船队建成后把每艘船都装满。

我所能够利用的，全都是那些有用的。我吃用不愁，多出来的东西对我有什么用呢？打的猎物吃不完就得给狗或者虫豸吃。种的粮食吃不完就会发霉。砍倒的树放在地上会腐烂，除了当柴火烧火做饭，一无用处。

总而言之，事物的本质和对事物的体验让我明白，世界上所有的好东西都是因为对我们有用才有好处，没有用就没什么好处。不管什么东西，只要积攒成堆了，就应该拿去送人。我们能享用的，至多不过是能用到的那部分。哪怕是世界上最贪婪、最吝啬的守财奴，只要处于我现在的境地，也能把贪得无厌的毛病治好，因为我现在拥有的东西太多了，都不知道该如何处置了。我已经无欲无求，只想要几件我缺乏的东西。尽管它们对我来说用途的确很大，但也都是些微不足道的小东西。之前我说过，我

1　见《圣经·新约》中《路加福音》16:26。拉撒路寓言最后亚伯拉罕对地狱里的财主说的那段话。

2　见《圣经·新约》中《约翰一书》2:16："因为凡世界上的事，就像肉体的情欲、眼目的情欲，并今生的骄傲，都不是从父来的，乃从世界来的。"

有一包钱币，有金币也有银币，大约价值三十六英镑。唉，那些讨厌的废物就躺在那里，对我毫无用处。我常常想，我宁愿用一大把金币去换一罗[1]烟斗，或者换一扇磨粮食的手磨，甚至宁愿用它们去换价值仅六便士的产自英国的白萝卜和胡萝卜的种子，或者一把豌豆和一瓶墨水。可是现在我要它们一点儿用处都没有，它们就那样躺在抽屉里，等到雨季，随着山洞变得潮湿开始发霉。就算我有一抽屉的钻石，情况也一样，对我来说还是一点儿价值都没有，因为没有用处。

现在，我的生活状况跟以前相比大有改善，不管是精神，还是身体，都变得轻松多了。我经常满怀感激地捧着肉坐下来，感佩上帝的安排，感谢他在荒野中赐予我丰盛的食物。我已经学会多去看自己处境的光明面，少去看它的黑暗面；多去想自己拥有什么，少去想自己缺少什么；有时候这让我由衷地感到难以描述的欣慰。我在这里说这些，是为了让那些不知足的人注意到，他们之所以无法舒舒服服地享受上帝赐给他们的东西，是因为他们一直盯着或者觊觎上帝不曾赐给他们的某些东西。在我看来，我们之所以对自己所缺乏的东西感到不满足，全都是因为我们对自己所拥有的东西缺乏感恩之心。

我还想明白了另一件事，令我获益匪浅，并且毫无疑问，会令任何陷入我这种困境的人都受益匪浅，那就是拿我当前的处境去跟我最初所预料的处境相比较，或者说，跟我本来会遭逢的处境相比较。若不是上帝大发慈悲，通过神奇的安排让那艘船冲上岸，让我不仅能登上船，还能搬走那些东西，得到救济和安慰，

1　1罗=12打，亦即144个。

那我就不会有干活儿用的工具、自卫用的武器和猎食用的弹药。

我一连几个小时甚至几天时间都在苦苦思索，若是当初没有从船上拿来任何东西，那我当如何行事？除了鱼和海龟，到哪儿去弄那么多食物？而且，我是很长时间之后才找到海龟的，那时候不等找到它们，我就已经饿死了。就算没有饿死，也会活得像个野人。就算我碰巧杀死一只羊或鸟，也没有办法开膛剥皮，去除内脏，并且把它切成小块，只能像野兽似的用牙齿去啃咬，用两只手去撕扯。

这些想法令我深深意识到上帝对我的仁慈，让我对自己目前困苦、悲惨的处境满怀感激。我要把这一认识介绍给那些在逆境中时常抱怨"还有比我更可怜的人吗"的人，让他们好好想一想，若是上帝当真要为难他们，他们的处境会糟糕到什么地步。

还有一种想法，也令我深感宽慰，满怀希望，那就是把我当前的境遇跟我本应当遭到的报应加以比较。我过去过着一种十分卑劣的生活，对上帝完全缺乏认知，缺乏敬畏之心。父母当初也曾谆谆教诲我，他们并不是没有努力地把敬畏上帝的意识灌输给我，让我树立责任感，明白人的本性和人生目标对我的要求。可是，唉！我早早堕入了航海生涯，而过这种生活的人对上帝最缺乏敬畏之心，尽管上帝令他们面临种种恐惧。我早早堕入航海生涯，与水手们为伍，心中仅存的那点儿宗教信仰，由于伙伴们的嘲笑、自己对危险的满不在乎和对死亡的习以为常，也由于长时间只能跟自己的同类人交谈，没有机会听到有益的教导或引导，渐渐消失殆尽了。

那时候，我完全没有向善之心，也根本不知道自己是什么，应该成为什么，因此即使在获得最大的救助时，比如逃出萨累，比如被葡萄牙船长所救，比如在巴西得以安身立命，再比如收到千里迢迢从英国运来的货物，诸如此类，我也从来都不曾真心实意地说过一句“感谢上帝”；同样，即使身处最大的危难之中，我也从来不曾想到向他祈祷，或者诚恳地说一声“上帝啊，发发慈悲吧”。除非赌咒谩骂，我从来不曾提到上帝的名字。

正如前面提到的，一连几个月，我都在深刻反省自己以往那种无动于衷的罪恶生活。当我环顾四周，想到自从我来到这个地方后，上帝给了我多少特殊的照顾，对我多么仁慈，不但没有按照我的罪孽惩罚我，反而处处照料我，我心里就充满了希望，觉得上帝已经接受了我的忏悔，而且会继续施恩于我。

这些反省令我更加坚定，不但顺从地接受了上帝对我当前处境的安排，甚至对自己的现状由衷地心生感激，感激自己至今还活着，并没有受到应有的惩罚，因此实在不应该满腹牢骚。我本来毫无理由去指望获得上帝的怜悯，却频频受到上帝的恩泽。我根本不应当对自己的处境感到不满，反而应当满心欢喜，应当每天都为有面包吃而心怀感激，因为这是个天大的奇迹。我应该觉得自己甚至是靠奇迹养活着的，这种奇迹之伟大，就像以利亚靠乌龟养活一样，[1]而且是一长串的奇迹。我不知道世界上还有哪个荒无人烟的地方能比得上我现在流落到的这座荒岛：虽说这里没有人相伴令我难过，但是也没有猛虎饿狼威胁我的生命，没有吃了会毒死人的植物，没有会杀人吃人肉的野人。

1 见《旧约·列王记上》，以色列撒玛利亚的统治者亚哈王事奉敬拜巴力，并为巴力建庙筑坛，为此惹怒了耶和华。先知以利亚威胁亚哈王说，他不祷告就不会降雨。之后，耶和华指示以利亚躲藏在约旦河东边的基立溪旁，并告诉他喝溪水，等待乌鸦供养他。“乌鸦早晚给他叼饼和肉来，他也喝那溪里的水。”

总而言之，我的生活从某个方面来看是悲惨的，从另一方面来看却又是万幸的。我不再想着要将其变得多舒适，只想让自己能够体会上帝的仁慈，把上帝对我的关怀当作每天的安慰。真正认识到这些之后，我感到心满意足，不再难过。

我到这里已经这么长时间了，从船上搬来的很多东西不是用完了，就是快用完或者用坏了。

我之前已经说过，我的墨水早就要用完了，只剩下一点点，我不断地兑水进去，到后来已经非常淡，写在纸上都看不出痕迹了。只要还有一点点墨水，我都坚持把每个月发生特殊事件的日子记下来。我把过去的日记翻了一下，发现我遭遇的种种天意，在日期上都有一种奇妙的巧合。要是我迷信日子有吉凶之分，真是有理由觉得这是特别稀罕的事儿。

首先，正如我所说的，我离家出走，离开父亲和朋友跑到赫尔去航海的日子，碰巧就是我被萨累的战船俘获而沦为奴隶的日子。

其次，我从雅茅斯锚地的沉船逃生的那天，碰巧就是我后来乘着小艇从萨累逃走的那天。

再次，我出生的那天，也就是9月30日，正是我二十六年之后奇迹般地死里逃生，流落到这座小岛上的日子。所以，我的罪恶人生和我的独居生活开始于同一天。

继墨水用完之后，我的口粮也吃完了。我是指从船上拿来的饼干。我吃得十分节省，一年多的时间，一天都只吃一片。就这样，在收获自己的粮食之前，我差不多有一年时间都没有干粮吃。只要有干粮，我就感激不尽。正如我前面说的那样，能吃到面包，简直不啻奇迹。

我的衣服也开始破烂不堪了。至于内衣，除了从其他水手的箱子里找出来的那几件我精心保存下来的花格子衬衫，早就没有了。我之所以保存那几件衬衫，是因为很多时候都只能穿衬衫，穿不住别的衣服。幸好我从船上拿来的衣服当中有三打衬衫，这派上了大用场。另外还有几件水手值夜穿的厚外套也还没破，可是穿起来太热了。的确，这里天气酷热，根本没必要穿衣服，可我总不能赤身裸体。尽管岛上只有我一个人，我也不打算这么做，这种念头就连想一想我都受不了。

我之所以不能赤身裸体，是因为不穿衣服根本受不了灼热的阳光，会热得把皮肤都晒出水疱。如果穿了衬衫，空气就可以在衬衫下面流通，比不穿凉快两倍。而且，太阳底下不戴帽子也出不了门。阳光太毒，要是直接照在没戴帽子的脑袋上，不一会儿就会把我晒得头痛起来，所以不戴帽子根本受不了。戴上帽子不一会儿就不要紧了。

鉴于这些情况，我开始考虑把那些被我称为衣服的破布整理一下。我已经把所有的背心都穿破了，现在要做的，是看看能不能用手头那几件水手值夜穿的厚衣服和其他布料做几件背心。于是我便动手缝制起来，其实只能算是胡乱缝合，因为我的技术非常糟糕。至于短裤，后来我勉强缝了一件很难看的直筒裙。

前面说过，我打死野兽后把兽皮全都存了下来——我指的是那些四足动物。我用棍子把那些兽皮撑起来，放到太阳底下晒干，有的晒得太干太硬，用不了了，有的倒是很好用。我先用这些兽皮做了一顶大帽子，有毛的那面朝外，可以用来挡雨。帽子做得很不错，我索性用兽皮做了一整套衣服，也就是一件背心和一条短裤。背心和短裤都做得很肥大，因为它们是用来挡热的，不是用来御寒的。我必须承认，这套衣服做得很难看，不过将就着穿还是很不错的。外出时要是遇到下雨，背心和帽子的毛朝外，我就不会被淋湿了。

此后，我花了不少时间和精力去做伞。我真的很需要一把伞，一直都想做一把出来。我在巴西见过别人做伞。巴西天气炎热，伞的用处很大。我觉得这儿跟巴西一样炎热，而且因为更靠近赤道，比巴西还热。何况我得经常出门，伞对我实在太有用了，遮阳挡雨都少不了。我费了很大的劲，花了很多时间，才勉强做出了能撑起来的东西。即便在我认为自己找到诀窍之后，还做坏了两三把，最后总算做出一把能凑合着用的：我发现最大的困难是让伞收起来。我可以做出能撑开的伞，但是如果不能收起来合拢，只能顶在头上，就没办法随身携带，肯定不行。最后，我终于做出了一把能用的伞。伞顶是用兽皮做的，毛朝上，可以像个小棚屋似的把雨挡住，也能有效地遮住阳光。这么一来，我总算在最炎热的天气也能出门了，比以往最凉爽的时候出门还方便。而且，伞不用了可以收起来，夹在胳膊底下。

现在我过得极舒服，心情也彻底平静了，因为我乐天任命，把自己完全交给了上帝，听由上帝安排。这让我的生活比有人交往的生活更美好，因为每当我开始懊恼没有人可以说话的时候，就会问自己，同自己的思想交流，甚或通过祷告同上帝交流，不是比人类社会最令人愉悦的交际还要好吗？

此后五年，基本上没有什么特殊的事情发生，我和从前一样，以同样的状态，在同样的地方，过着同样的日子。我的主要工作，除了每年种植大麦和稻谷，晒制葡萄干，并把这两种东西提前囤积起来供自己一年吃用之外，我是说，除了这些每年照例要做的工作以及每年带枪出门之外，我还干了一件事，那就是造独木舟。我最后终于造出了一艘独木舟。为了把独木舟放进将近半英里外的小河，我挖了一条六英尺宽、四英尺深的运河。造第一艘独木舟的时候，我没有事先考虑让船下水的问题，所以造得太大了，没办法把它弄到水里，也没办法把水引过来，只好让它躺在原地留作纪念，这教会我吃一堑长一智。事实上，尽管第二次我没能找到特别合适的树，而且得从半英里外把水引过来，可是当我终于看到有成功的希望时，就再也不肯放弃这个机会了。尽管我花了将近两年时间才把它造出来，但是我丝毫不曾懈怠，只希望有朝一日能乘着小船到海上去。

然而，小船虽然造成了，船身却太小了，还是无法达成我造第一艘独木舟的目的。我是说，冒险到四十里开外的大陆去的目的。鉴于船太小，我也就打消了这个念头。不过，既然有了小船，我接下来就打算绕小岛航行一周。我之前说过，我曾经从陆上横穿小岛，到过小岛的另一边，那趟小小的旅行中有不少新的发现，所以我一直都很想去看看沿岸的其他地方。现在有了小船，我便一心要去环岛航行。

为了把一切都做得又谨慎又周到，我给小船装了一根小小的桅杆，从大船上取来的帆布还存着很多，我用其中一些做了一张帆。

装好桅杆和帆之后，我试了试船，感觉行驶得很不错。然后，我做了几个小柜子，或者叫匣子，分别装在船头和船尾，用来存放粮食、必需品和弹药，以免被雨淋到或者被浪花打湿。另外，我在船舷内挖了一条可以放置枪的长槽，还做了块盖板把它盖住，以防打湿。

我把我的伞也装在船尾的平台上，伞像一根桅杆似的竖在船上，正好罩住我的头顶，替我遮住炎热的太阳，就像一个凉棚。就这样，我时不时乘着小船到海上去，只是从来不走远，不远离那条小河。可是，我急于亲眼看看自己这个小王国的边界，最终还是决定扬帆起航。于是，我开始往船上装粮食，装了两打大麦面包（其实应该叫大麦糕）、满满一罐平时吃得最多的炒米、一小瓶朗姆酒、半只山羊、用来打山羊的弹药，还有两件从水手箱里拿出来的值夜穿的大外套，晚上一件当褥子铺、一件当被子盖。

我在自己统治或者被囚（随你怎么说都行）的这座岛第六年的11月6日，终于扬帆起航，开始环岛航行。我发现这次航行花的时间比我预料中要长很多，因为这座岛虽然不大，东头却有一大片岩礁，岩礁朝海里延伸出两里格远，有的露出水面，有的藏在水下。岩礁外面还有一片沙滩，足有半里格宽，所以我不得不行驶到远处的海面上，绕过这个岬角。

刚开始发现这片岩礁的时候，我差点儿想放弃这次航行，掉头回去，因为我不知道究竟要往海上走出多远，更不知道还能不能回来。于是我抛了锚——我用从船上取下来的一个破铁钩做了一只锚。

把船停稳后，我带着枪上了岸，爬上一座看上去可以俯瞰那个岬角的小山。我在山上看清了岬角的全貌，便决定冒险继续往前走。

我站在山上朝海面放眼望去，看见有一股急流朝东奔去，都快流到岬角附近了，于是便认真观察了一下，因为我发现这股急流可能暗藏危险。要是我把船开进去，说不定会被它冲到外海去，再也回不到岛上。而且，说真的，我相信要是我没有事先爬上这座山观察，肯定会发生这样的事，因为岛的另一边也有同样的急流，只不过距离海岸比较远。我还看到海岸下有一股强烈的涡流，就算我能躲过第一股急流，也会马上被卷进涡流里去。

我在这儿停了两天，因为劲风一直猛烈地朝东南偏东吹，跟我所说的那股急流正好方向相反，因而岬角附近的海域浪头很高。这么一来，怎么都不安全，靠岸太近会遇到惊涛拍岸掀起的碎浪，离岸太远又会被卷入急流。

第三天早上，夜里风势大减，海面也平静了下来，于是我冒险起航，却再次成了所有鲁莽无知的驾船者的警示标，因为我刚靠近那个岬角，甚至距离海岸还没有船身长度那么远，就驶入了一片深水区，而且撞上一股急流。急流像磨坊开闸泄水那么湍急，卷着我的小船一道朝前冲去，我使出浑身解数，也无法让它沿着急流的边缘行驶。它被冲得距离我左手边那股涡流越来越远。没有一丝风相助，我只能拼命划桨，但根本无济于事。现在我感觉自己要完蛋了，因为小岛两侧都有急流，我知道它们肯定会在几里格外汇合，到时候我在劫难逃，也看不到任何逃避的希望。所以，摆在我面前的，只有死路一条，倒不是死于风浪，因为大海此刻非常平静，而是被活活饿死。不错，我之前在岸上抓到一只重得几乎抱不动的大海龟，把它弄上了船，此外还有一大陶罐淡水，但是，若是被冲进汪洋大海，至少一千里格之内没有海岸，没有大陆，也没有岛屿，这么一点东西又有什么用呢？

现在我才明白，上帝可以多么轻而易举地把人们最不幸的处境变得更加糟糕。现在想起我那座荒凉的小岛，我简直觉得它就是世界上最舒适的地方，现在我所憧憬的最大的幸福莫过于再次回到那里。我热切地朝它伸出双手，说：“噢，幸福而荒凉的地方啊，我再也见不到你了。”我对自己说，“噢，可怜的家伙，你将去往何方？”接着，我开始责备自己身在福中不知福的脾性，责备自己不该抱怨孤独的生活。现在只要能重新回到岸上，我愿意付出任何代价。可见，我们这些人非要等到碰见更恶劣的处境，才能看清自己的真实境况；对自己所拥有的，也非要失去后才懂得珍惜。我眼看着自己从那座心爱的小岛（现在的确是我的挚爱）被冲进茫茫大海，直冲出近两里格远，再也没有回岛的希望，内心的惶恐简直难以想象。但是我还在拼命地划桨，直到筋疲力尽。我尽力把小船往北划，也就是朝着急流和涡流交汇的边缘划。正午时分，太阳过了子午线后，我感觉似乎有一点儿微风拂过面颊，是东南偏南方向吹来的风，精神顿时为之一振，特别是半个小时后，风势越来越大，渐渐变成一阵强风。这时我离岛已经很远了，若是有一丝阴云或者薄雾，我也会完蛋，因为船上没有罗盘，只要看不见小岛，我就无从得知该往哪个方向走。可是天气一直都很晴朗，我再次竖起桅杆，张开帆，尽量靠北行驶，以逃出那股急流。

我刚竖起桅杆张开帆，船就往前走了。我看到水很清，便知道那股急流发生了变化，因为水流湍急的地方海水是浑浊的。我见水变清了，一看急流的水势果然变小了。这时，我看到东边大约半英里远的地方有几块礁石，水打在礁石上浪花四溅。礁石把急流分成了两股，其中那股主流继续朝南流，把礁石抛在身后东北方向；另一股被礁石撞了回去，形成一股强劲的涡流，朝西北方向回旋，水势湍急。

那些在绞架上接到死刑缓刑令的人，或即将惨遭盗贼毒手却突然获救的人，抑或那些有过此类绝处逢生经历的人，才有可能体会我当时有多么喜出望外；才有可能知道我把小船驶入那股涡流的时候多么庆幸；才有可能猜到，我随着越来越大的风势张开帆，乘风破浪一路向前的时候心情有多么欢畅。

这股涡流卷着我径直往回走了一里格远，但是跟先前把我冲向外海的那股急流相比，往北偏了两里格，因此，等我靠近小岛的时候，发现自己正驶向北岸，也就是说，跟我出发的那端刚好相对。

我借助那股涡流又往前走了一里格左右，便发现它势头渐弱，再也没力气推着我往前走了。此时，我发现自己正处于两股水流的中间——一股在南边，也就是把我冲走的那股急流，另一股在北边，两股急流相距大约一里格。我是说，我发现，在两股水流中间靠近小岛的地方，水面至少还算平静，而且此时还有一股顺风，我便径直朝岛上驶去，尽管速度不像之前那么快。

大约下午四点，在距离小岛不到一里格的地方，我发现造成这次灾难的岩礁岬角朝南延伸，迫使那股急流往更远的南方流去，同时分出一股回流向北流。这股回流十分湍急，但是跟我的航向并不一致，我在朝正西行驶，而它几乎是一路朝北。但是，我趁着强劲的风势斜刺里穿过这股回流，朝西北插过去。一个小时后，我距离海岸只有一英里了，岸边风平浪静，我很快就上了岸。

我一上岸就跪在地上，感谢上帝救了我一命，决心摒弃一切乘小船离开孤岛的念头。我吃了几口船上带的东西，把小船划到岸边，泊在一个树下的小湾里，便倒头大睡起来，因为这次航行搞得我筋疲力尽。

现在，我对该从哪条路驾船回家毫无头绪。我遇到这么多危险，非常清楚原路回去会怎样，至于另一边（我是说西边）会是什么情况我一无所知，也无意再去冒险。于是，我决定第二天早晨沿着海岸朝西走，看看有没有河流，可以把我的小舰艇安全地泊好，以备不时之需。我沿着海岸往前走了三英里左右，就看到一个很棒的小河湾，大约一英里宽，越往里越窄，渐渐变成一条小小的溪流。我在河湾里找到一个进出非常方便的港口，把船停在那里简直就像停在专门为它量身打造的小船坞里。我把小船划进去停放妥当后，便走上岸环顾四周，想看看究竟到了什么地方。

我很快就发现，这里距离我上次徒步旅行所到的地方不远。于是，我什么都没带，只从船上拿了枪和伞（因为天气很热）就出发了。经过那样一次航行后，我觉得这一路走得十分轻松。傍晚时分，我就到了自己的茅舍。茅舍里一切如故，因为这是我的乡间别墅，我总是把它收拾得整整齐齐的。

我翻过围墙，躺在树荫下歇脚。我累坏了，不一会儿便沉沉睡去了。不料有个声音叫着我的名字，把我从睡梦中惊醒："鲁滨！鲁滨！鲁滨·克鲁索，可怜的鲁滨·克鲁索，你在哪儿，鲁滨·克鲁索？你在哪儿？你到哪儿去啦？"亲爱的读者，你们不妨想象一下，我当时有多么吃惊。

我划了半天的船，又走了半天的路，实在累坏了，所以刚开始睡得很沉，以至于听到声音都没有彻底清醒过来，半梦半醒之间，还以为梦到有人在跟我说话。可是那个声音不断地叫着："鲁滨·克鲁索，鲁滨·克鲁索！"我终于完全清醒过来，这一醒，吓得魂儿都没了，一骨碌就从地上爬了起来。不过，我一睁开眼睛，就看到我的波儿停在篱笆上，于是马上就知道是它在跟我说话了。因为这些令人伤心的话正是我经常对它说、教它说的，它把这几句话学得惟妙惟肖，经常站在我的手指上，把喙贴近我的脸嚷着：“可怜的鲁滨·克鲁索，你在哪儿？你到哪儿去啦？你怎么会在这里？”以及诸如此类我教给它的话。

可是，尽管我知道刚才说话的是那只鹦鹉，也知道不可能是哪个人，却还是过了好一会儿才稳住心神。首先，我很惊讶这只小鸟是怎么飞到这里来的，其次，我很好奇它怎么会待在这里，没到别的地方去。不过，我也明白跟我说话的不可能是别人，只能是忠实的波儿，便也释然了。我冲它伸出手，叫了一声“波儿”，那只会说话的小鸟便像往常一样，飞到我的大拇指上，喋喋不休地跟我说着话：“可怜的鲁滨·克鲁索，我是怎么到这里来的？我到哪儿去啦？”仿佛很高兴又见到我了似的。于是，我就带着它回家去了。

我在海上漂了那么久，实在受够了，正好安安静静地休息几天，回味一下所经历的险境。我很想把小船弄回小岛这边，却又想不出切实可行的办法，不知道怎样才能绕过岛的东侧，我到过那里，非常清楚不能冒险走那条路。一想到这件事我就心惊胆战，不寒而栗。至于小岛西侧情况如何，我一无所知。但是，倘若那股猛烈地冲击着东海岸的急流以同样湍急的水势流经西侧，那我同样有可能被卷进急流，就像上次那样，被冲离小岛。想到这些，我便打消了把小船弄回来的念头，尽管我辛辛苦苦地干了好几个月才把它造出来，又干了好几个月才把水引过来，把它运到海里。

将近一年时间，我克制着自己的性子，过着一种恬静悠闲的生活，正如你们所料想的那样。我对自己的境况泰然自若，安于上天对我的安排，我觉得，除了没有人可以交往之外，我对这一

我一睁开眼睛，就看到我的波儿停在篱笆上，于是马上就知道是它在跟我说话了。

切都很满足，过得非常幸福。

在此期间，为了应付生活所需，我的各种技艺都大有长进。我相信，总有一天我会成为一个出色的木匠，特别是在工具如此缺乏的情况下。

除此之外，我的陶器也做得出乎意料地完美。我绞尽脑汁，想出了用轮盘来制造陶器的办法，结果发现做起来简单多了，而且做得更好了。现在我做出的那些陶器又圆又好看，过去做的那些简直惨不忍睹。不过，各项成就当中，最令我骄傲、最值得高兴的，莫过于自己能做出烟斗这件事。尽管做出的烟斗丑陋而笨拙，烧制得跟其他陶器一样红，可是坚固耐用，中通外直。这对我是个莫大的安慰，因为我以前都在抽烟。船上倒是有烟斗，可惜我忘记拿下来了，而且当时也不知道岛上有烟叶，后来再去船上找的时候却一只都找不到了。

在编制藤具方面，我的进步也很大。我充分发挥自己的创造力，编制了很多用得到的筐子。虽然编得不怎么好看，用来装东西或者运东西却很方便。比如，假如在外面打死一只山羊，我就可以把它吊在树上开膛剥皮，再切成块，放进篮子带回家。捉到海龟也差不多，我可以把它切开，把蛋取出来，再切一两块肉下来，放进篮子带回家，这些足够我吃了，剩下的就扔在那里不要了。此外，我还编了几个又大又深的筐子，是用来放置粮食的。等谷物一干透，我就会把粮食搓出来晒干，然后装进筐子保存。

我渐渐发觉我的弹药在大幅减少，这是无法补充的必需品。我开始认真考虑没有弹药之后该怎么办，也就是说，该用什么办法捕杀山羊。上岛第三年的时候我说过，我捉到一只小母羊，把它驯养了起来，想着能再抓一只公羊来就好了，可是直到我的小羊变成老羊，我也没能想出办法再捉一只来，而我又不忍心将它杀掉，结果最后让它老死了。

现在已经是我在岛上生活的第十一年，正如我所说的，我的弹药越来越少，我必须好好研究一下怎么设机关或者下套去捉山羊，看看能不能活捉几只。我特别希望能捉到一只怀孕的母羊。

为此，我做了几个捕羊的夹子，我相信它们有好几次都被夹住了，可是由于没有铁丝，我的装置做得不够好，结果总是发现夹子被弄坏了，而诱饵被吃了。

最后，我决定用陷阱试试看。我在山羊经常吃草的地方挖了几个大坑，把自己做的木条格子架在上面，再压上重物。开始那几次，我在上面放了一些麦穗和干稻，故意没有设机关。我一眼就看出它们进去吃过粮食，因为上面有它们的脚印。一天夜里，我设好三个机关，第二天早上跑去一看，发现机关都没有动，诱饵却被吃得一干二净。这真叫人沮丧。于是，我把机关改动了一下，具体怎么改的就不赘述了。有一天早上我去查看，发现一个陷阱里扣着一只很大的老公羊，另一个陷阱里扣着三只小羊，其中一只公羊、两只母羊。

我不知道该拿那只老公羊怎么办，它异常凶猛，我不敢下去抓它，也就是说，不敢按照原本的打算把它活捉走。我本来可以杀掉它，但那不是我的本意，也不是我的目的。于是我把它放掉了，它吓得一溜烟就跑掉了。当时我忘了，哪怕是狮子都可以用饥饿来驯服。要是把它丢在那里三四天，不给它东西吃，然后给它喝点儿水，再给它吃点儿粮食，它肯定会像那些小羊一样驯服，因为只要驯养得当，山羊都非常聪明、乖巧。

可是当时我实在不知道如何是好，只好放它走。接着，我走到扣住三只小羊的坑里，把它们一只只捉出来，再用绳子把它们拴到一块儿，又费了不少力气把它们牵回家。

小羊好久都不肯吃东西，我给它们丢了一些新鲜的谷物，吊它们的胃口，它们这才慢慢驯服起来。现在我发现，要是我想在弹药用完之后还有羊肉吃，唯一的办法就是养几只羊。说不定到时候我房前屋后会有一大群羊呢。

不过我突然想到，我必须把驯养的山羊跟野山羊分隔开来，否则它们一长大就会跑掉，再次变成野山羊。唯一的办法就是圈一块地，用篱笆或者木栅栏把它们围起来，牢牢地关在里面，以保证里面的羊出不来，外面的羊也进不去。

对靠一双手干活儿的人来说，这实在是一项巨大的工程。但是，我认为这项工程是绝对必要的，便立马着手物色合适的地方，这地方要有草吃，有水喝，还要有阴凉。

我挑了一个地方，符合以上所有条件，是一片平坦的草地，也就是我们西部殖民者所说的“萨凡纳”[1]。草原上有两三条小溪，溪水清澈，尽头有不少树木。然而，但凡对圈地有认知的人都会觉得我做事不动脑筋，还会笑话我缺乏预见，因为按照我起初圈地的规模，我至少要修两英里长的篱笆或者栅栏。这倒还在其次，因为就算要修十英里长的篱笆，我多半也有工夫去做，最恼人的是范围太大了。我没有考虑到，山羊在这么大的羊圈里会到处乱跑，就跟没有圈起来一样。而且地方这么大，永远都别想捉住它们。

直到动手把篱笆修了大约五十码远的时候，我才突然想到

---

1 萨凡纳：亦即热带稀树草原。

这个问题。于是我立刻停了下来，决定先圈一块大约长一百五十码、宽一百码的地方。在相当长一段时期内，这么大的地方足以容纳我所有的羊。等以后羊多了，还可以再扩大圈地面积。

这个做法还算稳妥，于是我信心十足地干了起来。我先用了三个月左右的时间植篱笆，在此期间，我一直把三只小羊拴在最好的地方，并让它们养成在我近旁进食的习惯，好跟我熟悉。我经常带着麦穗或者稻谷去喂它们，让它们就着我的手吃。等我把围栏修好，把绳子解开后，它们肯定还会跑到我身边，咩咩叫着跟我讨粮食吃。

我的目标总算实现了。不到一年半时间，我连大带小已经有十二只羊了。又过了两年，加上被我宰杀吃掉那几只，我已经有四十三只羊了。此后，我又圈了五六块地方养羊，还在旁边做了窄小的槛圈，想捉羊的时候就把它们赶进去。另外，各个大羊圈之间还有门彼此相通。

这还不算，现在我不仅随时有羊肉吃，还有羊奶喝。这点我当初可没想到，所以突然想到这点的时候，我真是喜出望外。现在，我建起了挤奶房，有时候每天能产一两加仑的羊奶。我从来没挤过牛奶，更没挤过羊奶，也没见过别人怎么做奶油和干酪，可是，经过屡次尝试和失败，我终于做出了奶油和干酪，而且做得很顺手，后来我再也没缺过这两样东西。可见，大自然不但给每种生物提供食物储备，还会自然而然地教会他们如何充分利用这种储备。

造物主对自己所创造的生灵们是多么仁慈啊，哪怕是在他们似乎陷入绝境的境况下！他多么善于把最残酷的命运变得让人容易接受啊，让我们哪怕身陷牢笼也有理由赞颂他！他在这片我起初认定自己会饿死的荒野上摆上了多么丰盛的佳肴啊！

就连斯多葛派人[1]看到我和我的小家庭共进晚餐的情景也会忍俊不禁。我坐在那里，俨然就是全岛的君主，掌握着所有臣民的生杀大权。我既可以将它们吊死，也可以将它们开膛破肚，既可以赐给它们自由，也可以剥夺它们的自由，而且我的臣民中永远都不会有反叛者。

再看看我是怎样像个国王似的用餐的：我独自坐在那里，侍从们在一旁候着。波儿就像我的宠臣，只有它被准许跟我讲话；我的狗（现在已经又老又昏聩了，而且没有找到任何物种可以继续繁殖下去）照例坐在我的右手边；那两只猫分坐两旁，希望不时从我手里讨点儿东西吃，并将其视为特殊的恩宠。

这两只猫不是我最初带上岸来的那两只，那两只早就死了，我亲手把它们埋在我住所的附近。不过其中有一只猫不知道跟什么物种交配过，生了很多小猫。这两只是我留下来驯养的，其余的都跑到树林里去，成了野猫，后来搞得我很头疼，因为它们总是跑到我家来，还抢我的东西，最后我不得不开枪打死了几只，这才把它们彻底赶走。现在我侍从成群，生活富足，可以说，除了没有人来往，什么都不缺。此后过了一段时间，我反而觉得这种来往太多了。

前面说过，我等不及想要用那艘小船，只不过不想再去冒险，因此，有时候我会坐在那里苦苦思索怎么把它弄回来；有时候又会安抚自己，觉得不要它也行。可是我的心思安定不下来，总想到上次出海时曾爬上去观察过海岸概貌和水流状况的那个岬

1 斯多葛派：塞浦路斯岛人芝诺于公元前300年左右在雅典创立的学派，以培养“免于激情”的寡欲性情而著称。斯多葛派人通常尽量避免哭笑等情绪。

就连斯多葛派人看到我和我的小家庭共进晚餐的情景也会忍俊不禁。

角去一趟，看看有没有什么办法。这个念头一天比一天强烈，最后我决定沿着海岸走过去。于是我便出发了。

如果在英国碰到我这副打扮，人们肯定会吓一大跳，或者哑然失笑。我也频频停下脚步打量自己，想象自己穿着这一身行头到约克郡去旅行，也忍不住笑了起来。下面我描述一下自己的穿着打扮，博诸位一笑。

我头上戴着一顶又大又高又丑陋的羊皮帽，后面垂着一块帽檐，一来可以遮阳，二来可以挡雨，不让雨水顺着脖子流进衣服里去。在热带，雨水流进衣服是最伤身体的。

我上身穿着一件羊皮做的短外套，衣襟遮住了半截大腿；下身穿着一条露膝短裤，短裤是用一只老公羊的皮做的，两侧的羊毛垂下来，像灯笼裤似的直垂到小腿中间。我没有鞋袜，做了一双自己也不知道该叫什么的东西，有点儿像短筒靴，靴筒遮住了小腿，还有跟绑腿一样的绑带。可是，这双靴子跟我身上其他的装束一样，都极其粗笨难看。

我腰间系着一条晒干的羊皮做的宽皮带，两头没有搭扣，用两根羊皮条系在一起。皮带两边各有一个挂绳似的东西，我没有挂短剑和匕首，只挂了一把小锯子和一把短柄斧，一边一个。另外一条比较窄的皮带斜挂在我肩膀上，也用皮条系着。皮带的末端，也就是我左臂下面，挂着两个荷包，也都是用羊皮做的，一个装火药，另一个装子弹。我背上背着箩筐，肩上扛着枪，头上顶着笨重而丑陋的大羊皮伞——别看它又笨又丑，却是除了枪之外最重要的东西。至于我的脸，倒不像那种生活在赤道九至十度以内又完全不在乎肤色的人那么黑，像穆拉托人那样。我曾经让自己的胡子长到四分之一码那么长，不过，我有的是剪刀和剃刀，后来把它剪得相当短，只留下了上嘴唇的胡须。我把它修剪成伊斯兰教徒的那种八字大胡子，就像我在萨累看到的土耳其人留的胡子那样，因为摩尔人是不留这种胡子的，只有土耳其人才留。我不敢说我这把胡子长得能挂我的帽子，但是它的确又长又大，要是在英国迎面走过去准会把人吓一跳。

不过这些也就是顺便说一下而已，反正也不会有人看见我的样子，我模样如何也就无关紧要了，所以对此我就不再赘述了。我以这幅模样踏上了新的行程，一连在外面待了五六天。我沿着海岸，直奔上次抛锚的地方，想登上山岗去看看。这次没有小船要照管，我就抄近路爬到跟上次一样高的地方。当我朝上次不得不驾着小船绕过去的那个岬角眺望时，出乎意料地发现那片海风平浪静，没有波澜，没有暗潮，也没有急流，跟别的地方一样平静。

这让我甚是纳闷，便决定花点儿时间好好观察一下，看看是否跟涨潮和退潮有关。不过我很快就明白是怎么回事了。原来，从西边退下来的潮水与岸上一条大河汇合起来，形成了那股急流，而北风大还是西风大就决定着那股急流是离岸远还是离岸近。我在附近等到傍晚，再次爬到山岗上，其时正值退潮，我再次清楚地看到了那股急流，只不过这次离岸比较远，将近有半里格。而我上次来的时候它恰好离岸比较近，结果把我的独木舟给卷走了，换个时间肯定不会这样。

这次观察让我确信，只要注意潮水的涨落，说不定可以轻而易举地把小船开回去。可是，上次遇险让我心有余悸，一想到要把小船开回去就心惊胆战，想都不敢再想。于是，我做出了一个比较费事但也比较安全的决定，那就是再造一艘独木舟，这样我在岛的这头和那头就各有一艘小船了。

要知道，现在，我在岛上有两个庄园，一处是我那个小堡垒，也就是小帐篷，帐篷四周有围墙，上方有岩壁，后面有山洞。我已经把山洞扩建成一个套一个的洞室了，其中那个最干燥、最宽敞的洞有一个门通到围墙外面，或者说堡垒外面，也就是通到了围墙把山岩围起来的地方之外。那间山洞里放满了我前面说过的大瓮，另外还有十四五个大箩筐，每个箩筐都能装五六蒲式耳东西。这里贮藏着我的粮食，特别是谷物，有些是割下来的麦穗和稻穗，有些是用手搓出来的麦子和大米。

至于那堵我之前用长木桩筑起的围墙，那些木桩已经长成了大树，树木高大，枝叶茂密，谁都看不出后面住着人。

紧挨着这处住所往岛内走几步，在一片地势较低的地方，就是我那两块庄稼地了。我按时播种，它们就按时按季节替我产粮食。倘若我需要更多的粮食，旁边随时都有同样适宜耕种的土地可供开垦。

此外，我还有一座乡间别墅，现在那里也有一座不错的庄园。最开始，我建了一座小茅舍，然后不断地修葺。我是说，我不断修剪篱墙，使其保持着惯常的高度，而且梯子总是靠在墙内。这些树木起初不过是一些木桩，现在已经长得又结实又高大了。我不断地修剪，希望它们能长得枝繁叶茂，生机盎然，投下更多的绿荫，后来它们果然不负我所望。树篱中央，总是搭着我那顶帐篷。帐篷是用帆布和几根柱子搭建的，永远都不需要修缮或更换。帐篷里面，我用自己打来的兽皮和一些柔软的材料做了一张睡榻，上面铺着我从船上抢救出来的褥子，另外还有一件值夜穿的大外套做盖被。我每次因故离开老住所时，就住在这座乡间别墅里。

与别墅毗邻的，是我的牲口圈，也就是我养羊的地方。圈这块地的时候我费了不小的劲，所以非常谨慎，特意把篱笆做得十分严密，以免里面的山羊逃出去。我不遗余力地在外层树篱中间插满了小木桩，那种密实的程度不像篱笆，倒像栅栏，木桩和木桩之间几乎连手都插不进去。这些木桩在第二年的雨季全都长了起来，后来形成了一堵结实的屏障，甚至比墙壁还坚固。

这证明我没有闲着，凡是为了让生活舒适而必须做的事，我都会不辞辛苦地去做。我认为像这样圈养一批牲口，就等于给自己建了一座供应羊肉、羊奶、奶油和奶酪的活仓库，只要我还在这个地方生活，就算再过四十年，也取之不尽，用之不竭。而要想一伸手就能抓住这些羊，就得把羊圈修得密实而坚固，确保山羊不会跑掉。按照这个想法，我把篱笆修得非常严实，结果把木桩插得太密了，等它们长起来的时候，不得不拔掉一些。

我还在这里种了一些葡萄。我每年冬天贮藏的葡萄干，靠的就是这些葡萄。我每次都小心翼翼地把它们保存起来，当作所有食物中最好、最可口的美味。的确，葡萄干不仅好吃，而且营养丰富，有益健康，祛病提神。

乡间别墅大约就在我海边住所到泊船处的正中间，每次去泊船的地方我都会在这里稍做停留。我经常去看自己的小船，把东西全都整理得井井有条。有时我也会驾着小船去消遣一下，但是再也不敢冒险走远，离开海岸超过一箭之地了，生怕一不注意再被急流或大风卷走，或者遇到其他不测。不料，我的生活又出现了新情况。

一天中午时分，我正在朝自己的小船走去，突然发现岸上有一个人赤足的脚印，清清楚楚地印在沙滩上，我顿时吓得魂不附体。我呆呆地站在那里，像遭了晴天霹雳，又像大白天见了鬼。我侧耳倾听，又环顾四周，可是什么都听不到，什么都看不见。我爬上高处眺望，又在海边跑了好几个来回，可是一无所获，就只有这么一个脚印。我再次走过去，想看看还有没有其他的脚印，看看是不是自己出现了幻觉。可是根本就不可能是幻觉，因为那个脚印清清楚楚，脚指头、脚后跟和脚的其他部位一应俱全。这里怎么会有脚印？我无从得知，也无从猜测。于是，我像个精神错乱的人似的，胡思乱想了一阵，便拔腿朝自己的堡垒跑去。我跑得飞快，似乎感觉不到地面的存在，可是心里又惶恐至极，跑两三步就扭头往后看一眼，把身后的树丛和远处的树桩全都看成是人。至于受到惊吓的想象力将事物在我眼前变幻成多少奇奇怪怪的形状，以及我心中一瞬间冒出多少荒诞不经的念头，一路上产生了怎样离奇古怪的猜想，简直难以言表。

一跑回城堡（以后我就这样称呼它好了），我就窜了进去，好像后面有人追着似的。至于我是按照原来的设想用梯子爬进去的，还是从那个被我称为门的岩洞钻进去的，连我自己都记不得了，甚至到第二天早上都想不起来，因为不管是受惊的野兔钻进自己的窝，还是受惊的狐狸钻进自己的洞时，都没有我逃进这座避难所的时候那么惊骇。

那天晚上我一夜没睡，事情过去越久，我的疑惧反而越强烈，这有点儿违背常情，特别是有违所有生物受惊后的惯常反应。可是，我受到惊吓后不断胡思乱想，以至于满脑子阴森可怕的幻觉，尽管现在事情已经过去很久了。有时候，我心里认定是魔鬼干的，我的理智对这种猜测也随声附和：怎么会有人类到这个地方来？把他们送来的船到哪儿去了？别的脚印又在哪里？再说了，人类怎么可能到这个地方来？可是，再一想，要说撒旦变成人形跑到这么一个地方，仅仅为了留下一个脚印，未免也太不知所谓了，因为它无法确定我一定会看到这个脚印。从另一方面来说也很可笑。我认为，除了留下这个孤零零的脚印，魔鬼可以找到很多办法吓唬我。而我住在小岛的另一侧，魔鬼绝不会这么笨，把印记留在我十有八九永远看不到的地方，而且是留在沙滩上，只要风起浪涌，它就会被冲得一干二净。这似乎说不通，而且也不符合我们对魔鬼的普遍看法——我们通常都认为魔鬼是诡计多端的。

许多诸如此类的事让我不得不承认，一切关于魔鬼的疑惧都是毫无根据的。接着，我马上断定是某种更危险的生物干的，也就是说，是海岛对面大陆上那些野人干的，他们乘着独木舟到海上游荡，要么被卷入急流，要么碰上逆风，被冲到或者吹到了岛上。上岸后，他们不愿意待在这座孤岛上，就回到海上去了，否则我肯定早就看到他们了。

这些想法在我脑海里盘旋，我很庆幸自己当时不在那一带，没让他们看到我的小船。要是他们看到我的小船，就会断定岛上有人居住，搞不好会到处搜寻我的踪迹。接着，我又胡思乱想起来，担心他们说不定已经发现了我的小船，知道岛上有人了。要是这样，他们肯定会带更多的人回来把我吃掉。就算他们找不到我，也会发现我的羊圈，毁掉我种下的所有庄稼，带走我驯养的所有山羊，那我最后就会被活活饿死。

就这样，我的恐惧驱走了我对上帝的全部希望。此前，我曾因受到上帝恩惠这样的奇妙经历而对上帝产生的信赖全部消失了，仿佛过去用神迹赐给我食物的上帝无力保护他恩赐给我的粮食。我责备自己偷懒，不肯多种一些粮食，只图能接得上下一季就算了，就好像不会出现任何意外事件阻挠我享用地里的庄稼似的。我认为这种自责是有道理的，所以决定以后提前囤积两三年的粮食，这样，以后无论发生什么事，我都不至于因为没有粮食吃而饿死。

人生是多么不可捉摸的黑白棋盘格啊！而人类情感随着境遇的变化又是多么变幻无常啊！我们今天所爱的，往往是明天所恨的；我们今天所追求的，往往是明天所逃避的；我们今天所渴望的，往往是明天所惧怕的，甚至怕到浑身发抖。此刻的我就是一个极其生动的例子。以前，对我来说，最大的痛苦就是感觉自己像被人类社会遗弃了一样，孑然一人，被茫茫大海包围着，与世隔绝，陷入我称之为“沉默生活”的困境，仿佛上天认为我不配与人类为伍，不配生活在自己的同类当中。要是能见到自己的同类，对我来说，不亚于死而复生，那将是上天所能赐给我的最大的恩宠，仅次于让我灵魂获救，升入天堂。而现在我只要怀疑看到人的踪迹就会吓得魂不附体；看到人类踏上这座小岛的痕迹，我恨不得钻到地下躲起来。

人生是如此变幻莫测。我稍微平复了一下之后，对此产生了很多奇怪的想法。我当前的生活处境是拥有无穷智慧的、慈悲为怀的上帝为我安排的。既然我无法预知上帝的最终用意，那就应该绝对服从他无上的权力；既然我是他创造的，那他就拥有绝对的权力以自己认为适当的方法支配我、处置我；既然我曾经冒犯过他，他就有权力对我施加任何他自己认为适当的惩罚。而我对他的震怒则当逆来顺受，因为在他面前我是有罪的。

接着，我又想到，上帝不但是公正的，而且是万能的，既然他认为应当这样惩罚我、折磨我，那他当然有能力搭救我。要是他认为不应该搭救我，那我唯一能做的就是毫无异议地完全服从上帝的意旨。同时，另一方面，对他寄予希望，向他祈祷，静静听候圣意的裁决和指示，也是我应该做的。

我就这样翻来覆去地想了很多个小时、很多天，甚至很多个星期、很多个月。对此事的反复思索所产生的某种影响，这里不得不提一下：一天清晨，我躺在床上，想着野人的出现给我带来的危险，心中烦乱不安，此时，我突然想到《圣经》上的那句话："汝于患难之日求告于吾，吾必救之，汝须赞吾。"

我顿时欢快地从床上一跃而起，心里踏实多了，而且好像得到了指示和鼓舞似的，开始虔诚地向上帝祷告，恳求他拯救我。做完祷告，我拿出《圣经》翻开，结果看到的第一句话就是："要等候上帝，不要沮丧，他将让你坚强。我说，要等候上帝。"[1]这几句话带给我的安慰简直无以言表。于是，我满怀感激地放下《圣经》，不再垂头丧气，至少不再对这件事那么灰心丧气。

我翻来覆去、疑神疑鬼、胡思乱想的时候，忽然有一天，我觉得这一切有可能只是我自己的幻觉，那个脚印或许是我自己上岸的时候留下的。想到这里，我的精神顿时振作了一些，我开始说服自己那不过是幻觉，是我自己留下的脚印。我想，既然我从那条路上的船，为什么没有可能是在那条路下的船？更何况我根本无法确定自己踩过什么地方，没踩过什么地方。如果最后证明只是我自己的脚印，那我简直像个傻瓜，自己编造了一套鬼怪故

1　见《旧约·诗篇》27:14。

事，没有把别人吓倒，反而把自己吓坏了。

于是，我又鼓起勇气，打算到外面看看。我三天三夜都没有出城堡，已经快断粮了，家里除了大麦糕和水，什么都没了。而且，我知道我的山羊也该挤奶了（这项工作一直是我傍晚时分的消遣），那些可怜的家伙好久没有被挤奶，肯定痛苦不堪。事实上，这差点儿毁掉几只山羊，搞得它们都快断奶了。

我说服自己那不过是我自己的脚印，所以其实是自己吓唬自己，这么一来，我就壮起了胆子，重新开始出门，到乡间别墅去挤羊奶了。如果有人看到我一路上战战兢兢的样子，看到我不断回头张望，随时准备扔了筐子逃命的情形，肯定会以为我做了什么亏心事，或者最近受到了极大的惊吓——这倒是实情。

我一连跑去挤了两三天羊奶，什么都没看到，于是胆子又慢慢大了起来，觉得其实真的什么都没有，不过是我自己的想象罢了。可是，我无法彻底说服自己，除非再到海边去看看那个脚印，跟自己的脚比一比，看看大小是不是差不多，以确定到底有没有可能是我自己的脚印。可是，到那个地方后，首先，我一眼就看出来，当初停船的时候我不可能从那附近上岸；其次，伸出脚一比就发现我的脚小得多。这两个情况让我又马上开始胡思乱想起来，并且一阵头晕眼花，冷得直发抖，就像发疟疾似的。于是我再次跑回家，一心想着肯定有人从那里上了岸。简而言之，岛上有人住，说不定什么时候就会来偷袭我，而我根本不知道该采取什么措施保护自己。

噢，人们陷入恐惧时所做的决定是多么荒唐可笑啊！恐惧让他们无法采用理智的办法解决问题。我首先想到的第一件事就是拆掉羊圈，把驯养的山羊全都放回树林，任凭它们变成野羊，以免敌人发现它们后为了掠夺羊群经常跑到岛上来。其次，我还打算索性把那两块庄稼地挖掉，以免他们发现有粮食后更经常跑到岛上来。然后，我还打算毁掉自己的茅舍和帐篷，以免他们看出有人居住的痕迹后，为了把住在这里的人找出来四处搜索。

回到家的那天夜里，我心里一直都在转着这些乱七八糟的念头。曾经盘踞在我心头的种种疑惧在我心中蔓延，并且像白天那样让我惊魂不定。由此可见，对危险的忧惧比危险本身（亲眼看见时）还要令人惊惧千万倍，而焦虑的压力远甚于我们所担忧的恶行。最糟糕的是，我平时总是希望自己能听天由命，现在遇到麻烦却无法从中获得解脱。我觉得我就像扫罗一样，不但埋怨腓力斯人攻击他，还抱怨上帝遗弃了他[1]，因为我没有用适当的方法让自己镇定下来，没有在危难中呼叫上帝，没有像以前那样，听凭天意的安排，靠上帝来保护我、拯救我。如果我这么做了，至少现在会以更积极乐观的心态对待这次意外，说不定会有更大的决心渡过难关。

这些乱七八糟的念头让我一个晚上都没合眼，一直到第二天早晨才昏昏睡去。由于用脑过度，精神疲乏，我睡得特别香。醒来后，我比之前镇定多了，也开始冷静地思考当前的情况。我内心进行了激烈的争辩，最后得出这样的结论：这座小岛风景宜人，物产丰富，距离我看到的那片大陆也不远，所以并不像我之前想象的那样完全没有人迹。岛上虽然没有固定居民，但是难免

1　见《旧约·撒母耳记上》，扫罗王是便雅悯人基士的儿子，撒母耳受命耶和华膏立他为王。腓力斯人是居住在地中海东南沿岸的古代居民，被称为“海上民族”。公元前12世纪在巴勒斯坦南部沿海一带建立加沙、阿什杜德等小城。据《旧约》所载，他们曾与以色列人长期作战，公元前10世纪终被打败。

会有船只从对岸过来，那些人到这个地方来要么有所企图，要么根本没有企图，只是被逆风刮过来的。我在这里已经生活了十五年，但是迄今连一个人影都没见过。就算哪天有人被风吹到这里来，多半也都是设法赶紧离开，因为到现在为止，他们一直都觉得这座荒岛不宜久居。我能想到的最有可能带来危险的事，就是那片大陆上三三两两的人会不时在这里登陆，看样子他们不是自己想来的，而是被刮到这里的，所以并未逗留，而是以最快的速度离开。他们很少在岛上过夜，生怕退潮后天色黑下来走不成。因此，我只要找个安全的隐身之所，看到野人上岸的时候赶紧躲起来就行了。

我现在开始后悔把山洞挖得太大了，于是在堡垒外面又开了一道门。因此，经过认真考虑，我决定在围墙外面，也就是十二年前种下两排树的地方，再筑一道一模一样的半圆形防御工事。那两排树原来栽得非常密，现在只要在树木中间打几根木桩，它们就会变得很密集，所以我很快就能把这道屏障修好。

这么一来，我就有了一道双层墙。我用木料、旧缆索和各种我能想到的东西加厚外墙，使其更加坚固，然后又在墙上开了七个小孔，大小刚刚够把武器伸出孔外。至于内墙，我不断地从洞里挖出泥土，堆在墙根下，用脚踩实，把墙壁加厚到十英尺左右。我打算用这七个小孔放置我之前从船上取来的那七支火枪。我用架子把火枪撑住，像大炮一样安置好，确保我可以在两分钟内连着把那七支枪都开上一遍。我辛辛苦苦干了好几个月，才把这道墙彻底修好。在此之前，我一直都觉得自己很不安全。

围墙竣工后，我围着围墙，在离围墙相当远的地方，密密麻麻地插了一圈容易成活的杨柳枝，因为它们可以长很高。我估计我栽了将近两万棵。在杨柳林与围墙之间，我特地留出一条很宽的空地，这样，万一有敌人企图偷袭我的外墙，也无法利用这些小树做掩护，我一眼就能看到他们。

不到两年时间，我就有了一片浓密的小树林。五六年后，我的住所前便长起了一片密林，树木极其浓密、极其粗壮，几乎过不去人。任谁都想不到树林后面会有什么东西，更想不到会有人住在这里。树林里没有留小路，我自己靠两架梯子进出，一架靠在下面的一块山岩上，山岩上面有一个折断面，可以放置第二架梯子。把两架梯子抽走后，就没有人能毫发无损地靠近我的城堡了。就算他们能穿过树林，也还是在我的外墙外面。

就这样，我采取了穷尽人类谋略所能想到的所有措施来保护自己。你们以后就会看到，我这样做并非全无道理，尽管我当时并没有预见到什么具体的危险，只是感觉到恐惧而已。

开展上述工作期间，我并没有对其他事务置之不理，因为我仍然非常关心我的羊群，它们不仅可以不费我一枪一弹就随时满足我当前的需求，还可以让我不必费力气去猎捕野羊。我不想失去它们所带来的便利，也不想以后再从头驯养。

为此，考虑良久之后，我觉得只有两个办法可以保护羊群。一种办法是就近找个地方挖个地洞，每天晚上把羊群赶进去；另一种办法是再圈两三块小地方，彼此相隔比较远，而且越隐蔽越好，每个地方养六七只羊。这样万一大羊群遭遇不测，我还可以费点儿劲重新再养起来。尽管这么做需要花费很多时间和精力，但我仍然认为这是最合理的方案。

于是，我便花了一些时间去寻找岛上最偏僻的地方。我挑了一个非常隐秘的地方，完全合乎我的设想。那是一片小小的湿地，环绕在密林中央，上次我从小岛东部回家的时候就是在那里差点儿迷了路。我在那里找到一块近三英亩大的空地，四周树木环绕，几乎就是一个天然的羊圈，至少不用像在别的地方圈地时那么费劲。

我马上着手在这块地上干起来，不到一个月的时间，我就把篱墙筑好了，群羊或者羊群（随你怎么叫都行）不像刚开始那么野，圈在里面很安全。于是，我一刻都不肯耽搁，马上转移了十只小母羊和两只公羊过去。把羊关进去后，我继续加固篱墙，把它做得跟另一个羊圈一样坚固。只不过做之前那个羊圈的时候比较从容，花费的时间多得多。

我之所以付出这么多的辛苦劳动，完全是因为看到那个脚印而心生疑惧，其实到现在我也没有看到任何人靠近小岛。两年来，我一直生活在忐忑不安之中，过得远远不如以前那么轻松自在。不管是什么人，凡是能理解成天提心吊胆的人过的是什么样的日子，就能想象到这点。而且，这种不安的心情对我思维中的宗教部分产生了极大的影响，因为我时刻都在担心落到野人或者食人族手里，很少能以恰当的情绪向造物主祷告，至少无法以惯常那种安宁平和的心态去祷告。我在向上帝祷告的时候，处于巨大的痛苦和心理压力之下，仿佛周围危机四伏，每夜担心自己在天亮之前被杀了吃掉。我的切身体验表明，处于平和、感激、爱戴和充满深情的状态比处于惊恐不安的状态更适合祷告。一个人处于大祸临头的恐惧之下祷告，无异于在病榻上做忏悔，根本无法安心地祷告。因为心绪不宁会影响一个人的精神，就像疾病影响人的肉体那样。心绪不宁是精神上的障碍，其危害性甚至超过肉体上的障碍，因为祷告是精神的行为，不是肉体的行为。

还是言归正传。我把一部分家畜安排妥当之后，便在全岛四处寻找，想再找一片隐秘的地方，建一个类似的羊圈。我信步来到以前从未来过的岛西头，抬眼向海面上望去，仿佛看到远处有一艘船。之前我从一个水手箱里找到过两副望远镜，从船上拿了下来，可惜没带在身边，而且那个东西离得又远，我也说不准到底是什么，尽管我眼睛一眨不眨地盯着它，直到盯得眼睛发痛，也无法确定那到底是不是一艘船。等我从山上下来的时候，它已经消失得无影无踪了，我只好作罢。不过，我决定以后出门一定要在口袋里揣上望远镜。

我走下山岗，来到以前从未踏上过的小岛的尽头，便明白看到脚印在这座岛上实在不足为奇，只不过上帝特地安排我流落到了野人从来不去的小岛的另一侧，否则我肯定早就知道，那片大陆的独木舟有时候在海上走得太远了，就会渡过海峡，到这座岛上来找港口停泊，这种事再常见不过了。而且，他们的独木舟在海上相遇便会打仗，胜利方要是抓到俘虏，就会带到这片海滩上，按照他们食人族的习惯，把俘虏杀了吃掉，这也是常有的事。此事我后面再详谈。

我下了山岗，走到小岛西南角的岸边，顿时吓得目瞪口呆，只见岸上到处都是头骨、手骨、脚骨和其他部位的骨头，我心中的惊骇简直无法形容，特别是看到有个地方曾经生过火，还挖了一个斗鸡坑似的圆坑。那些野蛮的恶徒多半就坐在那里，用他们同类的尸体举行残忍的宴会。

见此情景，我不由得惊愕万分，好一段时间都没有想起自己面临的危险。亲眼看到这样一种惨无人道、恶魔般的兽行，看到人性的堕落，我只顾着震惊，都忘记了自己的恐惧。尽管我以前经常听人说起这样的事，但是从来没有亲眼见过。总而言之，我扭过头去，不再去看那副惨绝人寰的情景。我的胃里翻腾起来，人也快晕倒了，一张嘴就吐了出来。一阵剧烈呕吐之后，我才略感轻松，但是我一分钟都待不下去了，立刻拔腿跑上小山，向我的住所奔去。

跑开一段距离后，我站在那里，依旧惊魂不定。我稳了稳心神，满怀深情地仰望上苍，热泪盈眶地感激上帝将我降生在世界的其他地方，没有混入这些可怕的家伙当中。尽管我感到自己当前的处境十分悲惨，但上帝还是给了我那么多照顾和安慰，使我需要感恩的依然多于值得抱怨的。最重要的是，即便在这种悲惨的处境中，我都因为意识到上帝的存在并对他的恩宠心怀希望而受到宽慰，这种幸福足以抵偿我所遭受的或者能承受的所有不幸。

我怀着这种感激的心情回到自己的城堡。我对自身处境的安全比以往任何时候都放心得多，因为我发现，那些恶徒上岛从来都不会四处寻找，看看能发现什么东西，或许他们并不是要在这里找到或者弄到什么东西。而且毫无疑问，他们总是在密林覆盖的地方登陆，也从未发现过对他们有用的东西。我在岛上已经快十八个年头了，以前从来没见过人类的脚印。只要不让他们发现我，继续像现在这样彻底隐蔽起来，我完全可以再住十八年。而我目前唯一的任务就是把自己完全隐蔽起来，除非看见比食人族更文明的、可以让我现身的人类。

然而，我对那群野蛮的恶徒和他们互相吞食的那种灭绝人性的习俗深恶痛绝，以至于此后近两年时间都心事重重，愁眉不展，只在自己的生活圈子里活动。我所谓的生活圈子，就是指我的三处庄园，也就是我的堡垒、乡间别墅和密林里的羊圈。羊圈只用来养羊，不做别的用处。我的天性让我对那群恶魔般的凶徒满怀憎恶，生怕看到他们，就像害怕看到魔鬼一样。近两年来我都没去照看过我的小船，打算干脆再造一只。我不再绞尽脑汁想绕过小岛把那艘船运回来，以免在海上碰到那些恶徒，万一落到他们手里，可想而知会落个什么下场。

不过，我发现自己并没有被那些人发现的危险，不由深感欣慰，再加上时间的流逝，我不再那么坐卧不宁。我渐渐像以前那样平静地过着自己的日子，只不过比以前更谨慎、更警惕，避免不小心被他们看到，特别是在开枪的时候更加小心翼翼，以免他们在岛上刚好听到。万幸我替自己养了一群羊，不用再去林子里开枪打猎。此后我虽然抓过几只山羊，但都是像从前那样用陷阱和机关去捉的。所以，此后两年，我记得自己再也没开过枪，尽管我每次出门都要带上它。此外，我曾经从那艘船上弄下来三把手枪，每次出门的时候至少要带两把，别在腰间的羊皮皮带上。我还把从船上拿下来的一把弯刀磨锋利，用一条带子系在腰上。因此，我出门的时候样子很吓人，在以前描述过的那副装扮上又添了两把手枪，还在腰间挂了一把没有刀鞘的大腰刀。

就这样过了一段日子，除了增加了这些预防措施外，我似乎又恢复了那种平静安宁的生活。这些事情让我越来越深刻地体会到，跟有些境况相比，我的处境远远算不上悲惨。不但如此，倘若上帝随便把我的命运改变一下，我都会比现在更惨。这让我开始反省，若是不管身处何地，都把自己的境遇跟更糟的境遇相比以心怀感激，而不是跟更好的境遇相比去怨天尤人，那人类的牢骚该减少多少啊。

就我目前的境况而言，我缺乏的东西实在不多。事实上，我觉得，那些凶残恶徒带来的惊吓和我对自身安全的担心挫伤了我为改善生活而进行创造的锐气。之前我本来想试试看能不能把大麦制成麦芽，再试着酿一些啤酒，现在这个计划也放弃了。其实，这根本就是异想天开。我经常数落自己把事情想得太简单了，因为我很快就发现，酿酒必不可少的几样东西我都没有，根本就造不出来。首先，我没有用来装酒的木桶。前面我已经说过，我根本不知道怎么造桶。我花了好多天，不，好几个星期乃至好几个月的时间去尝试，结果都没做成。其次，我没有让啤酒经久不坏的啤酒花，没有让它发酵的酵母，也没有用来煮酒的铜壶铜锅。尽管如此，我还是坚信，要是没有这些事的烦扰（我是指那些野人给我带来的惊吓和恐惧），我可能早就已经着手去做了，说不定已经成功了。因为不管是什么事情，只要我下定决心去做，就不会轻言放弃，一定要把它做成。

可是现在我的创造力完全发挥在其他方面了。我日夜不休地在想，怎么才能趁着那伙人举行残忍的宴会时杀掉几个，而且，如果有可能，就把他们带到岛上准备杀害的受害者救走。为了消灭那些人，或者至少把他们吓得再也不敢到这里来，我想过各种各样的计策，要是把我酝酿过的那些计策或困扰我的东西统统都写下来，那这本书就要厚得多了。但是这些计划全都夭折了，除非我肯亲自去实施，否则全都是空想。说不定他们是二三十人结伙来的，还带着标枪和弓箭，投掷或射箭的准头跟我打枪一样，我一个人怎么对付得了？

有时候，我很想在他们生火的地方挖个坑，埋上五六磅火药，那样他们一生火，就会引爆火药，把周围统统炸个干净。然而，首先，我不想在他们身上浪费这么多火药，因为我只有不到一桶火药了；其次，我并不能保证火药能在某个特定的时间爆炸，炸他们个措手不及，说不定充其量只会溅他们一脸火星，吓他们一大跳，却不足以让他们摒弃这个地方。于是，我放弃了这个计划，又想着可以找个合适的地方埋伏起来，给那三支枪装上成倍的火药，等他们残忍的仪式举行到一半时就朝他们开火，一枪肯定能打死或者打伤两三个，然后再带着那三把手枪和那把腰刀朝他们冲过去。假如对方有二十个人，我毫不怀疑自己可以把他们杀个精光。这种幻想让我高兴了好几个星期。我整天想着这事儿，搞得连做梦都梦到，有时候还会梦到自己正准备向他们开火。

我对这个计划简直着了迷，花了好几天时间寻找适合埋伏起来监视他们的地方，而且经常到出事地点去，对那里越来越熟悉。特别是当我脑子里充满复仇的念头，恨不得一刀杀死他们二三十个的时候，我对那个地方的恐惧、对那些残暴恶徒互相吞食的痕迹的恐惧，就会令我的恶念渐渐消退。

反正最后我在小山坡上找到了一个可以安全地监视他们的地方。等看见他们的船靠近，我就抢在他们上岸之前悄悄跑进树丛，树丛里有一个凹处，刚好够我把整个身体隐蔽起来。我可以坐在那里观察他们的残忍行径，等他们凑到一块儿的时候，我就瞄准他们的脑袋开枪，几乎不可能打不中，开第一轮枪就可以打伤三四个。

于是，我决定在这个地方实施自己的计划。我把两把火枪和日常用的鸟枪装上弹药。两把火枪每把装了两颗弹丸和四五颗较小的子弹，大约像手枪子弹那么大；鸟枪里装上一把最大号的猎枪子弹。另外，每把手枪都装了四颗子弹。我装好这些枪，又带上足够第二轮、第三轮射击用的弹药，就算完成了作战准备。

我如此这般制订好作战计划，并在自己的想象中将其付诸实施后，就开始每天早上爬到那座小山的山顶上去巡逻（小山距离我的城堡大约三英里或者更远），看海上有没有小船驶近小岛，或从远处驶来。可是，一连守望了两三个月之后，我就厌倦了这桩苦差事。每次回来都一无所获，这么长时间了，连一只船的影子都没看见，不光是海岸上或者海岸附近看不到船只，就是整片海面上，我目力所及或者望远镜所及的地方也都没有船的踪影。

我每天到小山上去巡逻瞭望，这期间，我始终保持着实施计划的劲头，我的精神始终处于一种可以随时执行如此残忍的死刑、杀掉二三十个赤身裸体的野人的状态，其实我从来不曾对他们所犯的罪行细细思量，只是看到当地土著人那种变态的恶俗，深感震惊，不由得义愤填膺。造物主在其对世界英明的统治中已经以天道对他们进行了惩罚，令他们得不到指引，只凭着自己那种令人憎恶、腐败堕落的冲动行事，任由他们数百年来干着如此骇人听闻的恶行，养成如此可怕的恶俗，只有完全摒弃上天，靠某种地狱般堕落的性情行事，才会让他们沦落到这般田地。但是现在，正如我所说的，我开始对长期以来每天早上进行徒劳无功的巡视感到厌倦。于是，我对这种行为本身的看法也开始发生变化，而且开始比较冷静地思考自己所要采取的行动。这么多年来，上帝都放任这些人自相残杀，以作为彼此所受到的天理判决的行刑者，那我又有什么权利或义务去充当法官或行刑者，判定那些人有罪呢？这些人究竟如何冒犯过我？我有什么权利介入他们的流血混战？我经常这样反复思索。我怎么知道上帝会对这件事做出什么样的审判？毫无疑问，这些人并不把此事当作一种罪行，也并不会受到自己良心的谴责，不会受到良知的责难。他们不知道这是一种违背天理的罪行，也并不是要故意蔑视天理，罔顾天道——像我们大家在犯下几乎所有罪行的时候那样。他们不认为杀死战俘是一种罪行，就像我们不认为杀牛是一种罪行一样；他们也不认为吃人肉是一种罪行，正如我们不认为吃羊肉是一种罪行一样。

这样稍加考虑之后，我便意识到的确是自己错了，我认为，这些人并不是我之前所谴责的那种意义上的杀人犯，他们的行为正如有些基督徒在战斗中把战俘处死，很多时候甚至把整队弃械投降的人杀个精光一样。

其次，我突然想到，他们的自相残杀尽管残忍，跟我却丝毫没有关系。那些人并没有伤害过我。倘若他们企图杀害我，或者我觉得有必要为了自己的安全而去进攻他们，那倒还说得过去。可是，他们现在还侵犯不了我，甚至都不知道我的存在，所以也不可能有加害我的意图，在这种情况下，我去进攻他们实在是不公平。倘若我那么做，就相当于承认西班牙人在美洲的暴行是正当的。他们在美洲屠杀了数百万土著，尽管那些土著是迷信的野人，在其风俗中，有些残忍而野蛮的仪式，比如用活人去献祭，但是他们对西班牙人来说是无罪的。而将他们灭族这种暴行，即便是西班牙人自己说起来也深恶痛绝。欧洲的其他基督教国家都将其看作一种毫无人性的屠杀，一种人神共愤的暴行。因此，“西班牙人”这个名称，在所有拥有仁慈心和基督教同情心的人心目中，成了可怕而令人憎恶的字眼，就好像西班牙王国专门出这种既没有怜悯心又没有恻隐之心的人似的，而怜悯心和恻隐之心被看作人类仁慈心的标志。

经过上述种种考虑之后，我完全中止了行动，并逐渐放弃了自己的计划。我最后得出结论：我在进攻野人这件事上所做的决定是错误的。除非他们先攻击我，否则我不应该干涉他们的行为，而是应该尽可能防止他们攻击我。不过，倘若我被发现，遭到攻击，那我也知道该怎么做。

另一方面，我也意识到，这种办法非但不能自救，反而会彻底把自己给毁掉。因为，除非我有把握把当时上岸的和随后上岸的人统统杀光，否则，一旦有人逃回去报信，就会有成千上万的土著人跑来为他们的同胞报仇，我这么做就相当于平白无故地自取灭亡。

最后，我得出如下结论：无论是在原则上还是在策略上，我都不应该去插手这件事。我要做的是想方设法隐蔽自己，不留下一丝痕迹，不让他们怀疑岛上有人。

这种深思熟虑唤醒了我的宗教信仰，现在我从很多方面都认识到，当我制订那些残忍的计划，要消灭那些无罪的野人（至少对我来说是无罪的）的时候，已经完全背离了自己的职责。他们对彼此犯下的罪行跟我毫无关系。这是全民性的行为，我应当把此事交给上帝，听凭上帝审判，因为上帝是万民的统治者，知道如何按照自己最满意的方法，用全民性的惩罚措施对全民性的犯罪行为加以公正惩罚，对公开犯下罪行的人进行公开审判。

现在，这件事已经一清二楚了，我为自己没有干下蠢事而备感庆幸。现在我有充分的理由认为，假如我真的这么做了，那我所犯下的罪行无异于故意谋杀。于是，我赶紧跪下来，以最谦卑的姿态感谢上帝，感谢他让我没有犯下杀人罪，并恳求他保佑我，让我既不要落入野人的手中，也不用对野人动手，除非我从上天那里得到清楚的召唤，出于自卫不得不这么做。

此后，我以这种心态过了将近一年时间。这一年里，我根本没有袭击那些恶徒的欲望，也就没有再到小山上去观察是否有他们的踪影，是否有人上岸，以免自己忍不住再去想别的办法对付他们，或者看到有机可乘便对他们发起突袭。我只做了一件事，那就是把我停在小岛另一侧的小船开到东头，放在我之前在高耸的山岩下找到的一片小湾里。我知道，由于急流的缘故，那些野人无论如何也不敢——至少不肯把船开到那里。

我把放在小船上的附属品全都搬了下来，因为短途航行一般都用不上，这其中包括我亲手做的桅杆和帆，还有一个像锚一样的东西（其实根本不能称作锚或抓钩，但我最多也只能做成这样）。我把这些东西统统搬下来，以免引起注意，被人发现小船的踪影或者人类居住的痕迹。

此外，正如我说的，我比以往更加深居简出了。除了一些日常工作，比如挤羊奶、照料森林里的羊群之外，我很少离开自己的住所。森林里的羊群在岛的另一边，几乎没有危险。毫无疑问，那些偶尔上岛的野人从来不曾想过要到这儿来找什么东西，所以从来没有离开海岸往里面走过。我毫不怀疑，在我发现他们的踪影，开始像以前那样时刻提防之后，他们还来过几次。老实说，回想起以前真是令我不寒而栗，倘若这之前我被他们发现，后果简直不堪设想。那时候，除了一把通常只装小子弹的手枪外，我什么武器都不带，就在岛上四处转悠，东瞧西望，看看能不能弄到点儿什么东西。假如那时候我看见的不是脚印，而是十五六个野人，看到他们飞快地朝我追来，我根本无法逃脱，那我将会多么惶恐！

有时候想到这些我就心情沉重，心中异常难过，半天都恢复不过来。我都不敢设想自己会怎么做，我不但会无力抵抗，甚至会因惊慌失措，无法做到本应当可以做到的事，更不用说经过这么充分的考虑和准备之后可能做到的事了。事实上，对那些情况进行认真思考后，我本来应该感到心情抑郁，而且有时候应该抑郁挺久；但是，我把这些抑郁的心情转变成了对上天的感恩，感谢上天将我从这么多无形的危难中拯救出来，让我躲过了我自己根本无法避开的灾难，因为我根本不知道会发生这样的事，或者说根本想不到会有这种可能性。

以前，我看到上天在我们遭逢危难时仁慈地安排我们渡过难关，就经常萌生这种感想，现在，这种感想重新回到我的心头，令我深深觉得：我们在毫不知情的情形下获得了多么神奇的拯救啊！当我们犹豫不决、踌躇不定、不知该走这条路还是那条路的时候，常常会有一种神秘的暗示指引我们走这条路，尽管我们原本打算走那条路。甚至有时候，我们的意识、愿望和职责都在召唤我们走那条路，可是心里突然出现一种奇怪的念头，我们既不知道这种念头从何而来，也不知道出自什么力量，只感觉它压倒一切意愿，非要我们走这条路；而后来事实证明，倘若我们走了本来要走的那条路，甚至是我们自己心目中认为应当走的那条路，就会陷入万劫不复的境地。经过许多诸如此类的思考后，我给自己定了一条铁律：每当我心中出现这种神秘的暗示或者那些迫切的念头，叫我去做什么事或不要做什么事，走这条路不要走那条路时，我就应该坚决服从那种神秘的暗示，尽管我不知道为什么要这么做，为什么要走这条路，只有那种迫切的感觉，只感到某种暗示。在我这一生中，可以找到很多诸如此类的实例，特别是我沦落到这座荒岛之后。除此之外，还有许许多多这样的事例，倘若我当时也有现在的眼力，就很有可能会发现。不过，朝闻道，夕死可矣。我奉劝所有三思而后行的人，假如他们的生活也跟我一样充满了这种离奇的变故，即便不这么离奇，也千万不要忽视这种上天的启示，不管它们来自什么无形的智慧。对此我不打算展开讨论，或许也解释不清，不过它们可以证明精神之间的确存在交流，有形的物质和无形的物质之间的确存在神秘的沟通。而且，这一事实是永远都无法推翻的。关于这一点，我会从自己荒岛余生孤寂的生活中举出一些非常罕见的实例。

焦虑长期笼罩着我的危险，以及种种担心忧虑，打断了我为了未来生活得更舒适方便而进行发明创造的活动。我相信，若是我坦率承认这点，读者一定不会觉得奇怪。我目前迫切需要解决的是安全问题，而不是饮食问题。我现在连一颗钉子都不敢钉、一根木头都不敢劈，生怕被人听到，更别说开枪了。我最担心的是生火，因为白天老远就能看到烟，生怕冒出的烟会把我暴露了。于是，我把生火才能干的活儿，比如烧陶罐、烧烟斗等等，统统转移到林间别墅去做。到那里去了一段时间后，我发现了一个天然地洞，这让我感到说不出的宽慰。地洞很深，我敢说，就算野人来到洞口，也不敢进去。其实，除了我这样一心想要寻找安全退路的人，谁都不会进去的。

地洞的洞口开在一块大岩石底下，我是偶然（如果我没有充分的理由将这样的事归于天意的话，那就只能说是偶然了）去那里砍树枝准备烧炭的时候发现的。继续往下讲之前，我必须先谈谈自己为什么要烧炭，事情是这样的：

前面我已经说过，我不敢在自己的住所附近生火。可是，我不能不烤面包、不煮肉什么的，于是我想到，可以按照以前在英国看到的办法，把一些木头放在草皮底下烧成木炭，然后把火扑灭，把木炭带回家。需要在家烧火的时候，就用木炭来烧，以避免烟雾带来的危险。

这是题外话了。且说在那里砍柴的时候，我发现一片非常茂密的矮树丛后面有个凹陷的地方，于是好奇地往里面张望，然后费了很大的劲钻进洞去，结果发现里面空间相当大。也就是说，我在里面站直身子还绰绰有余，还可以再站一个人。可是，说实话，我退出来的速度比钻进去的速度快得多。当时洞里漆黑一片，我往深处望去，忽然看到两只发亮的大眼睛，也不知道是人是鬼，在洞口直射进去的微弱光线的反射下，像两颗星星似的闪闪发亮。

不过，过了一会儿，我就镇定了下来，连声骂自己是大傻瓜。我对自己说，害怕魔鬼的人根本不配独自在荒岛上生活二十年。而且，我敢说，这个洞里没有比我更可怕的东西。想到这里，我鼓起勇气，举起一个大火把，重新钻进洞去，手里的火把熊熊燃烧着。我刚走出三步，就又吓了一跳，因为我听到一声重重的叹息，就像人在痛苦中发出的呻吟，接着是时断时续的声音，仿佛在断断续续地讲话，然后又是一声深深的叹息。我马上退了出来，吓得出了一身冷汗。要是戴着帽子，我可不敢保证竖起来的头发不会把帽子顶掉。可我还是尽可能鼓起勇气，并且告诉自己，上帝和上帝的力量无所不在，他一定会保护我的。然后，我再次拾步往前走去。我举高火把，借着火光一看，原来地上有一只体形巨大、模样可怕的老公羊，只见它奄奄一息地躺在那里，已经快断气了，还在苟延残喘。

我鼓起勇气，举起一个大火把，重新钻进洞去，手里的火把熊熊燃烧着。

我动了动它，想看看能不能把它赶出去。它也想站起来，可实在爬不起来。于是我想，倒不如就让它躺在那里。既然它把我吓得够呛，要是那些野人在它还能喘气的时候胆敢闯进来，肯定也会把他们吓得够呛。

此时，我惊魂甫定，开始四下打量，发现山洞并不算大，也就是说，方圆不过十二英尺，但它既不是圆形的，也不是方形的，根本不成什么形状，完全是天然的，没有任何人工开凿的痕迹。另外，我还看到洞的尽头通往更深的地方，可是那个地方很矮，要手脚并用才能爬进去。至于它通到什么地方，我也不得而知。当时没有蜡烛，我就没有再往里面走，而是打算第二天带上蜡烛和火绒盒（火绒盒是我用一只火枪上的枪匣做的）再来，另外再带一盘火种。

于是，第二天，我带着六支硕大的自制蜡烛去了（现在我可以用羊油做出非常棒的蜡烛）。钻进那个低矮的地方后，我不得不像之前说的那样，手脚并用爬进去，往前爬了大约十码远。说起来，我认为这是一次非常大胆的探险，因为我既不知道要爬多远，也不知道里面有什么东西。爬过那段狭小低矮的通道后，我发现洞顶忽然变高了，估计有二十英尺。我打量着洞窟或洞穴的四壁和洞顶，我敢说我在岛上从来没见过这么璀璨的景色，洞壁在两支蜡烛的照耀下反射出万道光芒，至于岩石中到底是钻石、宝石还是金子，我也说不清楚，不过估计可能是金子。

我所在的这个地方尽管漆黑一片，却是最叫人满心欢喜的山洞：地面干燥平坦，铺着一层细碎的沙石，所以看不到讨厌的毒虫毒蛇，洞壁和洞顶也不潮湿。唯一的麻烦就是进出不方便，不过，作为一个确保安全的地方，作为我所寻找的隐居处，我认为这反而对我十分有利，所以这一发现倒是让我很高兴，并且我决定马上把我最担心的那些东西搬一部分到这里来，特别是弹药和多余的枪支。我一共有三支鸟枪和八支火枪，便决定把两支鸟枪和三支火枪都转移到这里，城堡里只留下像大炮似的架在外墙上的五支火枪，作战时可以随时取用。

转移军火的时候，我顺便打开了从海上捞起来的那桶湿掉的火药，结果发现火药四周进了三四英寸的水，结成了一层坚固的硬壳，把里面保护得非常好，就像包在果壳里面的果仁似的。我从火药桶中心部分弄到了六十磅非常好的火药，当时对我来说，那一发现真是叫人欣喜。就这样，我把所有的火药都搬到了洞里，城堡里面最多只放两三磅火药，以防发生什么意外。另外，我还把做子弹的铅也全部搬了过去。

现在，我把自己想象成古代的巨人，据说他们住在山洞和岩洞里，没有人能找上门去。我对自己说，只要待在这里，五百个野人来追捕都找不到我，就算他们找到我，也不敢在这里袭击我。

我发现洞穴的第二天，那只奄奄一息的老山羊死在了洞口。我发现在这里挖个大坑把它丢进去埋了比把它拖出去容易得多。于是，我就把它埋在了洞里，以免腐烂后发臭。

现在，我在这座岛上已经生活了二十三年，已经完全习惯了这个地方和这种生活方式，倘若能保证不会有野人来打扰我的生活，我情愿向命运屈服，在这里度过我的余生，甚至到生命的最后一刻，直到我像山洞里那只老山羊那样，垂垂老死。我还想出了一些小小的消遣和娱乐活动，这让我日子过得比以前快乐很多。首先，我之前说过，我教会了波儿说话。现在它说得既流利又清楚明白，这让我很高兴。它跟我一起生活了不下二十六年。

至于它后来又活了多久，我就不得而知了，不过我知道巴西人有个说法，说鹦鹉可以活一百年，或许我那可怜的鹦鹉今天还活着，还在叫着“可怜的鲁滨·克鲁索”。希望不会有哪个英国人那么倒霉，流落到那里，听到它说话。不过，倘若哪个英国人听到它说话，肯定会以为它是魔鬼。我的狗非常讨人喜欢，是我心爱的伙伴，它跟了我不下十六年，最后也老死了。至于我的猫，前面也说过，它们繁殖太快了，我不得不开枪打死几只，免得它们把我所有的东西统统吃光。最后，我从船上带下来的那两只老猫都死了，我又不断地驱逐那些小猫，不给它们东西吃，结果它们跑到林子里，变成了野猫。我只留下两三只自己最喜欢的小猫养着，它们生出猫崽我就扔到水里淹死。这些就是我家庭的部分成员。除此之外，我还在身边养了两三只小羊，教它们就着我的手吃东西。除了波儿，我还有两只鹦鹉，它们也会说话，会叫“鲁滨·克鲁索”，只是没有波儿说得那么好，不过我在它们身上下的功夫也没有那么大。另外，我还养了几只海鸟，至于是什么鸟，我也不知道。我在海边捉住它们后，就把它们的翅膀剪掉养了起来。我在城堡围墙前面栽的那些树已经长成了一片枝繁叶茂的密林，那些鸟就住在丛林里，并在那里繁衍生息，这让我觉得很舒服。所以，正如我刚才说的那样，只要不受野人袭击的威胁，我对目前这种生活真是满意极了。

可是，事与愿违。所有读到这个故事的读者肯定都会得出这样的结论，亦即：在人生路上，我们最想躲避的厄运、一旦落入其中便十分痛苦的困境，往往就是我们获救的途径，是我们脱离苦海的途径。在我不可思议的一生中可以找到许多这样的例子，不过在独居荒岛这几年里，这种情况最为显著。

正如我前面所说的，今年是我在荒岛上的第二十三个年头。时值南至[1]（因为我无法将此时称作冬天），正是岛上的收获季节，我需要经常到田里去。一天清晨，天还没亮我就出了门，结果非常吃惊地看到远处海岸上有火光，就在上次发现野人踪迹的那个方向，距离我大约两英里远，但是不在岛的另一侧，而在我这一侧，这让我极其担忧。

我当时不由大吃一惊，赶紧在小树林里停下脚步，不敢再往外走，生怕遭到他们的突袭。但是，我的内心再也无法平静下来，我担心那些野人在岛上到处走，发现我那些还未收割的和已经收割过的庄稼，或者发现我的什么设施，那他们立刻就会断定岛上有人，不把我找出来誓不罢休。在这紧急关头，我马上跑回城堡，收起梯子，尽量把所有的东西都弄得像原始状态下的样子。

接着，我在城堡里做好了御敌准备，把所有的大炮（我称之为大炮而已，其实就是架在新堡垒上的那些火枪）和手枪都全装好弹，决心抵抗到底。我没有忘记把自己托付给上帝，虔诚地祈求上帝将我从野人的手里拯救出来。我以这样的状态等待了两个小时后，就迫不及待想知道外面的情况，因为我没办法派侦察兵去侦察敌情。

我又坐了一会儿，琢磨着当前情况下该怎么办。我再也受不了一无所知地坐在这里干等着了，于是便把梯子靠在有个平台的山坡上，然后爬上平台，再把梯子抽上来放在平台上，一直爬到山顶上。我取出特地带来的望远镜，趴在山顶上，朝那个地方

---

1 即冬至。

望去，结果一眼就看到十来个赤身裸体的野人围坐在一小堆篝火边。他们生火显然不是为了取暖，因为天气非常热，没必要烤火，我推测他们是为了烤带来的战俘，举行人肉盛宴，至于那些战俘是死是活，我就不得而知了。

他们一共来了两只独木舟，都已经拖上了岸。当时正好是退潮的时候，在我看来，他们是要等潮水涨起来再走。很难想象我看到这副情景内心有多么慌乱，特别是看到他们从小岛的这一侧上岸，而且距离我那么近。不过，等发现他们总是跟着退潮的潮水前来时，我就稍稍安心了。因为我觉得，只要他们在涨潮前没上岛，那我涨潮期间外出都很安全。了解到这点，我到外面收割庄稼的时候就比较安心了。

不出我所料，潮水开始往西流的时候，我便看见他们全都上了船，一路划着桨走了。他们离开之前跳了一个多小时的舞。我从望远镜里可以清楚地看到他们手舞足蹈的样子。仔细观察，还能看到他们全都赤身裸体，一丝不挂，至于是男是女，我就看不大清了。

看见他们上船走了，我便扛起两支枪，腰间别着两把手枪，挂着一把没有刀鞘的大刀，全速朝那座第一次发现野人踪迹的山上奔去。我花了足足两个小时才爬上山，因为背的武器太多，怎么都走不快。一到山上，我就发现那个地方除了刚才看到的那两只独木舟外还有三只。再朝远处望去，只见他们在海面上会合后朝着那片大陆驶去了。

那副情景真是叫我触目惊心，特别是我沿着山坡走到岸边，亲眼看到他们所干的惨绝人寰的勾当遗留的那些可怕的痕迹：血迹、人骨，还有那些暴徒欢快地吞吃过的一块块人肉。

见此情景，我不由义愤填膺，心想，下次再看见他们来干这种丧尽天良的勾当，我一定要把他们干掉，不管对方是什么人，也不管对方有多少人。

显然，他们并不经常到岛上来，因为又过了十五个多月，他们才再一次在那里上岸。也就是说，足足十五个月，我都没有再见过他们，也没有发现过任何脚印或踪迹。这样看来，他们在雨季是绝不会跑到这里来的，至少目前如此。然而，在这期间，我过得很不舒服，因为我总是担心他们突然跑来。由此我悟出一个道理：等待祸事降临比遭遇灾祸本身更令人痛苦，尤其是当你无法摆脱那种预期或那些担惊受怕的心情时。

在此期间，我一直处于准备大开杀戒的状态，把很多本来可以更好地加以利用的时间都用于琢磨下次看到他们的时候该怎么迂回包抄、怎么攻其不备，尤其是如何提防他们像上次那样，分成两股前来。我根本没有想到，就算我杀掉一批（比如说十来个人），第二天，或第二个星期，或第二个月，我还得再杀掉一批。这样一批接一批地杀下去，甚至无休无止，直到自己变成和那些食人者一样或者比他们更残暴的杀人凶手。

我现在每天都在极大的惶恐和焦虑中度日，觉得自己总有一天会落到那些残忍无情的暴徒手里，就算偶尔大着胆子出门，也总是极其谨慎地四下张望。现在我无比开心地发现，事先驯养一群山羊多么叫人欣慰，因为我无论如何都不敢再开枪，尤其是在他们经常去的那一带，生怕惊动了那些野人。就算暂时把他们吓跑，过几天他们还会再来，说不定会来两三百只独木舟，到那时，我的下场就可想而知了。

然而，足足过了一年零三个月，我都没有再看到一个野人，可是后来又发现了他们的踪迹，详细情况我很快就会讲到。固然，这期间他们很有可能来过一两次，但是并没有逗留，至少我没有听到他们的动静。可是，到了我上岛第二十四年的五月，我终于跟他们来了一次别开生面的交锋，这件事容后再叙。

这十五六个月里，我心中烦乱不堪，觉都睡不安稳，总是做噩梦，还经常从梦中惊醒。白天我忧心忡忡，夜里又老是梦到去杀那些野人，还梦到他们该杀的理由。这一切暂且不提，且说到了五月中旬，照我那个可怜的木头日历来算（我一直都在柱子上划刻痕来着），大概是五月十六日。那天，整整一天都刮着大风，而且电闪雷鸣，到了夜里，天气十分恶劣。我也不知道事情究竟是什么时候发生的了，只记得当时我正在读《圣经》，在专心思考自己当前的处境，忽然听到一声枪响（估计是在海上开的枪）。

这一意外事件跟我以前碰到的任何事件性质都不一样，因为这件事让我心里产生了截然不同的想法。我一跃而起，飞快地把梯子靠在那块山岩上，爬上半山腰的石坎后把梯子抽上来，接着往上爬，一直爬上了山顶。就在这时，我看到火光一闪，知道第二声枪声就要响起了。果然，半分钟后我又听到了枪声。从声音判断，我认为枪声是从我上回坐船被急流冲走的那一带海面传来的。

我立刻想到肯定有船只遇了险，而且他们有其他的船结伴同行，所以才开枪发出遇险信号求救。我当时非常冷静，心想，就算我帮不上他们，说不定他们能帮得上我。于是，我把找得到的干柴全部抱过来，堆成很大的柴垛，在山上点起了火。木柴十分干燥，很快就熊熊燃烧起来。尽管风很大，火势还是很旺。我敢肯定，要是海上有轮船之类的东西，他们肯定看得见火光。毫无疑问，他们的确看到了，因为火一烧起来，我就又听到一声枪响，紧接着又响了好几声，都是从同一个地方传来的。我把火烧了一整夜，一直烧到破晓时分。等到天光大亮，天气放晴后，在远处海面上，小岛正东方向，我仿佛看到了什么东西，至于是帆还是船就看不清楚了，就算用望远镜也看不清，因为距离实在太远了，而且天气依然雾蒙蒙的——至少海面上如此。

整整一天，我都在频频眺望着海面上那个东西，不久便发现它始终一动不动，于是断定那是一艘下了锚的轮船。你也想得到，我急着把事情搞个水落石出，于是便拿起枪朝岛南端跑去，跑到我前次被急流冲走的那片山岩那里。我爬到山岩上，此时天气已经完全放晴，我一眼就看到有一艘大船昨天夜里撞在我上次驾着小舟出游时发现的那些暗礁上。那些暗礁挡住急流的势头，形成了一股逆流，曾经帮助我从有生以来最绝望的险境里逃出生天。

由此可见，让一个人转危为安的事物有可能会要了另一个人的命。看起来，那些人（不管他们是什么人）由于对这里的情况一无所知，而那些礁石又完全隐藏在水面下，再加上昨晚刮着很大的东北风，夜里便被风浪冲到了礁石上。倘若他们看见了这座岛（我不得不假定他们没有看见），必定会设法用救生艇向岸上逃生。可是他们连连鸣枪求救，特别是在看到我的篝火后，这让我不由浮想联翩：首先，我猜想他们看到火光后，可能立刻上了救生艇，并努力往岸上划，可是当时浪头太高，把他们卷走了；有时候我又想着，说不定他们的救生艇早就丢了，毕竟这种情况屡见不鲜，特别是遇到惊涛骇浪冲击大船的时候，人们常常不得不把船上的救生艇拆散，甚至扔到海里去；有时候我又猜想，既然有别的船跟他们搭伴同行，说不定是那些人看到他们的遇险信号后把他们救走了；有时候我又觉得，说不定他们全都坐上了救生艇逃生，结果被上次我碰到的那股急流卷着冲到了大洋里，那里等着他们的只有痛苦和死亡，说不定这时已经快饿死了，甚至到了人吃人的地步。

所有这些都不过是我的猜测罢了。目前的处境下，我只能眼睁睁地看着那些可怜的人遭遇不幸，并为他们感到难过。不过，这件事对我也产生了好的影响，即让我越来越深刻地意识到自己应该感谢上帝，感谢他在我陷入困境时欣然伸出援助之手，感谢他在整整两船人中间唯独让我死里逃生。另外，这件事让我再次意识到，不管上帝把我们丢进怎样恶劣的处境中，都会让我们发现这样或那样值得感恩的事情，让我们看到有些人比我们更不幸。

就拿这伙人来说吧，我简直看不出他们中间任何人有获救的可能，也找不出任何理由指望有人能死里逃生。他们唯一的希望就是被同行的船救起来，可是这种可能性非常小，因为我实在看不出一丁点类似的迹象。

看到这副情景，我的心底产生了一种难以用语言解释的强烈欲望，有时会脱口大声疾呼："啊！哪怕能有一两个人——哪怕只有一个人能从船上逃出性命，跑到我这里来呢！也好让我有个伴儿，能让我跟自己的同类说说话、聊聊天。"独居这么多年，我从来不曾如此迫切、如此强烈地渴望与自己的同类交往，也从来不曾如此深切地感受到没有同伴的痛苦。

人类情感里有一种神秘的驱动力，这种动力一旦受到某种看得见或是看不见却想象得到的目标的推动，就会狂热地驱使我们的灵魂不顾一切地向那个目标扑去，不达目标就会痛苦不堪。

我多么渴望能有哪怕一个人逃出性命啊！“啊，哪怕有一个人呢！”我相信这句话我至少重复了上千遍。我的愿望如此强烈，以至于每次这么念叨的时候，我都会攥起拳头，手指紧紧掐着掌心，要是握着什么软的东西，肯定会不知不觉地把它捏个粉碎；而且我还会紧紧咬着牙关，半天都松不开。

这些问题及其产生原因和表现形式，还是留给那些自然学家去解释吧。我只能原原本本地把事实讲述出来。最初发现这一现象的时候，我甚至感到很惊讶。尽管我不知道它从何而来，但是毫无疑问，它是我内心某些热切的愿望和强烈的念头所造成的结果。我意识到，如果能跟自己的同类交流，对我将会是莫大的安慰。

但是天不遂人愿。也许是他们的命运使然，也许是我的命运使然，也许是我们没有缘分，因为直到我在岛上的最后一年，都没弄清楚那艘船上究竟有没有人获救，反而于出事几天后非常痛心地在沉船附近的海滩上看到一具被淹死的年轻人的尸体。他只穿了一件水手背心、一条露膝亚麻短裤和一件蓝色亚麻衬衫。我无法揣测他是哪个国家的：他口袋里除了两块西班牙银币和一个烟斗外，一无所有。这两样东西对我来说，后者比前者珍贵十倍还要多。

这时海上风平浪静，我很想冒险乘小船到那艘失事的轮船去看看。我相信肯定能从船上找到一些对我有用的东西，不过，船上说不定还有人活着这种可能性比那些全部加起来更让我心动，倘若真有人活着，我不但可以救他们的命，还可以借此让自己的日子过得非常舒心。这个念头日夜盘踞在我的心头，让我坐卧不宁，非要坐上小船到那艘沉船上去看看不可。我觉得，这一念头强烈到叫我无法抵抗的程度，必定来自某种看不见的指示，我不去就太蠢了，至于其他的事，交给天意就好。

在这一念头的驱使下，我匆匆跑回城堡，着手准备出航。我拿了很多面包、一大罐淡水、一个导航用的罗盘、一瓶朗姆酒（这种酒我还剩下不少）和满满一篓子葡萄干。我把这些必需品都扛到小船那里，把船里的水舀干净，让船浮起来，然后把东西装上船，再跑回家去拿别的东西。第二次我扛来了满满一袋大米，还有那把撑在头顶上遮阳的大伞，另外又拿了一大罐淡水、两打小面包或大麦糕（这次比上次拿得更多）、一瓶羊奶和一块干酪。我费了不少力气，流了不少汗，才把所有的东西都运上船。然后，我祈求上帝保佑我一路平安，就驾着小船出发了。我一路沿着海岸往前划，最终来到小岛的东北角。现在，我得把小船驶入外海了，要不要冒险前行就在此一举了。我眺望着远处在海岛两侧日夜奔腾的两股急流，回想起之前遭遇的危险，觉得非常可怕，不由得萌生了退意。因为我预见到，只要被卷入这两股急流中的任意一股，我就会被冲到无垠的大海里去，说不定就再也看不到小岛，回不去岛上了。我的船这么小，到时候海上一起风我就会完蛋。

种种思虑令我感到气馁，我开始考虑放弃这次计划。我把小船拖到沿岸的一条小河里，迈步下船，在一片小小的高地上坐下来，心里又发愁又焦虑，既害怕危险，又想去探个究竟。就在犹豫不决的时候，我发觉潮汐起了变化，潮水开始上涨。这么一来，几个小时内我肯定走不成了。这时，我突然想到，我应该找个最高的地方，上去看能不能观察一下涨潮时两股急流的流向，好判断一下，万一被一股急流冲出去，有没有可能以同样的速度从另一条路被冲回来。我刚想到这个主意，就看到附近有一座小山，足以俯瞰左右两侧的海面。我站在山上非常清楚地看到了那两股急流的流向，看到了回来时该走哪条路。我看到退潮的急流是沿着小岛南侧往外流的，而涨潮的急流是沿着小岛北侧往里面流的。既然如此，我回来的时候只要贴着北侧走就没问题。

经过这番观察，我大受鼓舞，决定第二天早上趁着第一波潮水出发。我把水手值夜的大衣盖在身上，在独木舟里睡了一夜，天一亮就出发了。我一开始就把船往正北划，直到渐渐感觉到那股朝东流的急流带来的助力为止。急流卷着我向前冲去，但是速度不像上次南侧那股急流那么快，弄得我完全失去了对小船的控制。这次我以桨代舵，使劲掌握着航向，朝那艘失事的轮船飞快地驶去，不到两个小时就到了近前。

眼前的景象十分凄惨。从船身构造来看，那应该是一艘西班牙船。船身紧紧地卡在两块礁石中间，船尾和后舱都被海浪拍碎了。卡在礁石中间的前舱遭到剧烈的撞击，上面的主桅和前桅都倒在了甲板上，也就是说，都被撞断了。但是船首斜桅还在，船头看上去还算坚固。我向那艘破船靠过去，这时，船上出现了一条狗。它看见我就汪汪地叫了起来。我一叫它，它就立马跳进海里，朝我游过来。我把它拖上船，发现它又饥又渴，都快要死了。我给了它一块大麦糕，它狼吞虎咽地吃了起来，活像一匹在雪地里饿了十天半个月的狼。我又给它喝了点儿淡水。看那样子，要是我随它喝个够，它肯定会喝得把肚子都撑破。

接着，我就上了大船，结果一眼看到两个被淹死的人。他们躺在厨房里，也就是前舱，两个人紧紧地搂抱在一起。看情形，是船触礁的时候，海上波涛汹涌，浪头不断漫过大船，船上的人顶不住，不断扑来的海水将他们埋在水里，把他们活活闷死了。除了那只狗，船上已经没有活物了，而且我看到的货物也都被海水泡坏了。货舱底层有几桶酒，不知道是葡萄酒还是白兰地。因为潮水退去，才露在了外面。可是酒桶太大了，根本搬不走。我还看见几个箱子，估计是几个水手的。我搬了两口到小船上，没顾上检查里面装的什么东西。

要是卡在那里的是船尾，撞坏的是船头，或许我会不虚此行，因为从我在那两口箱子里找到的东西来看，有理由认为这艘船上有很多财宝。而且，根据航线推测，这艘船应该是从南美巴西附近的布宜诺斯艾利斯或者拉普拉塔河出发，开往墨西哥海湾的哈瓦那的，或许会再从那里开往西班牙。毫无疑问，船上载满了金银财宝，可是那个时候这些珍宝对任何人都没有用。至于船上的其他人怎么样了，我当时一无所知。

除了那两个箱子，我还找到满满一小桶酒，大约有二十加仑。我费了很大劲才把它搬到我的小船上。船舱里还有几支毛瑟枪和一个装火药的大角筒，里面大约有四磅火药。毛瑟枪对我没什么用，我把它们留在了船上，只拿了装着火药的角筒。我拿走了一把火铲和一把火钳，这两样正好是我非常需要的东西。另外，我又拿了两把小铜壶、一个煮巧克力的铜锅和一个烤架。我载着这些东西和那只狗就离开了，此时刚好开始退潮。当天傍晚时分，夜幕降临后不到一个小时，我疲惫不堪地回到了岛上。

当晚我在小船上歇了一夜。第二天早晨，我决定把运回来的东西放到新发现的洞穴里，不打算带回城堡去。我先吃了点儿东西，然后把所有的货物都搬到岸上，并仔细清点了一番。我发现那桶酒是一种朗姆酒，但是跟我们在巴西喝的不太一样，总而言之，很不好喝。不过，打开那两个箱子后，我倒是找到几件对我非常有用的东西。比如其中一个箱子里有一个非常别致的小酒箱，里面装着几瓶上等的、味道绝佳的甘露酒，每瓶大约有三品脱，瓶口用银片裹着。我还找到两罐非常好的蜜饯，封口很严实，没有被海水泡坏，另外还有两罐被泡坏的。我找到几件非常好的衬衫，这可是我求之不得的。还有一打半白色亚麻手帕和几条五颜六色的领巾，前者也是我特别需要的，大热天拿来擦汗真是再爽利不过了。我打开箱子里面放钱的小抽屉，发现有三大袋西班牙银币，加起来有一千一百枚左右。其中一袋有六块多布隆[1]金币和一些小金条，估计加起来有一磅左右。

我在另外一个箱子里找到一些衣服，但是没什么用。看样子，这个箱子肯定属于船上的副炮手。箱子里没有多少火药，只有两磅碾成细颗粒的火药，装在三个小瓶子里，我估计是他们装鸟枪用的。总而言之，这趟出海我没弄到多少对自己有用的好东西。至于那些钱，我拿着也没什么用，它们跟我脚下的泥土差不多。我宁愿把这些钱全部拿去换三四双英国鞋袜，那才是我迫切需要且已经多年没有穿过的东西。其实这次我弄到两双鞋子，是从那两个淹死的人脚上脱下来的。此外在其中一个箱子里也找到两双鞋子，当然也是我非常需要的。不过，这几双鞋子不管是舒适度还是耐用性，都比不上我们英国的鞋子。它们更像是我们所说的那种船鞋，而不是绑带鞋。我发现这个水手的箱子里大约有五十个里亚尔银币[2]，没有金币，估计这个箱子的主人比较贫寒，而

1 多布隆：旧时西班牙及中南美金币名。

2 里亚尔：沙特（沙乌地）阿拉伯、卡塔尔、也门货币单位。

另一个箱子的主人多半是高级船员。

嗯，不管怎么样，我还是把这些钱搬回了山洞，按照以前处理从我们自己那艘船上拿下来的那些钱的办法，把它们妥善保存了起来。不过，非常遗憾的是，正如我所说的，我没能进到那艘破船的其他部分，否则就可以多跑几趟，用我的小独木舟把那些钱全部运回来。万一哪天我真能逃回英国，这些钱放在这里也很安全，等以后再来取都可以。

我把所有的东西都搬上岸，并安置妥当，然后就回到小船上，沿着海岸把船划到原来的港湾。我把船停好，便一刻不停地朝老住处赶去。到那里我发现一切平安无事，于是开始静养，并像往常那样过着日子，料理着家务。有一阵子，我过得相当轻松惬意，只是比以前更警觉，更注意外面的动静，而且也不大出门。就算有时候到外面活动，也都是往岛的东部去。我非常肯定那些野人从来不到那一带去，我可以不必那么小心翼翼，也不必像去别的地方那样，带那么多武器弹药。

这种日子我又过了将近两年，可是我那倒霉的大脑总是让我觉得它生来就是折磨我的肉体的，这两年来，它一直都在盘算着怎么离开这座小岛。有时候，我很想再到破船那里去一趟，尽管理智告诉我，那里没有值得我冒险出海的东西了；有时候我想到这边去逛逛，有时候又想到那边去看看。我坚信不疑，要是我从萨累逃出来的时候弄到的那条小船还在，肯定早就冒险出海了，也不知道会到哪里去。

人类有一种通病，就是不肯满足于上帝和大自然替他们安排的生活，在我看来，他们的种种苦难有一半都是这种毛病造成的。对有这种毛病的人而言，我这一生的经历就是前车之鉴。我不顾自己原本的家境，不听父亲的宝贵建议——这种违逆可以说就是我的“原罪”，后来又连连犯下同样的错误，以至于落到这种凄惨的境地。倘若造物主安排我在巴西做种植园主之后，保佑我不生出隐秘的妄念，我可能会心满意足地过下去，说不定经过这么多年（我是说，经过我在荒岛的这些年），我已经成了巴西数一数二的种植园主了。不仅如此，根据我在那么短的时间内所取得的成就以及多半会获得的进展，我相信若是我留在巴西，早就身家十万摩伊多[1]了。我究竟为什么非要抛弃稳妥发家的机会和长势良好、蒸蒸日上的种植园，去当管货人，去几内亚买黑奴？只要有耐心，假以时日，我在家可以聚集大笔财富，到时候在家门口就可以买到黑奴。虽说价格高一些，但也不值得为了那点儿差价冒这么大的险。

然而，因为少不更事的年轻人往往都落得这样的下场，所以对这种荒唐行为的深思往往都是多年磨炼的结果，需要假以时日，付出高昂的代价。我现在的情况就是这样。然而，那种纰缪在我的性情中已经根深蒂固，以至于我无法满足于现状，而是不断地盘算着逃出此地的办法和可能性。为了让读者更尽兴，我不妨先介绍后面的故事，说一说我那个愚蠢的计划最初是怎么产生的，后来又是如何实施以及在什么基础上实施的。

上次去沉船上探险回来，我就躲进城堡里过起了隐居生活。我像往常那样把独木舟沉到水下，又恢复了以前那种平静的状态。我确实比以前更有钱了，但是并没有因此变得更富有，因为那些钱对我毫无用处，就像西班牙人抵达之前金钱对秘鲁的印第

1　摩伊多：葡萄牙旧金币名。

安人毫无用处那样。

那是我踏上这座孤岛第二十四年的雨季的三月的一天夜里，我躺在吊床上迟迟无法入睡，当时我的状态跟往常一样，身体健康，没有病痛，不论是身体上还是精神上，都没有不适，就是怎么也合不上眼，睡不着觉，整夜连个盹儿都没打过，只是像下面说的那样：

那天晚上，万千思绪在我头脑里盘旋，种种想法一时间无从（也不必）一一记述。我简短地回忆了自己的一生，一直到登上这座小岛以及上岛后的生活。我思索着上岛后的生活状态，不禁把刚在这里落脚那几年无忧无虑的生活跟看到沙滩上的脚印后这种焦虑、恐惧、小心翼翼的生活相比较。并非我不认为那些野人这些年经常光顾小岛（说不定都光顾好几百次了），只是我过去不知道，也无从担惊受怕罢了。尽管危险同样存在，我以前却过得心满意足。我不知道自己身处危险而过得很快活，就好像压根儿不曾面临危险一样快活。这引发了我很多大有裨益的感想，特别是让我领悟到造物主有多么英明。在对人类的统治中，他把人类的视野和对事物的认知局限在如此狭窄的范围内，以致尽管人类身处重重危险之中（倘若让人类看到这点，他们必然会颓唐不安），却因为造物主不让其看清事实，对周围的危险一无所知，而泰然自若地过着日子。

这些想法在我脑海里盘旋了一段时间后，我开始认真思索这些年来，在这座小岛上，我身处的真正的险境。以前我经常坦然自若地在岛上走来走去，而其时挡在我和最残忍的命运之间的，甚至有可能只是一个山包、一棵大树或恰逢其时降临的夜幕。所谓最残忍的命运，是指落入食人族或者野人之手，他们会像我抓山羊和海龟那样把我抓起来。而且，在他们心中，把我杀了吃掉根本算不上作恶，就像在我心中，把鸽子和麻鹬杀了吃掉算不上作恶一样。若说我不是发自肺腑地感谢伟大的救世主，那实在是昧着良心说瞎话。我必须恭恭敬敬地承认，我之所以能无知无觉地躲过种种灾难，全亏救世主另眼相待，处处保佑我。要是没有他的保佑，我肯定早就遭食人族和野人的毒手了。

想到这里，我又花了些时间去捉摸那些畜生的天性，我是说，那些野人的天性。我不明白，主宰万物的上帝怎么会容许自己所创造的生物沦落到这种没有人性的地步，让他们干出这种吞食同类、禽兽不如的行径。我当时胡思乱想半天都不得其解，于是又想到了其他的问题：那些畜生住在何处？那里距离海岸有多远？他们大老远从家里冒险跑到这里究竟有何目的？乘的又是哪种船？此外，既然他们可以到我这边来，为什么我不能设法到他们那边去？

我从来不曾花心思去考虑到那边之后该怎么办，落入野人之手会怎么样，抑或遇到追杀该怎样逃命；也不去想自己怎么可能躲过袭击登上陆地，而一旦遇袭便绝无逃生的可能。何况，就算没有落到他们手里，我又该吃什么、往何处去，这些问题我统统没有去考虑，只一门心思想乘自己的小舟渡过海峡，到对面的大陆去。我觉得自己当前的处境是最悲惨不过的，只比死亡稍强而已。我觉得只要能登上大陆，说不定就能获救，再不然，也可以像我上次在非洲海滨那样，让小船沿着海岸行驶，一直开到有人居住的地方，多半也能获救。而且，说不定还会碰到来自文明世界的轮船把我救走。最坏的结果，也不过一死，死了倒可以马上摆脱所有这些苦难。请诸位注意，我之所以产生这些念头，全是因为我在很长一段时间里不断碰到种种麻烦，加上那艘破船又让我失望至极——我还以为自己热切渴望的东西马上就要到手了，得以和人说说话，弄清楚自己身处何处，看看有没有脱险的办法，结果竹篮打水一场空，因而我心烦意乱，性情急躁。我是说，这些念头让我心乱如麻。我顺其自然、听天由命的平静心境仿佛消失了。我一门心思想坐船到那片陆地去，这种念头如此强烈，而我的欲望又如此狂热，以致我完全无从抗拒。

足有三个小时的时间，这种念头剧烈地搅动着我的心神，令我热血沸腾，心跳快得仿佛患了热病似的，其实不过是因为头脑异常狂热而已。这个念头折腾得我精疲力竭，最后沉沉睡去。或许有人认为，我一定会梦到自己登上大陆，可我并没有梦到与此相干的任何事，而是梦到自己和往常一样，一大早走出城堡向岸上张望，看到两艘独木舟载着十一个野人登上小岛。他们另外带着一个野人，准备把他杀了吃掉。那个野人突然跳起来，飞快地逃走了。恍惚中我感觉他跑进我城堡外那片浓密的小树林里躲了起来，而且我发现只有他一个人，其他人并没有追过来，便走出城堡，朝他微笑，叫他不要害怕。他急忙跪在地上，似乎在恳求我救他，于是我向他指指梯子，叫他爬上来，然后把他带进我的洞穴，他就做了我的仆人。得到那个仆人之后，我暗暗地想：现在我可以冒险朝那片大陆出发了，因为这个人可以做我的向导，告诉我该怎么做，该到哪里去弄吃的，哪些地方去了会被野人吃掉，哪些地方可以大胆去，哪些地方要避开。我想得正起劲，梦突然醒了，梦里获救的希望让我高兴极了，及至发现这不过是一场梦的时候又失望极了，心中顿时懊恼不已。

不过，这倒让我确定了一件事：要想摆脱困境，唯一的办法就是去弄一个野人来，最好是被他们抓到这里准备杀了吃掉的俘虏。可是，这个办法有个非常棘手的问题，那就是，我得袭击一整队野人，把他们杀得一个不留。这种铤而走险的做法不但很容易失败，其合法性也让我顾虑重重。尽管是为了自救，但是一想到会流那么多血，我就不寒而栗。至于反对这一做法的种种缘由，我前面已经说过，此处就不必再重复了。不过，现在我可以列出一些其他的理由来说明那些人是我的死敌，只要有可能就会把我吃掉。而且，这是最高程度的自保自救，我不过是在自卫，就跟他们攻击我是一样的。我是说，即便我找出了不少理由，可是一想到为了自己摆脱困境而要别人流血，我就感觉非常可怕，内心久久无法平静。

经过反复思量，我仍然对此事深感茫然（各种理由在我脑海里你来我往地斗争了很久）。最后，想要摆脱困境的迫切愿望终于战胜了一切，我决定要不惜一切代价弄到一个野人。接下来要考虑的便是如何实施这个计划，可是这实在太难了。不过，既然想不出什么妥当的办法，我就决定先观察，看看他们什么时候上岸，其他的事暂且不去考虑，到时候一切见机行事。

做出上述决定后，我一有空就跑去侦察。去得实在太频繁，以至于后来厌倦不堪，因为我足足等了一年半之久，几乎每天都花很多时间跑到小岛西头和西南角去看有没有独木舟出现，可是一直都没看到。这真是令人沮丧，我开始苦恼起来。只不过这次我不像上次那样，被磨去对事物的急切欲望，相反，时日愈久，我就愈加急不可耐。总而言之，我不再像最开始那样小心翼翼地躲着那些野人，生怕被他们看到，而是急着要同他们碰面了。

此外，我觉得自己有能力驾驭一个，不，两三个野人，只要能把他们弄到手，我就能叫他们变成完全听命于我的奴隶，让他们干什么就干什么，还能防止他们在任何时间伤害我。这种设想让我高兴了很长一段时间。可是，这事儿依旧连个影子都没有，所有的设想和计划都无从实现，因为附近已经很久都没有野人出没了。

产生这些念头之后，我经常反复琢磨，可是苦于没有机会付诸实施，事情一直毫无进展。大约过了一年半之后，一天清晨，我突然看到足足有五艘独木舟停靠在小岛这头，上面的人全都上了岸，却不见踪影。他们人数太多，完全打乱了我的计划。我知道他们一艘船一般载五六个人，有时候甚至更多，现在看到这么多船，我都不知道如何是好了，也不知道该如何实施自己的计划，单枪匹马对付二三十个人。于是，我悄悄躲在城堡里，一筹莫展，坐卧不安。不过，我还是按照以前的安排，摆开作战的架势，准备一旦有机会就采取行动。我等了很久，一边等一边留神他们的动静，后来实在等得不耐烦了，就把枪放在梯子脚下，像往常那样，分两段爬上山顶。我猫着腰站在山顶上，保证脑袋不会露出来，以免被他们察觉。我从望远镜里看到对方至少来了三十号人，正在烧火烤肉。至于他们是怎么烤的，烤的什么肉，我就不得而知了，只看到他们做出种种野蛮的姿势和动作，用独特的步法围着火堆跳舞。

我就这样望着他们，突然，我从望远镜里看到他们从小船上拖出来两个可怜的倒霉蛋。那两人估计是事先被扔在小船上的，现在要拉出来杀掉了。我看到其中一个登时被木棍或木剑打翻在地，另有两三个野人一拥而上，把那人开膛破肚，准备烹煮，他们就是这样杀人吃人的。另一个倒霉蛋被扔在一旁，站在那里等着他们朝他动手。这时候，他发觉自己手脚被松了绑，不由生出逃命的希望，于是跳起来就跑，以惊人的速度沿着沙滩径直朝我这边窜过来，我是说，他朝我住处所在的这一带飞奔而来。

老实说，看到他朝我这边跑过来的时候，我着实吓了一跳，特别是我看到那些野人全体跑来追他的时候。现在，我觉得自己梦境中的一部分就要实现了：那个野人必然会跑进我的小树林里躲起来。可是我不能指望梦境的其他部分也能实现，也就是，那些野人不会追到树林里捉住他。可我还是站在那里一动不动，等我发现追他的人只有三个的时候，情绪才渐渐高涨起来。愈加令我欢欣鼓舞的是，我发现他比那三个人跑得快得多，而且把他们甩得越来越远了。这么看来，只要他能再坚持半个小时，就能彻底摆脱他们。

他们和我的城堡之间隔着一条小河。我在故事的开头部分经常提到那条河，当初我把船上的东西搬下来的时候走的就是那条河。现在我清楚地看到，那个可怜的倒霉蛋必须游过河去，否则就会被抓住。其时正值涨潮时分，不料他跑到河边就一个猛子扎了进去，而且只划了三十来下就游到了对岸。他爬上岸后立即接着拼命狂奔。等那三人追到河边，我发现其中只有两个人会游泳，剩下那个不会，只好站在岸边看着其他人游过河去，过了一会儿便悄悄折了回去——其实这对他来说反而是件好事。

我发现那两个会游泳的人比那个逃跑的人游得慢得多，花了两倍多的时间才游过那条小河。这时，我心里突然产生了一个强烈的、无法抗拒的念头：现在正是我找仆人（说不定也是找伙伴和帮手）的好时机。这分明就是上苍在召唤我救下那个可怜虫的命。我急忙跑下梯子，拿起那两支枪（刚才我说了，枪就放在梯子脚下），又急忙爬上梯子，翻过山顶，朝海边跑去。我抄近路从山上冲下去，插在那两个追击者和那个逃跑者中间，然后朝那个逃跑者大声呼喊。那人回头一望，起初可能被我吓了一大跳，对我的惧怕跟对那两个人不相上下，但是我冲他招手，示意他往回走。与此同时，我慢慢朝那两个追上来的人迎过去，然后一下子冲到跑在前面的那个人跟前，用枪托将他打倒在地。我担心其他人听到枪声，不想开枪。其实距离那么远，不太可能听到枪声，而且也看不到硝烟，那些人不太可能知道发生了什么事。我把第一个家伙打倒之后，他的同伴也停下了脚步，似乎被吓住了。我急忙迎着那个人跑过去，结果到近处一眼就看见他拿着弓箭，正在拉弓，准备朝我放箭。这么一来，我不得不先下手为强，于是便朝他开了枪，一枪就要了他的命。那个可怜的逃跑者吓得停住了脚步。他亲眼看到两个敌人都已经倒地，而且以为他们都死了。尽管如此，他还是被火光和枪声吓坏了，只管呆呆地站在那里，既不往前走也不往后退，看样子更想跳起来逃走，而不想到我跟前来。我再次大声招呼他，打着手势叫他过来。他很容易就明白了我的意思，往前走了几步，又站住脚，接着又往前走了几步，又站住脚。我看到他站在那里浑身发抖，仿佛已经成了我的俘虏，即将像那两个仇人那样被我杀掉。我再次招手示意他过来，并且做出种种自己能想到的手势鼓励他不要害怕。他这才慢慢朝我走过来，每走十来步就跪倒一次，以感谢我的救命之恩。我向他微笑着，做出一副亲切的样子，并招呼他再走近一些。最后，他走到我跟前，再次跪下去，并吻着地面，把头贴在地上，把我的一只脚放在他的头上，似乎是在宣誓终身做我的奴隶。我把他扶起来，对他十分和气，并千方百计地示意他不要害

他这才慢慢朝我走过来，每走十来步就跪倒一次，以感谢我的救命之恩。

怕。可是事情还没有完，我发现刚才我用枪托打翻在地的那个野人并没有死，而是被打晕了，这会儿就要醒过来了。于是我把那个野人指给他看，示意那个人还没有死。他看到后叽里咕噜地对我说了几句话，尽管我听不懂他在说什么，但还是觉得特别悦耳，因为这是二十五年来我第一次听到（除了自己的声音之外）人类说话的声音。可是现在来不及感慨，那个被打晕的野人已经苏醒过来，并在地上坐了起来。我看到我的野人开始害怕，见此情景，我举起另一支枪指着那个人，准备开枪。这时，我那个野人（目前我暂且这么叫他）做了个手势，要我把我挂在腰间的那把没有刀鞘的刀借给他，我便照做了。他一拿到刀，便奔向敌人，手起刀落，一刀就砍掉了那个人的脑袋。就算是德国的刽子手，动作也没有这么干净利落。我觉得十分诧异，因为我完全有理由相信，除了他们自己的木刀，此人有生以来从未见过真正的刀。不过，后来我才知道，他们把木刀造得又锋利又重，用的木料非常坚硬，拿来砍头颅、砍手臂，也是一刀就能砍下来。且说我那个野人把敌人的头砍下来之后得意地冲我哈哈大笑，他拿着刀回到我跟前，做了很多我无法理解的动作，然后把刀和他砍下来的人头一起放在我的脚下。

不过，他无法理解我是如何从这么远的距离把另一个野人打死的，这才是最令他感到惊异的事。他指了指那个野人的尸体，向我做着手势，要求我允许他去看看。我也努力打着手势示意他可以去。他走到那个野人身边，吃惊地站在那里，两眼瞪着那具尸体，然后把尸体翻过来，再翻过去，仔细看着上面的枪眼。子弹好像正巧打中那个野人的胸部，在胸口留下一个洞。血流得并不多，因为人中弹后就死了，血都流到体内了。他拿起那个野人的弓箭走回我跟前，我便打算离开了，于是招呼他跟我一起走，并用手势告诉他，说不定还会有人追上来。

他看到后对我做着手势，表示要把那两具尸体用沙子埋起来，这样就算其他人追上来也不会发现踪迹。我便示意他赶紧去埋。他马上干了起来，不一会儿就用双手在沙地上挖了个坑，足够把第一具尸体埋掉。挖好坑后，他就把尸体拖进去，用沙土埋好。接着如法炮制，把另一具也埋掉了。我估计他总共用了不到一刻钟的时间就把两具尸体都埋好了。于是，我便叫上他走了。我没有带他去我的城堡，而是去了岛那头的山洞。这样就不会让梦境的另一部分应验了，也就是说，他不会躲进我的小树林了。

到了山洞，我给他吃了一些面包和一串葡萄干，又给他喝了几口水。我看到他跑了大半天，已经饥渴得厉害了。等他吃饱喝足之后，我指着一个地方示意他躺下睡会儿。那里铺了一捆稻草，上面还铺着一张毯子，我自己偶尔也会在上面睡觉。那个可怜的家伙倒下去便睡着了。

他生得眉清目秀，十分英俊，四肢修长结实，但并不粗壮。他个头很高，身材匀称，估计有二十六岁左右。他五官端正，容貌并不狰狞可憎，脸上带着一种男子汉气概，却又兼具欧洲人那种亲切温和的气质，特别是微笑的时候。他的头发又长又黑，并不像羊毛似的卷曲着；前额又高又宽，两只眼睛闪烁着活泼而机灵的光芒。他的肤色不是真正的黑色，而是偏褐色的，又不像巴西人、弗吉尼亚人和其他美洲土著那样，是令人作呕的黄褐色，而是一种明亮的橄榄褐，给人感觉很舒服，只不过不太好描述。他的脸圆嘟嘟的，鼻子很小，却又不像黑人那样扁，他长着一张漂亮的嘴巴，嘴唇很薄，牙齿生得很整齐，白得像象牙似的。

他打了半个小时的盹儿，醒来后便走出山洞去找我。我正在给附近羊圈里的山羊挤奶。他一看到我，就冲我跑过来，再次五体投地，想尽办法表达他谦卑而感激的心情，并为此做出种种滑稽的动作。最后，他把头贴在我脚下的地上，把我的另一只脚放在他头上，就像上次那样。之后，他又做出种种姿势，对我表示臣服和恭顺，表示任我差遣，并告诉我他愿意终身做我的奴隶。我明白他的意思，并让他知道，我对他非常满意。不一会儿，我开始跟他说话，并教他跟我说话。首先，我告诉他，他的名字应当叫“星期五”，因为我是在星期五救的他，给他起这个名字是为了纪念这一天。我又教他说“主人”，并告诉他这是我的名字。我还教他说“是”和“不是”，并让他知道这两个词的意思。我用瓦罐给他盛了一些羊奶，然后让他看我是怎么吃的。我把面包泡在羊奶里，又递给他一片面包，叫他照着我的样子吃。他马上照做了，并做出很好吃的样子。

我和他在山洞里睡了一夜。天一亮，我就招呼他跟我一起离开，并告诉他，我打算给他一些衣服穿。他这会儿赤条条地光着身子呢，所以明白我的意思后显得很开心。我们经过他掩埋那两具尸体的地方时，他准确地指出了那个地方，并把他做的记号指给我看。他示意我们应该把那两个人挖出来吃掉。我做出一副非常生气的样子，表示对这种做法非常厌憎，好像就连这种想法都令我作呕似的。我招手叫他走开，他马上十分驯服地走开了。我领着他登上山顶，去察看他的敌人走了没有。我抽出望远镜，一眼就看到了他们昨天聚集的地方。但是那些人和他们的独木舟都不见了。显然，他们已经走了，把两个同伴扔在岛上，找都没去找。

可是我对当前的发现并不满足。我现在勇气更足了，好奇心也随之上升了。于是，我带上我的仆人星期五，叫他拿上刀，背上弓箭（我发现他弓箭用得相当娴熟），再替我扛上一支枪，我自己也扛上两支枪，我们就朝着那些野人聚集过的地方出发了。我想多了解一些他们的情况。到那里一看，那副惨绝人寰的景象顿时让我的血液都冷了，心也直往下坠。实在是惨绝人寰，至少在我看来是如此（尽管对星期五来说根本不算什么）：遍地都是死人骨头，鲜血染红了地面，大块的人肉扔得东一块西一块，有的吃了一半，有的砍烂了，有的烧焦了。总而言之，到处都是他们举行庆功宴的痕迹。我看到三个颅骨、五只手、三四根腿骨和脚骨，还有很多人体的其他部位。星期五打着手势告诉我，他们一共带了四个俘虏来开宴席，其中三个已经被吃掉了，而他（他指着自己）是第四个。他告诉我，他们和部族的新王打了一场大仗，看样子他是新王的臣民。他们抓了很多俘虏，由在战斗中抓获那些俘虏的人分别带到不同的地方去摆人肉宴，就像把那几个可怜虫带到这里来吃掉那样。

我让星期五把颅骨、人骨、人肉以及剩下的东西统统收捡起来，堆成一堆，然后点了把火全部烧成了灰烬。我发现星期五对那些人肉依旧十分垂涎，本性上依旧是个食人族。我对吃人肉这种念头，甚至一丁点儿迹象，都表露出极度憎恶的样子，并通过某种方法让他知道，要是他胆敢吃一口人肉，我就把他杀了，这才让他不敢表现出来。

办完这件事，我们就回城堡去了。我开始着手给星期五准备衣服。我先给了他一条麻纱衬裤（我之前说过，我从那条破船上找到了那个可怜的炮手的箱子，衬裤就是从他的箱子里拿出来的），裤子稍做修改就穿着很合身。接着，我拿出最好的手艺——现在我的裁缝手艺已经相当不错了，用羊皮给他做了一件坎肩。然后又给了他一顶用兔皮做的帽子，戴着又方便又时髦。照目前来说，他这身穿戴算是很过得去了。看到自己穿得几乎跟主人一样好，他十分开心。固然，他刚开始穿上这些东西的时候觉得很别扭，不但裤子穿着别扭，马甲的袖筒也磨得他的肩膀和胳肢窝难受，但是，我把他穿着不舒服的地方略微放宽了一些，他穿习惯之后就喜欢上了自己的衣服。

回到家第二天，我就开始考虑该把星期五安置在哪里，既要让他住得舒服，又要确保自己能完全放心。我在两道围墙之间的空地上给他支了个小帐篷，也就是在内墙的外面、外墙的里面。内墙上本来有个入口通向我的山洞，我做了一个门框和一扇木门，安装在入口往里面一点儿的通道内。门只能从里面打开，到了晚上，我就把门闩上，再把梯子收进来。这样，如果星期五想翻过内墙来到我身边，必然会弄出很多声响，把我惊醒，因为我在内墙和岩壁之间用长木条搭了屋顶，把我的帐篷严严实实地遮蔽了起来，然后用稍小的木条在上面横着搭了一层，又在小木条上厚厚地铺了一层和芦苇一样结实的稻草。另外，我还在用梯子爬进爬出的地方安装了一扇活动天窗。天窗从外面打不开，从外面开只会掉下来，弄出很大的声响。至于武器，我每天夜里都把它们放在我身边。

其实，我根本不需要采取这些防范措施，因为再没有比星期五更忠诚、更体贴、更诚恳的仆人了。他性格温顺开朗，没有坏心，又听话又勤快。他对我的情感就像孩子对父亲的孺慕之情。我敢说，不管在什么情况下，他都肯为了我牺牲自己的性命。他的许多表现都证明了这一点，让我对此毫不怀疑，而且很快就使我深信，在安全问题上，我根本不需要对他采取任何防范措施。

这使我得以十分惊讶地发现，上帝对世事的安排有多么任性，在对自己所创造的万物的统治中，他一方面剥夺了世界上很大一部分生物的才干和良知，另一方面却又赋予他们跟我们同样的力量，同样的理性，同样的深情，同样的善心和责任感，同样嫉恶如仇的情感，同样知恩图报、诚恳待人、忠贞不渝的品质和所有与人为善、受人好处的能力。而当上帝乐意给他们发挥这些能力的机会时，他们便和我们一样急于，甚至比我们更急于把这些才能发挥在正确的方面，发挥在上帝赋予他们这些能力所希望他们发挥的地方。而我们尽管能得到上帝和圣灵的伟大指引，能通过上帝的教诲受到启示，从而获得更深刻的认识，却把所有这些能力用于多么卑劣的地方，有时候想到这些我就觉得十分悲哀。而且，我不明白上帝为什么不让这数百万人懂得赎罪获救的道理，如果可以根据这个可怜的野人来判断，我认为他们比我们这些人更善于运用这个道理。

基于这些，我有时候会想得太远，以至于冒犯上帝的统治权，仿佛在弹劾他对于世事的安排有失公允：使一部分人得到指引而另一部分人得不到指引，却又要求他们尽到同样的责任。但我还是打消了这种念头，并做出了以下结论：首先，我们不知道上帝是根据什么准则和戒律给那些人定的罪，但是上帝既然是神，那必然是无限神圣而公正的，所以不可能是不公允的。假如上帝判决那些人得不到他的指引，那一定是因为他们违背了某种准则，也就是《圣经》上所说的他们自己的律法。[1]而且，这种判决

1 见《新约・罗马书》2:14。“没有律法的外邦人，若顺着本性行律法上的事，他们虽然没有律法，自己就是自己的律法。”

是以他们的是非观所承认的某些公平规则为根据的，只不过我们不知道其依据是什么而已。其次，我们都是陶匠手里的陶泥，没有陶器可以对陶匠说：“你为什么这样造我？”

再回头来说我的新伙伴。我对他非常满意，决心教会他做各种各样的事，好让他成为我得心应手的帮手，特别是要教会他说话，让他理解我说的话。再没有比他更聪颖勤奋的学生了，特别是他在学习时总是那么兴致勃勃、勤勤恳恳，他听懂了我的话或者我听懂了他的话时，他都非常高兴。因此，对我来说，跟他说话成了一件乐事。现在，我的生活变得很顺心，我甚至对自己说，只要能平平安安的，不再碰到那些野人，就算永远都无法离开这里也无所谓。

回到城堡两三天之后，我想，为了让星期五戒掉那种可怕的进食习惯和吃人的嗜好，我应该让他尝尝别的肉。于是，一天早上，我带着他来到树林里，原本打算从自己的羊群里找一只小羊杀掉，带回家去煮了吃，可是走到半路上，我看到一只母羊卧在树荫下，旁边还蹲着两只小羊。我一把扯住星期五，对他说：“站住别动。”并打着手势让他不要动，然后迅速举起枪，开枪打死一只小羊。可怜的星期五虽然上次在远处看到我打死他的敌人，却并不知道，也没弄懂我是怎么把对方打死的。这次他吓了一跳，浑身发抖，呆在了那里，差点儿瘫倒在地上。他既没有看到我朝那只小羊开枪，也没有看到我已经把小羊打死了，只顾着扯开背心在身上摸来摸去，看看自己有没有受伤。原来他以为我要杀死他。他跑到我跟前，扑通一声跪在地上，抱着我的两条腿，说了很多话，我虽然听不懂，但是一眼就看出他的意思是求我不要杀他。

我很快就设法让他相信我决不会伤害他，并哈哈大笑着把他从地上搀起来，指着我打死的那只小羊，叫他去扛过来，他马上照办了。他很纳闷小羊是怎么死的，于是仔细地查看着，我趁此机会重新给枪装了弹。不一会儿，我看到一只大鸟，样子像苍鹰，正落在我射程内的一棵树上。为了让星期五弄明白我是怎么做的，我把他重新叫到跟前，指指那只鸟（其实是一只鹦鹉，只不过我把它当成苍鹰了），又指指我的枪，再指指鹦鹉下方的地面，告诉他我要把那只鹦鹉打下来，让他看我是怎么开枪把那只鹦鹉打死的。我一面开枪，一面指给他看。尽管我刚才跟他说了那么多，看到那只鹦鹉应声而落的时候，他还是吓得呆在了那里。而且，我发现他这次更加惊诧，因为他没看到我装弹，便以为枪里面有某种神奇的东西，会源源不断地制造死亡，可以把人啦，兽啦，鸟啦，以及远远近近的东西统统杀死。此事让他心里产生的惊愕久久无法退去。我相信，要是我肯，他一定会把我和我的枪当作神来膜拜。至于那支枪，此后好几天他都不肯碰它，还经常一个人对它说话，仿佛它会答话似的。后来我才从他口中得知，他是在求那支枪不要杀他。

等他惊诧的心情稍稍平复后，我便叫他跑去把我刚才打死那只鸟拿来。他去了好半天才回来。原来那只鹦鹉没有死透，掉下去后又扑棱出很远。不过他还是把那只鸟找到了，并捡回来给我。我之前见他对枪一无所知，便趁此机会重新装上弹药（并且不让他看见我装弹），以便随时对可能出现的目标开枪，可惜当时没有再出现任何目标。我把那只小羊带回家，当晚就剥皮、切肉了。我用那只专门用来煮肉的锅煮了几块羊肉，做了一锅非常鲜美的肉汤，然后便吃了一些，也分了一些给他吃，看样子他吃得很开心。但是最令他感到奇怪的是，我竟然要往里面放盐。他打着手势告诉我盐巴不好吃，还往自己嘴里放了一点儿，然后做出一副恶心的样子，呸呸地往外唾，又赶紧用清水漱口。我看到之后，拿起一块没有放盐的肉，刚咬进去就像他那样呸呸地往外唾，假装没有盐就吃不下去。可是没有用，他就是不肯往肉或者肉汤里放盐。过了很长一段时间后，他才肯放那么一丁点儿。

就这样，给他吃了一顿炖羊肉和羊肉汤之后，我决定第二天请他吃烤羔羊肉。我用绳子把羊肉挂在火堆前面烤（我在英国看到很多人都是这样烤肉的），并在火堆两边竖起两根杆子，在杆子上架一根横杆，再把绳子拴在横杆上，让肉不停地转动。星期五对这种烤肉法赞叹不已。等他尝到烤羊肉的味道后，更是想尽办法告诉我他有多爱吃，生怕我不懂他的意思。最后，他告诉我，他以后再也不吃人肉了，我听了十分高兴。

第二天，我叫他去打谷，并用我之前提到的办法把谷子筛出来。他很快筛得像我一样好了，特别是明白这项工作是为了做面包之后就更卖力了——筛好谷粒后，我让他看着我做面包、烤面包。不多久，星期五就什么工作都能替我干了，而且跟我干得一样好。

这时，我考虑到现在多了一张嘴吃饭，必须多开一点儿田，比以前多种些庄稼。于是，我划出一块更大的田，开始像以前那样着手做篱笆。星期五不但干得又主动又卖力，而且兴致高昂。我告诉他这么做，是因为现在添了他这个人，我得多种粮食，多做面包，才够我们两个吃。对此他似乎非常理解，并且告诉我，他认为我替他干的活比替自己干的活多得多，只要我告诉他怎么干，他一定会更加卖力地替我干。

这是我在荒岛上过得最愉快的一年。星期五的英语已经说得相当不错了，我要他拿什么东西，或者去什么地方，他几乎都能听懂，而且整天跟我说个不停。所以，简而言之，我终于开始有机会使用自己的舌头了，之前很少会用到——我是指用它说话。我不但很喜欢跟他聊天，对他的为人也很满意。随着时间的推移，我越来越深切地感觉到他身上那种单纯、真挚的诚实品质。我开始打心眼里喜欢上了他。同时我也相信，他对我的情感也胜过了他以前对任何事物的情感。

有一次，我有心试试他是否还对自己的故国念念不忘。我知道他的英语已经讲得非常好，几乎可以回答我的任何问题了，便问他，他们部族是不是从来没有打过败仗。他一听就笑了，说："是的，是的，我们总是打得更好。"他的意思是，他们总是打胜仗。于是，我们开始了以下对话。"既然你们总是打胜仗，"我说，"那你怎么会成了俘虏，星期五？"

星期五："虽然是这样，我的部族打赢的时候很多。"

主人："怎么打赢？如果你们部族打赢了他们，你怎么会被抓住的？"

星期五："在我打仗的地方他们比我们人多，他们捉了一个、两个、三个，还有我。在另一个地方，我的部族打败了他们，我没在那里打。我的部族抓了他们一两千人。"

主人："那你们那边为什么不把你从敌人手里救走呢？"

星期五："他们带着一个、两个、三个，还有我，坐上独木舟跑了。我的部族当时没有独木舟。"

主人："嗯，星期五，你的部族怎么处置抓到的人？是不是也像这些人一样，把他们带到别的地方吃掉？"

星期五："是的，我的部族也吃人肉，全部吃掉。"

主人："带到哪里去吃？"

星期五："到别的地方，他们想去的地方。"

主人："到这里来过吗？"

星期五："来过，来过，到这里来过，也到别的地方去过。"

主人："你跟他们一起来过吗？"

星期五："是的，我来过。"（他指着小岛西北侧，似乎是他们那侧。）

我由此得知，我的星期五也曾经夹在那群野人中间，到岛那头的岸上去吃人，上次他被带到这里来也是由于同样的缘故。过了一段时间，我鼓起勇气带着他来到我之前说的岛那头，他一眼就认出了那个地方，还告诉我，有一次，他们在那里吃了二十个男人、两个女人和一个孩子。他不会用英语说"二十"，便用二十块石头摆了一行，让我去数。

我之所以要把这段话告诉诸位，是因为它引出了后面的事情。这次谈话之后，我就问他，从我们这座岛到对岸有多远，独木舟是否经常失事。他告诉我，那里并不危险，从来没有独木舟出过事。不过，出海不远就有一股急流，而且有风，总是早上和下午朝着不同的方向。

我以为不过是潮水一时往外流、一时往回流的缘故，后来才知道这是因为奥里诺科河倾泻入海又形成逆流造成的。我后来发现，我们的小岛正好就在那条大河的入海口上，而我在西方和西北方向看到的那片陆地是一座大岛，叫作特立尼达岛，在入海口的北端。关于那个地方，我问了星期五无数的问题，问那一带的居民、海洋、海岸以及附近有哪些部族。他毫无保留地把自己所知道的情况一五一十地说给我听。我问他，他们一共有多少个部族，都叫什么名字，结果只问出一个名字，那就是加勒比人。我马上明白了，那些岛屿就是加勒比群岛。在我们的地图上，加勒比群岛属于美洲地区，从奥里诺科河的入海口一直延伸到圭亚那，再延伸到圣玛尔达。他指着我的胡子对我说，在月亮的那边，也就是他们故乡的西边，月亮落下去的地方，住着像我这样长着胡子的白人。他说，他们杀了“很多人类”。我由此判断他说的是西班牙人，他们在美洲的暴行已经在整片大陆上传开了，而且在各部族中世代相传。

我问他能不能告诉我，怎样才能从这座岛到那些白人那边去。他对我说：“能，能，能坐两只独木舟去。”我不明白他的意思，也无法叫他解释清楚“坐两只独木舟”是什么意思。直到最后，我费了半天劲才弄明白，原来他是说要用一艘很大的大船才行，就像两只独木舟那么大。

星期五的这番话让我非常高兴。从那时候起，我就产生了些许期望，希望早晚有一天能找到机会逃离这个地方，并且希望这个可怜的野人能够帮助我达到目的。

现在，星期五已经跟我在一起生活了相当长一段时间，渐渐能跟我聊天了。在此期间，我经常向他灌输一些宗教知识。特别是有一次，我问他，他是谁创造出来的。那个可怜的家伙根本没明白我的意思，还以为我在问他的父亲是谁。于是我另辟蹊径，问他：大海、我们脚下的大地、山峦和树林是谁创造出来的？他告诉我，是一个叫贝纳木基的老人创造出来的，那个老人住在遥远的地方。但是他又说不出来那个伟大的老人究竟是个怎样的人，只说他非常老，比大海和陆地还老得多，比月亮和星辰还老得多。于是我就问他：既然那个老人创造了万物，万物为什么不膜拜他？他脸上流露出既庄重又天真的神情，对我说道："万物都对他说'哦'。"我又问他，在他们那里，人死后是不是到哪个地方去了。他说："是的，他们全到贝纳木基那里去了。"我接着问他，他们吃掉的那些人是不是也到那里去了。他说："是的。"

我从这些事情入手，逐渐引导他认识真神上帝。我指着天空对他说，万物的伟大创造者住在天上，并告诉他，上帝用创造万物的神力和神意统治着万物。上帝是万能的，能替我们安排一切，能把一切都赐予我们，也能把一切从我们手中夺走。就这样，我从某种程度上为他启了蒙。他非常认真地听我讲，也很乐于接受我向他灌输的信念，亦即：耶稣基督是上天派来救赎我们的，我们应该怎样向上帝祷告，以及上帝就算在天上也能听到我们的祷告。一天，他对我说，上帝能从比太阳更远的地方听到我们的祈祷，那他肯定是比贝纳木基更伟大的神。贝纳木基住得可没那么远，可他听不到他们的话，除非到他住的那座山上去跟他说话。我问他有没有到那儿去跟贝纳木基说过话。他说没有，年轻人从来不去，只有被称作奥乌卡基的老人才去。我问他什么是奥乌卡基，听他的解释应该是他们的修士或者僧侣。他说，他们去那里说"哦"（他把祈祷称为说"哦"），然后回来告诉大家贝纳木基说了些什么。我由此发现，即便是在世界上最愚昧无知的异教徒中间，也存在着祭司权谋。这种制定神秘教义以维持人们对神职人员的敬仰的办法，不仅存在于罗马教，或许也存在于一切宗教当中，甚至存在于最残忍、最暴虐的野人中间。

我竭力向我的星期五揭发这一骗局。我告诉他，那些老人假装到大山里去对贝纳木基说"哦"，其实是骗人的把戏，至于他们从那里带话回来，就更是骗人的了。就算他们真的在那里听到了什么，或者真的跟什么人说过话，那也一定是妖魔鬼怪。接着，我开始长篇大论地跟他谈魔鬼的问题，告诉他魔鬼的来历、他对上帝的背叛、他对人类的仇恨及其原因，以及他怎样统治着世界上最黑暗的地方，叫人像膜拜上帝一样膜拜他，又是怎样用种种阴谋诡计诱惑人类走上绝路，怎样偷偷潜入我们的情感，利用我们的嗜好来设置陷阱，好使得我们自己引诱自己，自甘毁灭。

我发现，要让他对魔鬼产生正确的观念并不像让他对上帝的存在产生正确的观念那么容易。我可以利用很多自然现象向他证明，天地间需要伟大的造物主和统治一切的力量，需要冥冥中的引导者，并且向他证明，对创造我们的上帝致敬是公平合理的，以及诸如此类的道理。可是，对于魔鬼的概念，包括其本源、其存在、其本性，特别是他一心为恶并引诱我们作恶的嗜好，我却无法从自然界找到论据。有一次，那个可怜的家伙自然而然且又天真无邪地向我提了一个问题，搞得我简直不知道该怎么回答。之前我总是跟他说上帝的强大、上帝的无所不能、上帝嫉恶如仇的本性，以及对那些作恶的人，上帝又是怎样的一把烈火[1]。我还告诉他，既然上帝创造了万物，那他也可以在一刹那间把我们和万物统统毁掉。我说这些的时候，他都听得非常认真。接着，我又告诉他，在人们心中，魔鬼是上帝的敌人，他会用尽阴谋诡计恶毒地破坏上帝美好的宏图，企图颠覆世界上的基督王国，诸如此类。星期五说："嗯，可是你都说了，上帝那么强大、那么伟大，难道他还没有魔鬼强大吗？"我说："有的，有的，星期五，上帝

1　见《旧约・申命记》4:24。原文如下："因为耶和华你的神乃烈火，是忌邪的神。"

比魔鬼更强大，比魔鬼更厉害，所以我们要祈求上帝让我们把魔鬼踩在脚下[1]，祈求他赋予我们力量，让我们能够抵制魔鬼的诱惑，扑灭魔鬼的火箭。”[2]“可是，”他接着说，“如果上帝比魔鬼更强大、更厉害，他为什么不杀掉魔鬼，不让他再作恶？”

他这个问题弄得我措手不及。说到底，尽管我现在年纪已经很大了，但依然是一个资望尚浅的引导者，做不了释惑者，也解答不了这些疑难问题。我一时不知道该说什么，就假装没听清他的话，问他刚才说什么。可是他急于得到答复，绝不肯放弃这个问题，便像刚才那样，结结巴巴地重复了一遍。此时我已经稍稍镇定了一点，便对他说：“上帝终将会对他施以严惩，将他留待审判，然后投入无底深渊，让他永远在炼狱中承受烈焰的焚烧。”可是星期五对这种说法并不满意，他重复着我自己的话问我：“留待，最后？我不明白，为什么不现在就杀死魔鬼？为什么不早早地把魔鬼杀死？”我说：“你这就相当于问我，我和你在这里也做了不少冒犯上帝的坏事，上帝为什么不把我们杀死？上帝留着我们，是为了让我们忏悔，让我们获得宽恕。”他听了以后想了半天，最后，非常激动地对我说：“对啦，对啦，你、我、魔鬼都有罪，都留着，忏悔，上帝都饶了。”说到这里，我再次被他弄得万分狼狈。这让我充分认识到，天性固然可以引导懂得道理的人们认识上帝，可以引导他们自然而然地膜拜、尊崇至高无上的上帝，但是只有神启才能让他们形成对耶稣基督的认识，才能让

1　见《新约 · 罗马书》16:20。原文如下：“赐平安的神，快要将撒旦践踏在你们脚下。”

2　见《新约 · 以弗所书》6:16。原文如下：“此外，（我们）又拿着信德当作藤牌，可以灭尽那恶者一切的火箭。”

他们认识到他在为我们赎罪，他是《新约》的调停人，是坐在上帝王座脚凳上的求情者[1]。我是说，只有来自上天的神启才能在人的灵魂中形成这种认识，因此，只有上帝的福音和救世主耶稣基督，我是说，只有上帝的语言和普度众生的圣灵，才能做人类灵魂不可或缺的导师，帮助我们了解上帝对众生的救赎和获得救赎的途径。

于是，我赶紧将我和我的仆人之间的谈话岔到别的地方。我匆忙站起来，仿佛突然想到什么事需要外出似的，并找了个借口将他派到很远的地方去办事。他走了之后，我就郑重其事地祈求上帝赐予我力量，让我能够引导这个可怜的野人获得救赎，能在圣灵的帮助下，让这个可怜无知的人从基督身上接受上帝的真理，接受并顺从基督；祈求上帝引导我用上帝的语言同他谈话，从而让他心悦诚服，睁开眼睛，让灵魂获救。星期五再来找我的时候，我长篇大论地跟他讲述救世主代人类赎罪的问题，讲述来自上天的福音的教义，亦即，向上帝忏悔，信仰救世主耶稣的问题。接着，我又尽我所能向他解释，为什么我们的救世主不以天使的身份现世，而是降世为亚伯拉罕的后裔；为什么那些堕落凡间的天使不能替人赎罪；以及，耶稣只到以色列家迷失的羔羊那里去[2]；等等。

其实，在对那个可怜的家伙的教导上，我所拥有的诚意远多于我的学识。同时，我必须承认，我相信所有基于同样原理的

1 见《新约 · 马太福音》5:34–35。原文如下："什么誓都不可起，不可指着天起誓，因为天是神的王座；不可指着地起誓，因为地是他的脚凳。"

2 见《新约 · 马太福音》15:24，原文如下："耶稣说，我奉差遣，不过是到以色列家迷失的羊那里去。"

行为都会发现，在向他阐释一些道理的时候，我在很多问题上也收获颇多，这些问题有些是我以前不懂的，有些是我没有认真考虑过的，现在我为了教导那个可怜的野人，对其进行了深入的探索，结果自己也跟着弄懂了。我感觉自己因此而对那些问题进行探索的热情比以往任何时候都要高。所以，不管这个可怜的野人对我是否有益，我都应该感谢他的到来。现在，我的忧愁没那么沉重了，生活也舒适多了。每当我想到，在这种孤寂的生活中，我不仅靠近了上天，靠近了将我带到这里的上帝之手，造物主还通过我挽救了一个可怜的野人的性命，或许还有他的灵魂，让他领悟到宗教的真谛和基督教义的真义，多半还让他认识到了耶稣基督，而认识到耶稣基督就意味着永生。每当我想到这些事情，一种神秘的欢愉便蔓延到我灵魂的每个角落，觉得来到这个地方（以前总觉得这是我生平可能遭逢的最可怕的苦难）实在值得庆幸。

我怀着这种感恩的心情度过了在岛上的最后几年。我和星期五经常一聊就是好几个小时，这让我们一起生活的那三年时间过得完满幸福——假如尘世生活中真的有“完满幸福”这种东西的话。那个野人现在成了一个虔诚的基督徒，甚至比我还要虔诚，不过我有理由希望（并为此赞颂上帝）我们两个人会同样虔诚地忏悔，成为获得宽慰、改过自新的忏悔者。在这里，我们有《圣经》可读，还有圣灵的指导，就算身处英国，距离圣灵也不会比现在更近。

我经常认真地诵读《圣经》，并尽我所能让他理解那些段落的意思。而他也通过认真钻研和积极提问让我对《圣经》的研究更加深入，这点我之前已经说过，如果我只是自己一个人诵读，效果肯定远远比不上现在。此外，根据这段时间隐居生活的经验，我忍不住想提出以下看法，亦即，上帝的知识和耶稣基督救人的道理在《圣经》中写得如此清楚、如此容易接受、如此容易理解，这是多么大的幸事啊！因为，只要诵读《圣经》就可以让我充分理解自己的职责，径直承担起一项伟大的任务，亦即真诚地忏悔自己的罪行，紧紧抓住救世主获得救赎，在实践中实现自我改造，服从上帝的所有指示。而且，所有这些认识都是在没有导师的情况下获得的（我是指没有人类导师）。因此，这种浅显明白的教导足以用来启发这个野人，让他成为我生平罕见的基督徒。

至于世界上所发生的一切关于宗教的争端、争论、冲突和斗争，无论是关于教义细节还是关于教会管理计划，对我们而言统统毫无用处。而且在我看来，对世界上的其他人也毫无用处。我们有通往天堂的可靠指引——上帝的语言。而且（感谢上帝），我们还有圣灵用上帝的语言教导我们，引导我们认识一切真理[1]，并让我们心甘情愿地服从上帝的指示。即使我们对造成世界巨大混乱的那些有争议的宗教问题具有最深入的了解，我也看不出那对我们有什么用。

不过现在我得按照时间顺序继续讲述那些重要事件了。

等到我和星期五更加熟稔，他基本上能全部听懂我说的话，也能用蹩脚的英语流利地跟我说话之后，我就把自己的身世说给他听，至少告诉他我是怎么流落到这个地方的，在这里又是怎样求生的，以及生活了多久，等等。我把火药和子弹的奥秘（那些

1　见《约翰福音》16:13，原文如下："只等真理的圣灵来了，他要引导你们明白一切的真理。"

东西在他看来确实很神奇）告诉了他，并教他怎么开枪射击。我给了他一把匕首，他异常惊喜。我还给他做了一条皮带，上面挂着一个挂环，就像我们英国人挂短剑的那种东西。我没有给他佩带短剑，而是给他佩带了一把斧头。斧头不仅在战斗中是称手的武器，在其他时候也用得多。

我把欧洲——特别是我的故乡英国的情形讲给他听，告诉他我们怎样生活，怎样礼拜上帝，怎样相处，以及怎样乘船到世界各地去做生意。我跟他描述了我所乘坐的那艘轮船的残骸，并带他到近前去看那艘船原本所在的地方，可是它已经被风浪打得粉碎，连影子都不见了。

我把我们逃生时翻掉的那艘小艇的残骸指给他看，当时我使出全身力气都挪不动分毫，现在也几乎都烂成碎片了。看到这艘独木舟，星期五一句话都没说，站在那里出了半天神。我问他在研究什么，他说："我看到这样的独木舟到我们部族来。"

我好半天都没听懂他的意思，后来追问半天才弄明白，原来他是说，有一艘跟这艘小艇一样的小船在他们住的地方靠了岸，他解释说，是被风浪带过去的。我马上联想到，肯定是一艘欧洲的轮船在他们海岸附近出了事，小艇从轮船上掉下来，漂到岸边去了。我当时实在太迟钝了，根本就没想到是有人从失事的船上逃生，更不用说去问他们是从哪里来的，所以当时就只是追问那艘小艇的样子。

星期五详细地对我描述了小艇的情况。为了让我更好地理解他的意思，他又起劲地补充道："我们从水里救了一些白人。"听了这话，我赶紧问他小艇上有没有"白人"（他是这么称呼那些人的）。他说："有，满满一船都是白人。"我问他有多少个。他扳着手指数给我说十七个。我又问他那些人后来怎么样了。他告诉我："他们活着，住在我们部落。"

这番话让我产生了新的念头，因为我下意识地想到，那些人多半就是在我的小岛（我现在都将其称作"我的小岛"）附近出事的那艘轮船上的人。原来，轮船触礁的时候，他们就发现船肯定会沉，便上了小艇逃生，结果在野人居住的荒凉海岸登了岸。

想到这里，我便更加详细地追问他，那些人后来怎么样了。他再三告诉我，他们还住在那里，已经住了四年了。那些野人并不去打扰他们，还给他们粮食吃。我问他，他们怎么没有把那些人杀了吃掉。他说："不，他们和我们成了兄弟。"对此，我的理解是，他们之间达成了休战协议。接着，他又补充道："我们不吃人，只有打仗的时候才吃。"也就是说，他们只吃战争中抓到的俘虏，不吃别的人。

此后过了很久，有一次，天气晴朗，我们站在岛东头的小山顶上（我以前说过，我在一个晴朗的日子里从那里看到过美洲大陆），星期五热切地看着那片大陆，突然手舞足蹈起来，还把我喊了过去，当时我距离他还有几步路。我问他怎么了，他说："真快乐！真高兴！我看到我的家乡了，看到我的部落了！"

我在他的脸上看到一种异乎寻常的欣喜，他的眼睛闪闪发光，流露出极其热切的神色，仿佛一心想要回自己的故乡去。见此情景，我不由胡思乱想起来，对我的新仆人星期五也不像以前那么放心了。我毫不怀疑，要是能回到自己的部落，星期五不但会把所有的信仰忘得一干二净，把对我欠下的人情忘得一干二净，还会为了出风头把我的情况告诉他的同胞，说不定还会带上一两百人回到岛上来，拿我来摆一次人肉盛宴。他多半会吃得很开心，就像他们吃战俘那样。

其实我大大地冤枉了那个可怜的老实人，后来我为此感到十分懊悔。可是，当时我的猜忌心越来越严重，而且一连持续了好几个星期，以至于对他非常戒备，不再像以前那么亲热友善。当然，这件事我也做错了，那个正直而感恩的家伙从来没想到这些事。后来的事实证明，无论是作为一位虔诚的基督徒，还是一位知恩图报的朋友，他的节操都达到了最高标准，对此我感到万分欣慰。

可是，在猜忌心消失之前，我每天都要盘问他，想看看他会不会流露出我疑心他产生的那些念头，然而我发现他所说的每句话都那么诚实、那么单纯，实在找不出任何加重我疑心的东西。尽管我的种种焦虑最后全部变成了他的焦虑，但是当时他丝毫不曾看出我不安的心情，因此我也无法疑心他是作假。

一天，我们又爬上那座小山，但是这次海上雾蒙蒙的，看不到大陆。我叫住他，对他说："星期五，你不想回到自己的家乡，回自己的部落去吗？"他说："想，我很想回自己的部落去。"我说："回去后你会怎么做？还会重新过那种野蛮的生活，重新开始吃人肉，像从前那样做野人吗？"他非常认真地摇摇头，说："不，星期五告诉他们做好人，告诉他们向上帝祷告，告诉他们吃谷子做的面包、吃牛羊肉、喝牛羊奶，不要再吃人肉。"我说："那他们会杀掉你。"他一听这话，非常严肃地说："不会，他们不会杀我。他们愿意爱学习。"他是说，他们很愿意学习。他接着说，他们从坐那艘小艇来的那些长胡子的人那里学到很多东西。我问他愿不愿意回到他们身边去。他听了笑着对我说，他游不了那么远。我告诉他，我可以给他做个独木舟。他告诉我，要是我跟他一起去他就去。我说："我去了他们会把我吃掉！"他说："不会，不会，我会让他们不要吃你，我会让他们很爱你。"他的意思是说，他会告诉他们，我杀了他的敌人，又救了他的命，这样就会让他们爱我。接着，他又想尽办法告诉我，他们对那十七个遇险后登岸的白人——或者长胡子的人（他是这么叫那些人的）有多么友善。

我承认，从这次起，我就有意冒险渡海，去看看有没有可能加入那些长胡子的人（我毫不怀疑，他们不是西班牙人就是葡萄牙人）。我相信，要是我能加入他们，一定会找到办法逃离这里，一来我们是在大陆上，二来大家成群结伙，总比我独自一人、孤立无援，从数英里外的小岛逃走容易得多。于是，过了几天，我又带着星期五去干活，并告诉他，我会给他一艘小船，好让他回自己的部落去。我带着他来到小岛另一头存放小船的地方，把水排干（我总是把小船沉在水里），把小船弄出来给他看，并和他一起坐了进去。

我发现他是个驾船能手，可以把船划得比我快一倍。所以，等他上了船，我就对他说："嗯，星期五，现在我们可以到你的部落去了吗？"他听了我的话愣住了，看来，他认为这艘小船太小了，走不了那么远。于是我告诉他，我还有一艘大点儿的船。第二天，我带着他到第一只小船所在的地方，也就是那只我造好了却无法弄下水的小船所在的地方。他说，这只够大了。可是我发现，那只小船在那里扔了二十二三年，我一直没去照管，现在已经被太阳晒得七分八裂，一碰就碎。星期五告诉我，这样的船非常合用，可以载"足够的食物、喝的、面包"（他都是这么说的）。

总而言之，此时我一心打算和他一起到那片大陆去。我对他说，我们要动手造一只跟这艘小船一样大的船，好让他坐着回家。他一言不发，脸色十分严肃，似乎很难过。我问他怎么了，他反问我："你为什么要生星期五的气，我做错什么了？"我问他为什么要这么说，并且告诉他，我根本没有生他的气。"没有生气！没有生气！"他把这句话重复了好几遍，然后说，"那你为什么要把星期五赶回家去？"我说："可是，星期五，你不是说你想回去的吗？""是的，是的，"他说，"我想两个人都去，不是星期五去，主人不去。"一句话，我不去他就不想回去。我说："我去那里？！星期五，我去那里干什么？"他张口就回答我说："你可以做很多很多好事，你可以把野人们教成清醒、温顺的好人们，你可以教他们认识上帝并向上帝祷告，过上新的生活。"我说："唉，星期五，你不知道自己在说什么呢，我自己都是一知半解呢。"他说："可以的，可以的。你能把我教好就能把他们教好。"我说："不行，不行，星期五，你应该自己一个人回去，把我留在这里，让我继续像以前那样独自生活。"听了我的话，他好像又糊涂了，噌噌几步跑去把他日常佩带的那把斧头拿来递给我。"你给我这个干什么？"我问他。"你拿它杀了星期五吧。"他说。"我为什么要杀了你？"我又问。他马上反问："你为什么要赶星期五走？拿着，杀了星期五，不要赶星期五走。"他说得如此恳切，以至于我都看到他眼睛里噙着的眼泪了。简而言之，我一眼就看出他对我真是一片真情，而且矢志不渝。我赶紧告诉他（而且此后经常跟他说），只要他愿意跟着我，我永远都不会赶他走。

总而言之，我从他所有的话中能看出他对我那种坚定不移的情感，知道他无论如何都不会离开我。我发现他之所以想回自己家乡，完全是出于他对自己同胞的热爱，并希望我能对他们有所帮助。我对这件事毫无信心，所以根本没有承担起这一职责的念头或者意图，也没有那种意愿。不过，我心里依然有一种企图逃离这里的强烈愿望，这种愿望是以从他的话中推出的结论为基础的，因为那边有十七个有胡子的人。于是，我立刻带上星期五去找合用的大树，准备砍下来做一艘大独木舟，以实施这次航行。岛上树木很多，足够建一支小型船队，而且不是独木舟船队，是大船船队。不过我主要是想要找一棵靠近水边的大树，以确保造好之后能让船下水，避免我上次所犯的错误。

最后，星期五终于选中一棵树，我发现，关于什么木料最适合造船这事儿，他比我内行得多。直到现在我都说不上来我们砍的那棵叫什么树，只知道跟我们称为“佛堤树”的那种树很像，或者是介于佛堤树和尼加拉瓜树之间的树种，因为它的颜色和气味都很相近。星期五要把树中间烧空，但是我教他用工具把中间挖空。我教他怎么使用工具后，他用得非常轻松。经过大约一个月的辛勤劳动，我们终于把船造好了，而且造得很美观，特别是我教他使用斧头之后，我们用斧头把独木舟的外部削成了真正的船形。此后，我们又花了将近两个星期的工夫，用大转木一英寸一英寸地把它推到水里。可是，小船一下水，就能轻轻松松地载二十来个人。

船下水后，别看它体积庞大，我的星期五驾着它回旋自如，摇桨如飞，看到他摇得这么熟练、这么敏捷，我都惊呆了。我问他，我们敢不敢坐着这只船过海。他说：“敢，敢坐着它过海，就算遇到大风也不要紧。”其实，我还有更进一步的设计，不过他对此一无所知。我打算给船装上桅杆和船帆，再配上铁锚和缆索。桅杆倒是比较容易做，我在附近选了一棵笔直的小雪松（这种树岛上有很多），然后让星期五去把树砍倒，并教他怎样把树干削成桅杆的形状。

可是说到船帆就有点儿伤脑筋了。我的确有很多旧船帆，或者应该说有很多旧帆布片，可是那些东西都放了二十六年了。而且我从来没想到它们会派上这种用场，也就没有仔细保管，现在肯定全都烂了。确实，大部分帆布都放烂了。还好，我找到两片看上去还不错的，便动手做起了船帆。因为没有针（你可以肯定），我笨手笨脚地缝了老半天，才缝了一块三个角的丑东西出来，样子像我们英国人所说的三角帆，底部装一根下桁，顶部装一根短小的斜杠，就像我们长艇上通常装的那种帆一样。我对这种船帆的操纵非常了解，因为从巴巴里逃出来的时候我坐的那艘小船用的就是这种帆，此事本书的第一部分已经讲过。

最后这项工作，亦即，安装和调试桅杆和船帆，花了我近两个月的时间，因为我想做得尽善尽美，往上面装了一根小支索和一面前帆，以协助我在逆风时行船。最重要的是，我在船尾装了一个舵，用来控制方向。尽管我是个笨拙的造船匠，可是我知道这种东西非常有用，甚至是不可或缺的，所以不辞劳苦地全力以赴，最后终于把它做成了。再加上我所做的种种宣告失败的尝试，我认为这项工作所消耗的力气不亚于造船这项工程。

所有这些都完成之后，我就把跟这艘小船相关的航行知识教给我的仆人星期五。尽管他划独木舟是一把好手，但是对怎么使用帆和舵就一窍不通了。他见我通过操纵舵让小船在海上来去自如，又见船帆随着航道的改变顺风换舷，一会儿这边灌满了风，一会儿那边灌满了风，不由惊呆了。不过，我教了没多久，他就摸熟了这些东西，成了一个老练的水手。只有罗盘这个东西，我始终无法让他弄懂怎么使用。不过话说回来，这一带很少遇到多云的天气，几乎从来不起雾，基本上用不到罗盘，反正夜晚总能看到星星，白天总能看到海岸。只有雨季例外，不过雨季没有人会出门，不管是走陆路还是水路。

我困在这个地方已经是第二十七个年头了，虽然最后这三年有星期五陪着我，日子过得和以前大不相同，似乎不应该算在里面。我怀着跟最初同样的感激之情，度过了我的登陆纪念日。如果说我最初应当感激上帝的怜悯，现在就更加应当感激涕零，因为现在我不仅有更多的证据证明上天对我的关爱，而且有很大的希望脱离苦难。我心中十分坚定地认为，脱离苦难的日子就在眼前，要不了一年时间我就会离开这里。尽管如此，我还是像往常那样，继续耕作畜牧，照样刨地、种庄稼、修篱笆，照样采葡萄、晒葡萄干，和以前一样干着必须干的活儿。

雨季就要到了。雨季一来，我就很少出门。为此，我要先尽可能地把我们的新船安置妥当。我们把它开进我以前卸木筏的那条小河，然后趁着涨潮的时候把它拖上岸。我吩咐星期五挖了一个小船坞，大小刚好能容下那只小船，深度刚好够放水进去让它浮起来。然后，等潮水退去，我们又在船坞口上筑了一道坚固的堤坝，以防潮水涌进来。这样一来，就算海潮上涨，船也是干的。为了遮雨，我们又在船上面密密麻麻地铺了很多大树枝，就像茅草屋的屋顶，把它严严实实地盖在下面。就这样，我们等候着十一月和十二月的到来——我计划在那两个月去探险。

令人舒适的季节就快到了。随着天气逐渐好转，我打算探险的心思又活络起来，天天都忙着为航行做准备。我做的第一件事，就是储备起相当多的粮食以供航行之用。我计划在一两个星期内掘开船坞，放船下水。一天早上，我一边忙着做这些事，一边吩咐星期五去海边看看能不能抓一只海龟回来。一般情况下，我们一周去抓一次海龟，好弄来龟蛋和龟肉。星期五去了不多会儿，就飞奔着跑了回来，而且一纵身跳进我的外墙，仿佛脚都不沾地似的。我还没来得及开口问他，他就大声冲我嚷道："主人，主人，糟糕了！不好了！"我说："怎么了，星期五？"他说："那边，那里，一个，两个，三个独木舟！一个，两个，三个！"我听他这么说，还以为有六只独木舟呢。再一问，原来只有三只。我说："嗯，星期五，不要害怕。"我尽我所能给他壮胆，可是发现这个可怜的家伙实在吓得要命，因为他一心以为那些人是来找他的，而且会把他切成一块一块吃掉。可怜的家伙浑身抖得像筛糠，我都不知道该拿他怎么办了。我竭尽所能安抚他，并告诉他，我面临的危险并不比他小，他们肯定会把我也吃掉。我说："不过，星期五，我们必须下定决心跟他们打一仗。你能打吗？"他说："我可以打枪，可是他们来了很多很多人。"我说："那也不要紧，我们的枪就算打不死他们也会把他们吓跑。"接着我又问他，如果我下定决心保护他，他会不会保护我，会不会和我站在一起，听从我的命令。他说："你叫我去死我都会去，主人。"于是，我拿了一大杯朗姆酒递给他。我的朗姆酒喝得很省，所以现在还剩很多。等他把酒喝下去，我叫他去把我们平时随身携带的那两支鸟枪拿来，并装上手枪子弹那么大的大号猎枪子弹。接着我拿来四支火枪，每支都装上两颗气枪子弹和五颗小子弹，又给两把手枪各装了一对子弹。然后，我像往常那样，在腰间挂上那把没有刀鞘的大刀，并把斧头交给星期五。

做好这些准备之后，我便拿上望远镜跑到山坡上，想看看能发现什么情况。我从望远镜里一眼就看到一共有二十一个野人、三个俘虏和三只独木舟。看样子，他们来这儿就是为了用这三个活人开庆功宴。这真是一种野蛮的宴会，可是正如我之前说过的那样，对他们来说，这不过是家常便饭。

我还发现，他们这次登陆的地点，不是上次星期五逃走时他们干那些勾当的地方，而是更靠近我那条小河。那一带海岸很矮，而且有一片茂密的树林几乎一直延伸到海边。我对这群暴徒这种毫无人性的恶行深恶痛绝，眼前所见不由令我义愤填膺。我跑下山坡，回到星期五跟前，告诉他，我决心冲下去把他们杀个一干二净，问他肯不肯跟我一起去。此时他的恐惧已经消失了，因为喝了朗姆酒，精神也振作了一点儿。听了我的话，他十分振奋，并且再次向我表示，就算我叫他去死他都情愿。

我怀着满腔怒火，先像以前那样，把装好弹药的武器分作两份，然后把一把手枪递给星期五，让他别在腰带上，再把三支长枪交给他，让他扛在肩上。我自己也拿了一把手枪和三支长枪。我们就这样全副武装出发了。我往口袋里揣了一小瓶朗姆酒，然后把装着火药和子弹的大口袋交给星期五。至于作战部署，我严令星期五紧跟在我身后，没有我的命令，不得乱动，不得开枪，不得采取任何行动，也不许开口说话。我端着这副姿态，往右绕了大半圈，足足有一英里的路，以穿过小河，钻进树林。这样，我就可以在他们发现我之前让他们进入我的射程内。我用望远镜观察过，知道这很容易。

我走着走着，以前的想法又回到我的心头。我的决心渐渐有些动摇。我倒不是害怕他们人多，因为他们就是一些连武器都没有的坏蛋，哪怕单枪匹马，我都比他们更占优势，而是突然想到：我有什么必要、什么理由非要让自己双手沾满鲜血，非要去袭击那些从来没有也无意对我犯下罪行的人？对我来说他们是无罪的，他们那种野蛮的风俗也只是他们自己的不幸，只能证明上帝抛弃了他们，让他们那一带部族停留在愚昧和残忍的状态。上帝并没有召唤我去做他们行为的评判人，更没有叫我去做上帝律法的执行者。不管什么时候，只要他认为合适，肯定会亲自动手，对他们全民性的罪行施以全民性的惩罚。不过，这跟我毫不相干。的确，星期五这么做倒是名正言顺，因为他本来就和那些人是仇敌，跟他们处于交战状态。他去袭击他们是合法的，但是我就另当别论了。我一边走，一边琢磨这些东西，心中纠结不已，最后决定先到近前去观察一下他们野蛮的宴会，然后按照上帝的指示见机行事。除非出现新的情况，让我更有理由动手，否则我决不插手干涉。

下定决心后，我便走进树林，星期五小心翼翼、悄然无声地紧跟在我身后。我一直走到树林的边缘才停下脚步。这里距离他们很近，中间只隔着林子的一角。我悄悄把星期五叫过来，指着林间一棵大树叫他过去看看，如果能看清楚对方的情况就来告诉我。他乖乖去了，不一会儿就回来告诉我，从那儿可以看得很清楚：他们正围着火堆，吃其中一个俘虏的肉，另一个被捆着手脚扔在离他们稍远的沙滩上。他说，接下去他们肯定要把他杀掉。听了这话，我不由怒火中烧。他还告诉我，那个俘虏不是他们部落的人，而是他以前跟我说过的、坐着小船流落到他们那里的长胡子的人。我一听是长胡子的白人，心中大为惊骇，便走到那棵树跟前，用望远镜去看，果然清清楚楚地看到一个白人躺在沙滩上，手脚被菖蒲或者灯芯草之类的东西缚着。我还看出他是欧洲人，身上穿着衣服。前面还有一棵树，树前面有一片小灌木丛，比我所在的地方距离他们更近，能近五十码左右。只要绕一小段，就可以到树下，而且不会被他们发觉，那我和他们之间的距离就剩下不到一半的射程。于是，我强压着心头的怒火（我这会儿已经怒不可遏了），往回走了二十来步，绕到灌木丛后面，靠着那片灌木的掩护一路走到那棵树下面。接着，我爬上一片小小的高地，这里距离他们只有八十码远，可以把他们的一举一动看得一清二楚。

我知道现在刻不容缓，因为我看到其中十九个可怕的暴徒你挨着我、我挨着你坐在地上，并派另外两个人去宰杀那个可怜的基督徒，说不定会把他一条胳膊一条腿地拿到火上去烤。我看到他们弯下腰去解捆在他脚上的东西，便扭头对星期五说："星期五，你要听我的命令行事。"星期五说他一定会的。我说："那好，星期五，你看我怎么做就怎么做，不要有丝毫偏差。"说完，我把一支火枪和那支鸟枪都放在地上，星期五也依样画葫芦把鸟枪和一支火枪放在地上。我用剩下那支火枪向那些野人瞄准，并吩咐星期五也照做，然后问他准备好没有。他说："好了。"我说："那就开枪吧。"话音未落我就开了枪。

星期五枪法比我强得多，这一轮，他打死两个，打伤三个，我只打死一个，打伤两个。不用说，那些野人吓得魂飞胆裂，没有中弹的全都跳了起来，登时也不知道该往哪里跑，该往哪里看，因为他们不知道这场灾祸是从何处而来。星期五眼睛紧盯着我，以保证按照我的吩咐，看清楚我的一举一动。我打完第一轮，便把火枪扔在地上，拿起那支鸟枪。星期五也跟着扔掉火枪拿起鸟枪。他看见我扳上扳机瞄准，也跟着扳上扳机瞄准。我说：“星期五，你准备好了吗？”他说：“好了。”我说：“那就以上帝之名给我打！”说着，我又朝着那群惊慌失措的畜生打了一轮，星期五也跟着打了一轮。因为我的鸟枪里面装的都是猎枪子弹和小子弹，所以只放倒了两个，但是打伤了很多。他们绝大多数都身受重伤，浑身是血，吓得抱头鼠窜，疯了似的又嚷又叫。不一会儿，又有三个跟着栽倒下去，只不过还没有完全死掉。

我把打完子弹的鸟枪放下，把那支荷弹的火枪拿起来说：“星期五，跟我来。”星期五勇敢地跟在我身后，我带着他从树林里冲了出去，他紧跟着我。当我感觉他们看见我的时候，我就马上大声呐喊起来，并叫星期五也跟着大声呐喊。我一边喊，一边拼命向前飞奔（其实我跑得并不算特别快，因为身上的武器实在太重了），径直朝那个可怜的受害者跑过去。我之前说过，那个人躺在那群野人围坐的地方和大海之间的沙滩上。此时，刚才那两个打算宰杀他的屠夫早在听到第一轮枪响的时候就吓得把他丢在那里朝着海边逃走了。他们跳进独木舟，剩下那群人当中也有三个朝那边跑去。我回头吩咐星期五去追，并招呼他朝他们开枪。他马上就明白了我的意思，向前飞奔了大约四十码，跑到近前，朝他们开枪。我以为他把那几个人全都打死了——因为我看到他们在小船里倒成了一堆，可是我看到有两个人马上又坐了起来。尽管如此，他也打死两个，打伤一个，那个受伤的倒在舱底，看样子已经死了。

星期五朝他们开枪时，我拔出匕首，割断捆着那个可怜的受害者的菖蒲草，并给他的手脚松了绑，然后扶着他站起来，用葡萄牙语问他是什么人。他用拉丁语回答说[1]：“基督徒。”可是他太

1　拉丁语曾经是教会的官方语言，在近代早期，欧洲文化将拉丁语当作共同遗产，在缺乏现代共同语言的情况下，受过教育的欧洲人通常都用拉丁语相互交流。

我爬上一片小小的高地，这里距离他们只有八十码远，可以把他们的一举一动看得一清二楚。

虚弱了，而且头昏眼花，几乎站都站不住，也说不出话来。我从口袋里掏出那瓶酒递给他，示意他喝两口，他乖乖地喝了两口。我又递给他一片面包，他也吃了。然后，我便问他是哪国人。他说："西班牙人。"他精神稍稍恢复了一些，便尽其所能地朝我做着各种手势，表示他对我的救命之恩有多么感激涕零。我把自己会说的西班牙语统统搬了出来："先生，我们回头再说，现在打仗要紧，要是你还有力气，就拿着这把手枪和这把剑去冲杀吧。"

他感激地接过武器。武器一到他手里，就仿佛给他注入了新的活力。他像复仇之神一般，愤怒地扑向那些仇敌，一下子砍倒两个，并将他们剁成几块。事实上，这场进攻打了对方一个措手不及。那些可怜的家伙听到我们的枪声惊惧不已，被吓得瘫倒在地，根本就顾不上逃命，只能拿血肉之躯来抵抗我们的枪弹。小船上被星期五打中的那五个人就是如此。他们当中的确有三人是因中弹倒地，可是另外两个是被吓得一头栽倒的。

我手里端着那支枪，没有开火，因为我把我的手枪和剑给了那个西班牙人，要保留一支装好子弹的枪。我喊星期五跑回树林去，到我们第一次开火的地方把那些装好弹药的武器拿过来。他立即飞跑回去取了来。我把我的火枪递给他，然后坐下来把所有的枪支都装上子弹，并招呼他们如果需要用枪随时到我这里来拿。就在我装弹的时候，西班牙人和一个野人厮杀了起来。那个野人手里拿着一把大木刀（就是之前他们准备用来杀他的那种武器，要不是我阻止早把他给杀了），而西班牙人虽然身体虚弱，却极其勇猛，已经在野人的脑袋上狠狠地砍了两刀。可是野人长得五大三粗，而且十分彪悍。只见他把西班牙人扑倒在地（因为西班牙人此时非常虚弱），并用力绞他手中的剑，想夺过去。我急忙跑过去帮忙，可是别看西班牙人被压在底下，他当机立断，放开手中的剑，从腰间拔出手枪，不等我近前，就一枪打穿了那个野人的身体，结果了他的性命。

星期五趁机朝那群四散逃命的野人追去，他没拿枪，只带着那把斧头。他先举起斧头砍死了刚才那三个中弹倒地的可怜虫，然后把追得上的家伙杀了个精光。西班牙人来找我拿枪，我给了他一把鸟枪。他端着那把枪去追其中两个野人，并打伤了他们。可是他跑不动，只能眼睁睁地看着他们逃进树林。星期五追进树林，砍死一个，另一个异常敏捷，逃过星期五的追杀，不顾身受重伤，奋力跳进大海，拼命向独木舟上剩下的那两个野人游过去。二十一个人当中，只有那三人和那个生死不明的人从我们手中逃走。其余人等记述如下：

我们在树林里第一轮开枪打死的：	3人
第二轮开枪打死的：	2人
星期五打死在船上的：	2人
受伤后被砍死的：	2人
受伤后被砍死在树林里的：	1人
西班牙人杀死的：	3人
因受伤在各处毙命或被星期五追上杀死的：	4人
坐上小船逃走的（其中1人生死不明）：	4人
以上共计	21人

小船里的那几个人拼命划着船，想逃出我们的射程。星期五朝他们开了两三枪，但是我看见他一个都没打中：若是我肯用对方的小船去追击，星期五肯定会欣然从命。而我确实也对他们逃走深感忧虑，生怕他们把消息带回部落去，说不定到时候他们会带上两三百艘独木舟卷土重来，到时候对方光是靠着人数上的优势都能把我们给吞没了，所以我也同意出海去追敌。我朝其中一艘小船跑去，并招呼星期五跟上来。可是跳进小船后，我意外发现一个可怜的家伙手脚被捆着躺在里面，跟那个西班牙人一样束手待宰。他因为从头到脚都被紧紧捆着，无法抬起头来朝船舷外面看，不知道究竟发生了什么事，此时已经吓得半死，而且捆得那么紧，还捆了那么久，这会儿只剩下一口气了。

我立刻把捆着他的菖蒲草割断，想把他扶起来，可是他坐不起身，也说不了话，只可怜巴巴地呻吟着，多半是以为给他松绑是要杀他呢。

这时，星期五凑了过来，我便吩咐他告诉那个可怜的野人，他已经得救了，并把酒瓶掏出来，叫他给那个可怜的野人喝两口。那个野人喝了酒，又听到自己获救的消息，便振作起来，在小船里坐起身来。可是，星期五听到他说话的声音，又细看了他的脸，立刻扑上去又是吻又是抱，又是哭又是笑，又是叫又是蹦，又是跳又是唱，接着又大哭起来，绞着两只手，捶打自己的脸和脑袋，接着又唱又跳，活像发了疯似的，那副样子不管谁看了都会感动得流下眼泪。过了好半天，我才让他稍稍平静下来，告诉我究竟怎么回事，不料那人竟然是他的父亲。

这可怜的野人看见自己的父亲，看见父亲死里逃生后，不由欣喜若狂，流露出极其浓烈的孺慕之情，我看到之后内心的感动实在难以言表。不止如此，他们父子重逢后他发自深情的种种夸张的行为，我连其一半都描述不出来。只见他一会儿跳上小船，一会儿又跳下来，上上下下不知跑了多少趟。每次上船后他都会在父亲身旁坐下，张开双臂，把父亲的脑袋抱在胸前，一抱就是半个小时，然后捧起父亲被捆得麻木僵硬的手臂和脚踝不停地揉搓。我见此情景，便从酒瓶里倒出一些朗姆酒给他，叫他用酒去搓，效果果然非常好。

这么一来，我们就没能再去追那艘独木舟上的那几个野人，此时他们已经划出很远，几乎看不见踪影了。其实没有去追反而是我们的运气，因为不到两个小时，海上便刮起了大风，而那些野人估计才走了四分之一的路。风刮得非常猛烈，整整刮了一夜，而且是西北风，对他们来说正是逆风，我推测他们的小船就算不出事也到不了自己的海岸。

不过还是回过头来说星期五吧。此时他正围着父亲忙得不可开交，我都不忍心把他叫走。等觉得他可以离开一会儿的时候我才喊他过来。他跳着笑着跑过来，高兴到了极点。我问他有没有给他父亲面包吃。他摇摇头说："没有，丑家伙自己吃光了。"于是我从自己特意带来的小袋子里掏出一块面包递给他，还给他倒了点儿酒让他喝，可是他连尝都不肯尝，全部拿去给了他父亲。我口袋里还有两三串葡萄干，便给了他一把让他给父亲吃。他刚把葡萄干递给父亲，我就看到他跳出小船，像中了邪似的飞奔而去，而且跑得那么快（我从来没见过跑得那么快的人），仿佛一瞬间就不见了踪影。我在后面又喊又叫，可他还是头也不回地跑走了。不到一刻钟的工夫，我看到他又跑回来了，只不过速度没有刚才跑走的时候那么快。等他靠近后我才发现，他之所以没刚才那么快，是因为手里拿着东西。

等他来到跟前我才发现，原来他跑回家去拿了一只瓦罐，给他父亲取了一些清水，还带来两块面包。他把面包给我，不过清水是给他父亲取的。正好我也很口渴，便喝了一点儿。他父亲喝了水之后精神好多了，比我给他喝的那些酒效果更好，因为他是渴得快要昏过去了。

等他父亲喝过水，我大声问他罐子里还有没有水。他说："有。"我便吩咐他给那个可怜的西班牙人也喝点儿，因为那个西班牙人和他父亲一样渴得厉害。我把星期五带来的面包拿出一片，让星期五给他吃。他现在非常虚弱，正躺在草地上一棵大树底下休息。他的四肢也因为被捆得太紧又僵又肿。他看到星期五拿着水朝他走去，便坐起来喝了几口水，又拿过面包开始吃。我看到后走到他跟前，给了他一把葡萄干。他抬起头来望着我的脸，流露出非常感激的神情。可他实在太虚弱了，尽管刚才打斗的时候拼尽了全力，现在却站都站不起来了。他脚踝实在肿痛得厉害，一连尝试了两三次都没能站起来。我叫他坐着别动，并吩咐星期五就像给他父亲揉搓手脚那样，用朗姆酒替他揉搓脚踝。

我发现，那个孝顺而可怜的家伙在这边每两分钟（甚至还不到两分钟）就扭头去看，看他父亲是不是还以同样的姿势坐在原来的地方。最后，他发现父亲不见了，立刻跳了起来，一句话都没说就飞也似的朝他父亲跑去，你简直都看不到他脚沾地。他过去一看，原来他父亲只是为了舒展一下手脚而躺下了，才又跑回我跟前。见此情形，我便对那个西班牙人说，要是可以，就让星期五把他扶上小船，然后带他回我们的住处，由我来照顾他。可是星期五那个力大如牛的家伙二话不说就把他扛了起来，背到小船跟前，脚朝里轻轻地放到船舷边上，又把他抱起来往里挪，让他挨着自己的父亲躺好。然后，他走出船舱，把小船推到水里，沿着岸边向前划。尽管风很大，但他划得比我在陆地上走得还快。他把他们两人安全送入我们那条小河，然后把他们留在河里，自己去取另一条独木舟。我在半路上碰到他，便问他到哪儿去，他告诉我："再去取小船。"说完便像一阵风似的跑走了，比任何一个人或者一匹马跑得都要快。我刚走到小河边，他就把另一条独木舟划进了小河。他先把我渡过小河，然后又把我们的新客人扶下船。可是那两个人都走不动，可怜的星期五也不知道该怎么办了。

为了解决这个问题，我只好开动脑筋想办法。我把星期五叫过来，并吩咐那两个人先坐在岸边等着。不一会儿，我便做出了一副类似于担架的东西让他们躺在上面，然后和星期五一前一后抬着他们往前走。可是，来到围墙外面后，我们比刚才更为难了，因为不可能把他们抬过墙去，而我又决计不肯拆毁围墙。于是，我又开始动手干活，和星期五花了不到两个小时的时间搭了一顶很气派的帐篷。帐篷顶上盖着旧帆布，帆布上又铺了树枝，就搭在我们的外墙和我种的那片幼林中间的空地上。我们还用松软的稻草给他们做了两张床，上面各铺一条毯子当褥子，再加一条毯子做盖被。

现在我的岛上有了居民，我觉得自己有了不少百姓。我时常开心地想自己多么像个国王。首先，整个岛屿都是完全属于我的财产，所以我拥有无可置疑的统治权。其次，我的臣民对我绝对服从，我是全权统治者和赐律者。他们的性命都是我救下的，倘若有必要，他们都愿意为我献出生命。此外，值得注意的是，我们虽然有三个臣民，却分属三种不同的宗教。星期五是新教徒，他的父亲是异教徒、是食人族，西班牙人却是天主教徒。可是，我的领地内允许信仰自由。不过这是题外话了。

我把两个身体虚弱的俘虏救回去，给他们安排好容身之所和休息的地方，便打算弄点儿东西给他们吃。我先吩咐星期五从我自己的羊群里抓一只不大不小的山羊来杀了吃。我把山羊后半截的半边剁成小块，然后让星期五加水清炖，又往里面放了大麦和大米，给他们做了一锅味道鲜美的羊肉糊汤。我从来不在内墙里面生火做饭，所以这顿饭是露天做的。做好之后，我干脆把它端进那顶新帐篷，并在那里给他们摆了一张桌子，然后坐下来跟他们一起用餐。我一边吃，一边竭尽所能安慰、鼓励他们。星期五就翻译给他父亲听，其实也翻译给西班牙人听，因为他已经把那些野人的话说得相当不错了。

我们用过餐（倒不如说是吃过晚饭），我便吩咐星期五乘其中一只独木舟去把我们由于时间仓促留在战场上的那些火枪和武器运回来。第二天，我又吩咐他去把那些野人的尸体埋掉，不然暴露在太阳下用不了多久就会发臭。此外，我还吩咐他把那场人肉宴留下的那些可怕的残骨剩肉掩埋掉。我知道有不少残留物，但实在无法想象自己动手去埋，别说埋了，就算路过的时候看一眼都会受不了。星期五很快就完成了所有的任务，还把那些野人曾经出现在那里的痕迹都抹得一干二净，以至于我后来再去的时候，要不是那片树林的那个角指向那个地方，简直都认不出是在哪里了。

接着，我和我的两位新臣民开展了一次简短的谈话。我先叫星期五去问他父亲对那几个乘独木舟逃走的野人有什么看法，依他看，他们会不会带上多到我们无法抵抗的人卷土重来。他最先想到的是，那些野人肯定逃不过那场刮了一夜的狂风，不是淹死就是被刮到南方其他海岸去了。要是被刮到那些地方，他们必定会被吃掉，正如万一小船出事，他们必定会被淹死一样。至于他们要是平安上岸后会怎么做，他就不知道了。不过他认为，那些人被突如其来的袭击和枪声、火光吓得半死，多半会告诉部落里的人，他们是被霹雳和闪电杀死的，而不是被凡人打死的。而那两个人（也就是我和星期五）是从天上下凡来消灭他们的天神或者复仇之神，而不是携带武器的凡人。他说他之所以知道这点，是因为亲耳听到他们用自己的土话大喊大叫着对彼此这么说。他们无法想象凡人能像那样喷火、放霹雳，能站在远处连手都不抬就把人杀死。那个老野人果然说得不错，因为我发现那些野人自此之后再也没有试图到这座岛上来，他们被那四个人（看来他们的确从海上逃出，留住了性命）所描述的情形吓坏了，以至于认为不管谁到这座魔岛上来，都会被天神烧死。

可我对此毫不知情，所以很长一段时间里都过得提心吊胆的，率领我的部队枕戈待旦。我们现在有四个人，就算对方来一百号人，我都敢随时在平坦开阔的空地上跟他们干一仗。然而，过了一些时候，再没有独木舟出现，我对野人来袭的忧惧渐渐消失了，便又打起了乘船到那片大陆上去的念头。况且星期五的父亲一再向我保证，只要我肯去，他们部落的人看在他的面子上也绝对会善待我。

可是，在和那个西班牙人郑重其事地谈过之后，我又暂时打消了这个念头。听他说，一共有十六个西班牙人和葡萄牙人在遭遇海难后逃到了那边，他们的确和那些野人相处得不错，但是那里生活必需品实在太匮乏了，连维持生计都成问题。我向他询问他们那次航程的详细情况后发现，他们乘的是一艘从拉普拉塔河开往哈瓦那的西班牙人的轮船，本打算在哈瓦那卸货（船上主要装的是毛皮和银子），碰到欧洲需要的货物就带回去。船上有五个葡萄牙水手，是从另一艘遇难的船上救下来的。第一艘船遇难的时候淹死了五个西班牙人，其余那些人逃过重重危险才抵达野人的海岸，当时大家都快饿死了，而且无时无刻不在担心被吃掉。

他告诉我，他们本来随身带了一些武器，但是毫无用处，因为既没有火药，又没有子弹，海水把他们所有的火药都浸坏了，只剩下一点点，在他们刚上岸的时候全用来猎食了。

我问他，他认为那些人以后会怎么样，以前有没有摆脱现状的打算。他说，这事儿他们商量过很多次，但是鉴于既没有船又没有造船的工具，也没有任何粮食，商量到最后总是以眼泪和失望收场。

我又问他，他认为他们会不会接受我提出的逃生方案，要是让他们全都到这里来，这件事是否有可能实现。我非常坦率地告诉他，我最担心的是，倘若我把自己的性命交到他们手中，他们会忘恩负义。因为感恩并不是人类天性的固有美德，而且人类并不总是根据自己所受的恩惠做出反应的，更多情况下，是根据他们所期望获得的利益而做出反应的。我告诉他，倘若我帮助他们逃离险境，结果他们反而把我抓起来送到新西班牙，那就太不公平了。英国人到了那里肯定会受到迫害，不管是出于不得已的原因，还是意外流落到那里。我告诉他，我宁可被送到那些野人那里，被他们活活吃掉，也不愿意落到那些教士的魔爪中，被送到异端裁判所[1]。我补充道，假如不会出现这种情形，我相信，要是他们都到这里来，我们有了那么多人手，说不定可以建造一艘足够把所有人都载上的大船，然后朝南开往巴西，或者往北开往西班牙海岸。但是，要是我把武器分给他们，他们却恩将仇报，把我劫持到他们同胞那里，那我的好意反而会害了自己，而且会把自己的处境弄得更糟糕。

他极其诚恳而坦率地回答说，那些人当前的处境如此悲惨，他们对此感受如此之深，他相信他们绝不会对任何帮助他们脱离困境的人产生忘恩负义的念头。他说，要是我愿意，他可以跟那个老人一起去跟他们谈谈这件事，然后把他们的答复带回来给我。他会跟他们商量好条件，叫他们郑重起誓绝对服从我的领导，把我当统帅和船长。他还说，他会让他们以圣礼和《福音》宣誓效忠于我，我想到哪个基督教国家去，就二话不说跟我到哪个基督教国家去，并且绝对服从我的命令，直到在我预期的地方平安登陆为止。他说，他一定会把他们亲手签订的盟约带回来。

接着他告诉我，他愿意率先向我宣誓，除非我下令让他离开，否则他一辈子都不离开我左右。他还说，假如他的同胞中当真出现丝毫背信弃义的行为，他一定会站在我这边，直到流尽最后一滴血。

他告诉我，他们都是非常文明、非常正直的人，现在身陷最严重的困境，没有武器，没有衣服，也没有食物，命运完全掌握在那些野人的手中，没有一丝重返故乡的希望。他敢保证，要是我肯救他们脱离苦海，他们一定会跟随我出生入死。

1　异端裁判所：又译宗教法庭。13世纪20年代时教皇格雷哥里十三世创立的，13—19世纪基督教会侦查和审判异端的机构。针对一切反教会的异端、有异端思想的人。

听了他这番保证，我决定，如有可能便冒险搭救他们，并决定派那个老野人和那个西班牙人先去跟他们交涉。不过，一切就绪后，那个西班牙人自己突然提出了反对意见。他的意见不仅体现出他有多么谨慎，也体现出他有多么真挚，让我感到极其满意。我听了他的建议之后，把搭救他同伴的计划推迟了至少半年。情况是这样的：

现在那个西班牙人跟我们在一起已经有个把月了。在这个把月里，我给他看我是怎样在上帝的保佑下维持生计的。同时，他也清清楚楚地看到我的粮食储备有多少。这些我自己吃当然绰绰有余，但是现在家族成员已经增加到了四口，吃就不太够了，至少得厉行节约才行。要是他的同胞过来（据他说，现在还有十六个人活着）就更不够了，更不用说供给全船的人吃了——假如我们要造一艘船，航行到美洲任意一个基督教殖民地去。

因此，他告诉我，他认为比较可取的办法是让他和星期五父子俩再开垦一些土地，把我能省下来的粮食全部播种下去，然后等到下一个收获季节再说，到时候他的同胞们来了可能已经有足够的粮食给他们吃了，因为物资匮乏可能会导致发生龃龉，或者让他们觉得自己并没有获救，而是从一个火坑跳进了另一个火坑。他说，“你知道的，以色列后裔刚刚逃出非洲的时候非常开心，可是在荒野里没有东西吃的时候，他们甚至反叛拯救了自己的上帝”[1]。

他的劝告如此及时，他的建议如此合理，以至于我对他的提议再满意不过了，对他的忠诚也甚感欣慰。于是我们四个人一

1　见《旧约·出埃及记》16:12。

起动手，尽量发挥那些木头工具的效能去掘地。不到一个月的工夫，我们就赶在播种季节前夕开垦、修整了一大片土地，足够种二十二蒲式耳大麦和十六罐稻谷，一句话，足够播下我们所能省下来的全部种子。其实留下的大麦都不够我们自己六个月吃的，到那时候庄稼才会成熟。这个时间是从我们把种子留存起来等着播种开始算的，在这个地方，从播种到收获用不了六个月时间。

现在有了足够的同伴，人数也够多，就算那些野人再来也不必害怕了，除非对方来的人数特别多。所以，只要有机会，我们就会随意在整座岛上转悠。因为我们一心想着逃离这里，所以（至少我）脑子里无时无刻不在想办法。为此，我在几棵我认为适于造船的大树上做了记号，然后派星期五父子去把它们砍倒。我把自己对这件事的打算告诉了西班牙人，并吩咐他去监督、指导父子俩的工作。我给他们瞧我以前花了多大劲才把大树削成木板，然后叫他们也照做。他们用橡树做了一打很大的木板，每块都有2英尺宽、35英尺长、2到4英寸厚。可想而知，这项工作耗费了多少艰巨的劳动。

同时，我想方设法让自己那个小羊群尽可能壮大起来。为此，我和西班牙人轮流跟星期五出去捉小羊，足足捉了二十只，和原有的羊一起圈养起来。我们每次开枪把母羊打死之后，都把小羊留下来送到羊圈去。不过，尤为重要的是，晒制葡萄干的季节到了，我叫大家采摘了大量的葡萄挂起来晒制，我相信，要是在盛产葡萄干的阿利坎特，我们这次晒的葡萄干可以装七八十桶。葡萄干加面包是我们主要的食物。而且，我向你保证，它还大大改善了我们的生活条件，因为其营养价值非常高。

收获的季节到了，我们的产量还不错，虽然算不上我在岛上见过的最大产量，但也足够养活我们了。因为大麦种下去二十蒲式耳，收进来足有两百二十多蒲式耳；稻谷的种收比例也差不多。就算那十六个西班牙人全部到我这边来，这些粮食也足够吃到下个收获季节了。或者，如果我们准备去出海，也足够我们整船人一直吃到抵达世界的任何地方，我是说，到美洲的任何地方。

把粮食收进来放好之后，我们开始动手编制更多的藤制品，也就是存放粮食的大筐子。西班牙人干这种活十分得心应手，还总是怪我不多编一些此类物件以做防御之用，不过我看不出有什么必要。

现在，既然有了足够的粮食供给我预期的客人，我便决定派西班牙人去那片大陆上走一趟，看看对留在那边的人能做些什么。我给他下了一道严格的书面命令，告诉他不要随便带任何人过来，除非此人先当着他和那个老野人的面宣誓，永远不会伤害或攻击其在岛上看到的那个人（他好心派人去接他们是为了救他们出苦海的），而且遇到类似这种企图的时候必须和那个人站在一起保护他。这些条件必须写下来，并由他们亲笔签名。他们既没有笔又没有墨水，我们怎么才能让他们写下签名，这个问题其实我们从来都没问过。

接到这些指示，西班牙人和星期五的父亲就乘着来的时候（倒不如说是被那些野人当作准备吃掉的俘虏押着来的时候）乘坐的一艘独木舟出发了。

我给他们每人发了一支燧石火枪，又给了他们八份弹药，吩咐他们要省着用，不到紧急关头不要开枪。

这是一件令人振奋的工作，因为这是二十七年来我为了摆脱困境迈出的第一步。我给他们装了很多面包和葡萄干，足够他们吃上很多天，也够他们所有的同伴吃上七八天。于是，我祝他们一路平安，送他们出发，并跟他们约好返程时悬挂的信号。等他们回来的时候，不等靠岸，我就能通过那个信号老远把他们认出来。

他们出发的时候风很大，据我估计，那天应该是十月里月圆的日子，至于具体是哪天，自从我把日历记错之后就再也弄不清楚了。我甚至连年份有没有记错都不是很有把握，不过后来我检查自己的记录时，发现年份倒没有记错。

我等他们刚刚等到第八天，突然发生了一桩又离奇又意外的事，这样的事或许是有史以来闻所未闻的奇事。一天早晨，我在茅舍里睡得正香，星期五忽然冲了进来，还大声嚷嚷着：“主人，主人，他们来了，他们来了！”

我立刻从床上跳起来，顾不上考虑有没有危险，披上衣服就穿过小树林（现在已经长成一片密林了）跑了出去。我是说，我顾不上考虑有没有危险，连武器都没带，这实在有悖于我惯常的做法。不过我放眼向海上望去的时候大吃了一惊。只见一里格半开外有一艘小船正朝着岸上驶来，船上挂着大家称之为羊肩帆的东西，而且此时风势很猛，正把他们朝岸上推。此外我还发现，他们不是从那片大陆的方向驶来的，而是从小岛南端驶来的。见此情景，我把星期五叫到跟前，让他赶紧藏好，因为那些不是我们期待的人，现在我们连对方是敌是友都不知道。

接着，我进去把望远镜拿出来，想看看他们究竟是什么人。我像以往感到担忧的时候那样，搬出梯子，爬到山顶上，以便在不被发现的情况下看得更清楚。

我刚爬上山顶，就清清楚楚地看见一艘轮船泊在东南偏南的方向，距离我所在的地方大约有两里格半。我一眼就看出那是一艘英国轮船，而那条小船看样子也是一条英国长艇。

我简直无法描述自己的心情有多混乱。尽管看到一艘轮船，且有理由相信船上是自己的同胞（因而算是朋友），我的欢喜难以描述，但是我心中依然有一种隐隐的不知道打哪儿来的疑虑，使我心存戒备。我最先想到的是，一艘英国轮船跑到这里来干什么？英国人不管跑到世界的哪个地方做贸易，都不会经过这里。而且我知道最近并没有暴风，他们也不是被风刮过来的，所以也不是遇险。倘若他们真是英国人，那很有可能是出于不良意图才到这里来的。与其落到盗贼和杀人犯手里，我还不如照现在这样过下去。

有时候，人们会感受到某种隐隐的暗示或警告，让他们察觉到危险，但是多半人又认为不可能出现这种事。对于这种暗示和警告，任何人都不应当掉以轻心。我相信，只要对此稍加留意，很少会有人感受不到这种暗示和警告。而且，毋庸置疑，它们来自看不见的世界，是一种精神的交流。如果它们倾向于警告我们注意危险，那我们何不将其看作来自某种友好的主体（至于这一主体是至高无上的还是低等的倒无关紧要），是为了我们好才让我们感受到呢？

当前的问题充分向我证明了这种观点的正确性。要不是我出于这种神秘的警告（不管它来自何方）而分外小心，必定会完蛋，而且会陷入比以前糟糕得多的困境，你马上就会明白我为什么这么说了。

我在山上看了没多久，就见那只小船朝岸边驶来。他们好像在寻找可以开进来的小河，以便登陆。不过他们沿着海岸走得不够远，没看到我以前卸木筏的那个小河湾，只是把船开到离我半英里左右的海滩上靠了岸，这对我来说真是太好了——否则的话，他们就会在我家门口左近上岸，把我赶出城堡，说不定还会把我所有的东西劫掠一空。

等他们上了岸，我就彻底确定了他们都是英国人，至少绝大部分是。其中有一两个我以为是荷兰人，不过后来证明并不是。他们一共有十一个人，我发现其中三个没有带武器，而且我感觉是被捆起来了。靠岸后，四五个人先押着那三个人跳上岸。我能看到其中一个俘虏做出种种恳求、痛苦和绝望的姿势，十分激动，动作甚至有几分过火。我看到另外两个人时不时举起手来，也是一副忧心忡忡的样子，只不过不像第一个人那么激动而已。

看到这副情景，我简直觉得莫名其妙，不知道这是什么意思。星期五用蹩脚的英语对我嚷嚷起来："噢，主人！你看英国人跟野人们一样，也吃俘虏。"我说："嘿，星期五，你觉得他们是要把这几个人吃掉吗？"星期五说："是啊，他们会吃掉他们。"我说："不，不！星期五，恐怕他们真的会杀掉他们，但是我敢担保肯定不会吃掉他们。"

这期间，我完全不明白这究竟是怎么回事，只是站在那里对着那副可怕的情形浑身发抖，感觉那三个俘虏随时会被杀掉。我甚至一度看到有个恶棍举起一把水手们称为大刀的那种剑，向其中一个可怜的家伙砍去。我感觉他随时会倒下去，这让我浑身的血都在发冷。

此时我打心眼里希望那个西班牙人和那个老野人还在这里，希望能有什么办法神不知鬼不觉地靠近他们，将他们置于我的射程之内，说不定能把那三个人救出来，因为我看到那伙人并没有带枪械。不过后来我从其他途径想出了办法。

我看见那伙蛮横的水手将那三人暴打一顿之后，便在岛上散开了，仿佛想去看看这个地方的情形。我发现那三人行动也很自由，可以随便走，可他们却心事重重地坐在地上，一副走投无路的样子。这让我想起自己最初上岸后举目四望的情形，当时怎样迷茫而绝望，怎样惶惶然地四处张望，怎样提心吊胆，怎样为了怕被野兽吃掉在树上睡了一整夜。

那天夜晚我并不知道，上天会通过风暴和潮水将那艘轮船推到靠近陆地的地方，从而给我带来各种物资补给，后来我正是靠那些物资才活到如今。同样，那三个可怜而绝望的人也不知道他们肯定会获得救助和补给，不知道救助和补给就在眼前，不知道就在他们感觉走投无路的时候其实正处于安全无虞的境地。

在这个世界上，我们所能看到的那么少，而且有那么充分的理由欣然信赖伟大的造物主，相信他决不会让自己创造的生灵陷入走投无路的绝境，哪怕在最恶劣的环境中也有值得人们感恩的地方，有时候救助来得比他们预料得快得多。不仅如此，甚至于他们获救的途径正是貌似要将他们摧毁的方式。

那些人上岸的时候正是潮汐涨得最高的时候。他们先站在那里跟带来的俘虏谈判，又在岛上四处闲逛，想看看究竟到了什么样的地方，结果不小心错过了潮汛，潮水已经退出了老远，将他们的小船搁浅在了沙滩上。

小船里本来留了两个人，据我后来了解，那两个人白兰地喝多了，早就睡着了。不过其中一个醒得比较早，他发现小船搁浅了，推也推不动，便大声招呼那些七零八落在岸上闲逛的人。那些人马上跑到小船跟前去帮忙，可是小船太重了，那片海岸又是松软的泥沙，简直就像流沙，他们使出浑身力气也无法把船推下水去。

见此情景，他们便像地道的水手那样（水手大约是全人类中最顾头不顾尾的家伙了），干脆丢开手，又去岛上闲逛了。我听到其中一个人大声招呼其他人离开小船。“我说，杰克，你就不能别去管它吗？再涨潮就浮起来了。”听了这几句话，我完全确定他们是哪国人了。

在此期间，我一直把自己隐蔽得非常严密，除了山顶附近瞭望的地方，我一步都不敢到城堡外面去。想到它有多么坚固，我就深感庆幸。我知道，那艘小船至少还要十个小时才会再次浮起来。到时候天都要黑了，说不定更方便我观察他们的一举一动，偷听他们说话。

与此同时，我像以往那样做好了战斗准备，只不过这次更加小心，因为我知道这次要对付的敌人跟以往完全不同。我吩咐星期五把自己武装起来——现在他已经成了一个非常高明的射手。我自己带了两支鸟枪，给了他三支火枪。我的样子真是杀气腾腾：身披羊皮袄，头戴（之前说过的那顶）大帽子，腰间别着一把没有鞘的剑，皮带上插着两把手枪，两边肩膀各背一支枪。

上面我说了，我本来不打算在天黑之前采取任何行动，可是到了下午两点钟，天气正热的时候，我看到他们全都三三两两地跑进树林，我估计是去睡觉了。那三个可怜而忧伤的人极其担心自己的处境，根本睡不着。他们坐在一棵大树下，离我大约四分之一英里远，我估计其他那些人看不见他们。

看到这种情况，我决定走过去了解一下他们的情况。我马上向他们走过去。我上面说了，我的样子狰狞可怕；我的仆人星期五远远地跟在我后面，也是全副武装，跟我一样可怕，但比我稍好一些，不像我那样，像个怪物。

我尽可能悄悄朝他们走去，不等他们看见我，就用西班牙语朝他们喊道："诸位先生，你们是什么人？"

他们听见喊声吃了一惊，但是看到我古里古怪的打扮，比刚才惊恐了十倍有余。他们一句话都没说，不过我发觉他们好像要逃走，便用英语对他们说："先生们，不要怕我，说不定眼前的人是你们料想不到的朋友哩。""他一定是上天派来的，"有个人一边向我脱帽致敬，一边严肃地对我说，"因为我们的处境凡人爱莫能助。""所有的救助都来自上天，先生。"我说，"不过，你们肯让陌生人帮助你们吗？因为看情形你们好像遇到了大麻烦。你们上岸的时候我就看到了，我还看见你们向一同前来的那些暴徒求情时，有个人挥刀想杀掉你们呢。"

那个可怜的人泪流满面，浑身发抖，看样子吓坏了。他回答说："我是在对上帝说话，还是在跟凡人说话？你是人还是天使？""别害怕，先生。"我说，"要是上帝派天使来救你们，那天使肯定比我穿得好，武器装备肯定也跟我不一样。不要害怕，你瞧，我是个人，是个英国人，是特意来救你们的。我只有一个仆人，我们有枪械和弹药。请只管告诉我们，我们能否为你们效劳？——你们遇到什么情况了？"

他说："先生，我们的情况说来话长，而想杀我们的人又近在咫尺，就长话短说吧，先生，我是那艘船的船长，我的手下造了反。他们好不容易才答应不杀我，而是把我和这两个人一起丢到这个荒无人烟的地方。这两个人一个是我的大副，一个是旅客。我们还以为这下没命了，因为我们相信这个地方没有人住，还不

他们听见喊声吃了一惊，但是看到我古里古怪的打扮，比刚才惊恐了十倍有余。

知道该如何是好呢！”

我说：“你们的敌人——那些暴徒在哪儿？知道他们到哪儿去了吗？”“他们在那边躺着呢，先生。”他指着一片小树林说，“现在我心里直发抖，生怕他们看到我们，或者听到我们说话。要是被他们看到或者听到，他们肯定会把我们全都杀掉。”

我问：“他们有火器吗？”他说他们只有两支枪，一支留在船上了。我说：“那好，其余的事就交给我吧。我看到他们全都睡着了，把他们统统杀掉很容易。不过，活捉是不是更好？”他告诉我，那些人当中有两个恶棍是亡命之徒，饶了他们的命会很危险。不过，他相信，只要把那两个人杀了，其他的人都会老实下来。我问他是哪两个。他说距离太远了，看不清楚，不过他会听我的命令行事。我说：“嗯，那咱们走远一些，别让他们看见或听见，省得他们醒过来。其他的事咱们再商量。”于是他们欣然跟着我往回走，一直走到树林完全遮住我们的身影。

我说：“是这样，先生，要是我冒险搭救你们，你们愿意答应我两个条件吗？”船长预料到我要提什么要求，便告诉我，不管是他本人还是他的船（要是能夺回来），都会完全听命于我。要是能把船夺回来，他愿意为我上刀山下火海，死生相随。另外那两个人也这么说。

我说：“嗯，我只有两个条件。第一，你们留在这座岛上期间，不得侵犯我在这里的任何权利。倘若我发给你们武器，任何时候我跟你们索要都必须马上交还给我。在这座岛上，不得伤害我和我的手下，同时，必须听从我的命令。第二，假如能把那艘船夺回来，你们要把我和我的手下免费送回英国。”

他向我许下种种能想得到、信得过的承诺，保证会遵守这些最合情合理的要求，同时还要感谢我的救命之恩，而且将会终生报答我。

我说："那好，这三支火枪你们拿着，还有火药和子弹。告诉我，你们觉得接下去该怎么办。"他感激涕零，说要完全听从我的指挥。我告诉他，我认为现在冒险去做什么事都很棘手，最好的办法就是趁他们睡着的时候即刻朝他们开火。第一轮开枪之后没有被打死且愿意投降的，我们可以饶了他们的命，谁被射杀完全由上帝决定。

他非常谦恭地说，如果可以，他真是不想杀死他们，但是那两个人是无可救药的坏蛋，是那艘船暴动的罪魁祸首，如果让他们跑掉，我们还是会完蛋。因为他们会回船上去，把整船人都叫来，把我们全部杀死。我说："这么说，我这建议也算是正当合理，出于万不得已了，因为这是我们自救的唯一途径。"不过，我发现他对杀人流血的问题还是持非常谨慎的态度，便对他说，他们应该自己去处理，感觉怎么省事就怎么做。

我们正说着话，就听见他们中间有人醒了，而且很快看见两个人站了起来。我问他，这两人当中有没有他刚才说的叛逆头子。他说没有。我说："那好吧，你可以让他们逃走，上天似乎有意叫醒他们逃命呢。不过，要是剩下的人跑了，那就全怪你了。"

听了这番话，他精神一振，拿起我给他的那支火枪，又把一把手枪别在腰带上，便带上那两个同伴（每人手里都拿着一把枪）出发了。那两人走在前面，弄出了一点儿声响，醒来的两个水手中有一个听见响动转过身来，看见他们走过去，就大声去叫其他的人。可是已经太晚了，因为他刚一叫出声，他们就开了火——我是说那两个同伴，船长很乖觉地没有开枪。他们都瞄得很准，当即就打死一个，另一个也受了重伤，但还没有死，他跳起来，忙不迭去向其他人呼救，可是船长朝他走过去，告诉他现在呼救为时已晚，他应该求上帝饶恕他的罪行，说着，一枪托把他打倒在地，叫他再也开不了口。和那两个水手在一起的还有三个人，其中一个也受了轻伤。这时，我也走了过去，他们看见危险临头，知道抵抗也是徒劳，便告起饶来。船长告诉他们，他可以饶了他们的命，只要他们向他保证对自己的叛逆罪行深感痛悔，并发誓在夺回轮船时和返回牙买加途中（他们是从牙买加来的）效忠于他。他们竭力向船长表达着自己的诚意，船长也愿意相信他们，饶了他们的命。这点我并不反对，只是要求他，在他们留在岛上期间把他们的手脚绑起来。

同时，我还派星期五和船长的那个大副一起到小船上去，吩咐他们把船安置好，把桨和帆也都拿下来，他们都一一照办了。不一会儿，三个离群到别处去溜达的人（算他们运气好）听到枪声回来了，他们看见船长从俘虏变成了征服者，也就俯首就缚了，这么一来，我们就算大获全胜了。

现在我和船长才想起来应该打听一下彼此的情况。我先开口，把自己的经历一五一十讲给他听。他听得非常认真，甚至带着几分讶异，特别是在我讲到自己通过神奇的方法弄到粮食和军火的时候。的确，我的故事充满了奇迹，深深打动了他。可是，当他由我的故事想到自己的时候，想到我似乎是为了救他的命才在这里活了下来的时候，不禁泪流满面，一句话都说不出来了。

聊完之后，我便带着他和他的两个手下到我的住所去。我领着他们从我之前出来的地方——也就是屋顶上爬进去，给他们吃了一些自己常备的东西，并指给他们看我多年来住在这个地方造出的种种设施。

不管是我指给他们看的，还是对他们说的，无一不令他们啧啧称奇。不过船长最欣赏的还是我的防御工事，赞赏我用一片树林把自己的住宅遮蔽起来。那片树林栽下去有二十年了，由于这一带树木长得比英国快得多，现在已经成了一片小小的森林，森林极其浓密，除了我预留的那条弯弯曲曲的小路，从哪边都进不来。我告诉他，这是我的城堡，也是我的住处。不过，我跟大部分王公贵族一样，在乡间还有个村舍，有什么情况就可以退避到那里去。有时间我会带他去看看，不过当前我们的任务是考虑如何夺回那艘轮船。他同意我的意见，但是他说他实在想不出什么办法，因为那艘船上还有二十六个人。那些人参与了阴谋叛变，在法律上已经犯了死罪，现在走投无路，必然会横下心来，一不做二不休干到底，因为他们知道，要是被打败，一到英国或者英国的任何殖民地，他们就会被送上绞架。因此，光靠我们这几个人，是无法向他们发起进攻的。

听了他的话，我思索了一会儿，发现他的推断很有道理，而且觉得必须迅速做出决断，既要阻止他们上岸来攻打我们，又要设法把那些人引上岸来，设下陷阱打他们个措手不及。此时我突然想到，再过一会儿，轮船上的船员们就会奇怪他们的伙伴和小船出了什么事，必定会乘另一艘小船上岸来找他们，说不定到时候他们会带着武器前来，实力强大到我们根本打不过。他听了之后深以为然。

接着，我告诉他，我们首先应该把搁浅在沙滩的小船的船底凿穿，这样他们就不能把那艘船划走了，还要把船上的东西全部拿下来，让小船下不了水。于是，我们一起上了小船，把留在船上的武器拿走，把找到的其他东西也统统拿走，其中有一瓶白兰地和一瓶朗姆酒，还有几块饼干、一角火药和一大块用帆布包起来的糖，有五六磅重。这些东西我真是求之不得，特别是白兰地和糖，我早都吃光好多年了。

我们把那些东西（上面说过，船上的桨、桅杆、帆和舵之前已经拿走了）统统搬上岸，然后在船底凿了个大洞，这么一来，就算他们有足够的实力战胜我们，也无法把小船划走。

其实，我倒不怎么认为我们能把轮船给夺回来。我想的是，只要他们不把小船弄走，我就有把握把它修好，然后坐上小船到利华群岛去，顺道拜访我们那些西班牙朋友，因为我心里还惦记着他们。我们立刻着手按照原定方案做准备：先是花大力气把小船推上海滩高处，确保涨潮的时候不会随水漂走，然后在船底凿了个一时半会儿堵不上的大洞。做完后，我们坐在地上寻思接下来该做什么，就在这时，我们听到轮船上放了一枪，还看到有人摇动旗帜，发信号叫小船回去。可是小船没动，他们便又开了几枪，对小船发着信号。最后，他们见发信号和打枪都没用，小船还是没有动静（我们从望远镜里看到），便把另一艘小船放下水，朝岸边划来。随着他们靠近，我们发现船上至少有十个人，而且带着火器。

那艘轮船泊在离岸边不过两里格的地方，所以他们划着小船过来的时候我们全能看见，连他们的脸都看得一清二楚。潮水将他们冲到第一艘小船偏东一点儿的地方去了，他们便又沿着海岸朝西边划，直奔第一艘小船靠岸和停泊的地方。

我是说，因此我们能清清楚楚地看到他们，而且船长也说得上来小船上都是谁，每个人性格品行如何。他说，船上有三个老实人，他敢断定他们是迫不得已才参加这次谋反的，因为他们势单力薄，又被吓坏了。不过那个水手长（似乎是他们的头儿）和其他几个都是跟那些船员一样心狠手辣的家伙。既然谋反了，就毫无疑问会一条道走到黑。船长非常担心他们实力太强，我们打不过。

我笑着对他说，处于我们这种境况的人，早就把恐惧置之度外了。反正几乎每种处境都比我们理当陷入的处境强。我们应该想着，不管是死是活，哪种结果对我们而言都是一种解脱。我问他觉得我目前的境况如何，值不值为了寻求解脱而去冒险。我说："先生，你刚才还相信我之所以会在这里活下去是为了救你们的性命，还为此稍稍振作了一些，你的信念到哪里去了？对我来说，似乎只有一件事不太顺当。"他说："什么事？"我说："嘿，就像你刚才说的那样，他们中间有三四个老实人，应该饶他们不死。要是他们全都是恶棍，我会觉得上帝是有意把他们挑选出来送到你手里呢。因为，我敢说，凡是到岸上来的人都会落入我们手心，他们是死是活，就看他们怎么对我们了。"

我说这番话的时候嗓门很高，而且兴致勃勃，这大大鼓舞了船长的士气。于是，我们开始雷厉风行地干了起来。刚才一看到小船从轮船那边过来，我们就在考虑把俘虏隔离开，也的确把他们做了妥善安置。我派星期五和那三个被救下来的人当中的一个把两个船长特别不放心的俘虏送到我的山洞去。那个地方隔得很远，绝不会让人听到或者发现，而且就算他们能逃出来，也找不到路从树林里出来。他们把那两个人捆起来丢进洞里，但是给他们留了吃的，而且告诉他们，要是他们安安静静地待在这里，过个一两天就放了他们，不过要是他们企图逃跑，那就毫不留情地杀掉他们。他们老老实实地答应会耐着性子待在洞里，而且对我们的优待非常感激：又是给他们吃的，又是给他们蜡烛照明——星期五为了他们舒服一些，给他们留了几根我们自制的蜡烛。他们并不知道星期五就站在洞口看着他们。

其他的俘虏受到的待遇就比较好。的确有两个人始终被捆着，那是因为船长不太信任他们，另外两个却经由船长推荐被我录用，而且他们自己也郑重发誓愿意跟着我们出生入死。因此，加上这两个人和那三个正派人，我们现在有七个全副武装的人。既然船长说那十个即将到来的人当中有三四个正派人，我便毫不怀疑我们对付他们绰绰有余。

那几个人一来到第一艘小船停泊的地方，便把小船开上沙滩，一齐上了岸，然后把小船拉到岸上。见此情形，我非常高兴，因为我担心他们会在离岸边不远的地方抛锚，并留下人手看守小船。那样我们就无法夺取那艘小船了。

一上岸，他们便跑去查看第一艘小船。不难看出，他们发现小船上的东西被劫掠一空，船底还被凿了个大洞的时候，着实大吃了一惊。

他们寻思了一会儿，便扯着嗓门使劲儿叫了两三声，想看看他们的同伴是否能听见，可是白费力气。接着，他们聚拢在一起，用他们的小型武器开了一轮枪。我们的确听到了枪声，而且枪声在树林里回荡着，可一样没用。山洞里那两个人肯定听不到，而那两个被我们看守着的，就算听到了也不敢答话。

这件出乎意料的事让他们大为惊骇，他们后来告诉我们，他们当即就决定回轮船上去，并告诉大家，那些人全都被杀了，小艇的船底也被凿穿了。所以他们立刻把小船推到水里，全都上了船。

船长见此情景十分诧异，甚至有些惊慌失措，因为他相信他们会回到轮船上，把船开走，把他们的同伙丢下，就当他们都死了，这么一来，他一心想要夺回的轮船还是夺不回来。不过，他很快就反过来为另一种情形惊慌了。

他们把小船划出不远，便全部重新上了岸。不过这次他们采取了新的举措，看样子是刚刚商量好的，就是在船上留三个人，其他人到岸上去，深入小岛去寻找同伴。

我们不由大失所望，都不知道该怎么办才好。要是让那艘小船逃走，就算把岸上那七个人都抓住也没什么用，因为他们会把小船开回轮船去，轮船上的人必定会起锚扬帆而去，那我们夺回大船的打算就会落空。

可是，我们除了静候事态发展，别无良策。

那七个人上了岸，三个留在船上的人把船划得离岸远远的，然后下锚停泊等岸上的人。这么一来，我们就无法向小船发动攻击了。

那几个上了岸的人靠拢在一起往那座小山的山顶上爬，山下就是我的住所。他们看不到我们，我们却可以清清楚楚看到他们。我们倒是巴不得他们走近点儿，好对他们开枪，或者索性走远一点儿，好让我们到外面去。

可是，他们登上山脊后（在那里可以看得很远，看得到那几道山谷和丛林，山谷朝东北方向延伸，是岛上地势最低的部分），便扯着嗓子又喊又叫，直到喊得声嘶力竭方才作罢，看样子他们既无意到远离岸边的腹地去冒险，也不肯分开行动，而是在一棵大树下坐下来开始想办法：要是他们像之前那批人那样，肯躺下来睡一觉，那就成全我们了。可是他们非常害怕，根本不敢去睡觉——尽管他们也说不出到底在怕什么。

就在他们商量来商量去的时候，船长向我提出一个合情合理的建议：为了让同伴听到动静，他们说不定会再放一轮枪，到时候不等他们装弹，我们便一拥而上，他们必定会束手就擒，那我们就可以兵不血刃将他们制服。我很赞成这个建议，但是我们必须抢在他们装弹之前靠他们足够近才行。

可是他们并没有开枪，我们悄悄在那里埋伏了很久，犹豫着该怎么办。最后，我告诉他们，依我看，我们在天黑之前不能采取任何行动，如果到了晚上他们不回小船上去，说不定我们可以想办法抄到他们和海岸中间，然后施计诱船上那几人上岸。

我们等了很久，巴不得他们赶紧走开。他们商量了半天，忽然站起身来，大步朝海边走去，我们看到后不由焦急万分：看样子他们对这个地方的危险性深感惧怕，决定不再寻找失踪的同伴，而是回轮船去，继续原定的航行。

我一见他们朝海边走，就猜到他们已经放弃搜寻，准备回去。我把自己的看法告诉船长，船长也开始焦虑起来。不过我当下心生一计，打算把他们再骗回来，这个计谋完全让我达到了目的。

我派星期五和那位大副蹚过小河往西，朝我救星期五那次那群野人上岸的地方走，一走到半英里外的那片高地，便尽可能高声叫喊，直到那些水手听见为止。我还吩咐他们，一旦听见水手们应答他们，就再回应几声，不要让对方看见，对方一叫就应声，一边应声一边兜圈子，尽量把他们往小岛深处的丛林里引，然后再按照我指给他们的路迂回到我这边。

那些人刚要上小船，星期五和大副就大声喊叫起来。他们听见了，便一边回应着，一边沿着海岸朝西边传出声音的地方跑，没跑多久，就被小河拦住了去路，当时正值涨潮，过不了河，他们只好把小船叫过来，渡他们过去，正如我所料。

小船往小河上游开出很远一段距离，泊在一个有点儿像内河港口的地方。那些人渡过河，把小船系在岸上的一截小树桩上，又从原来那三个人中间叫了一人跟他们一起走，留下两个人看船。

这正中我下怀，我不再管星期五和大副的事，而是立刻带上其他人悄悄穿过小河，出其不意地向船上那两人扑去。当时，他们一个躺在岸上，一个待在船里。岸上那个人正在半梦半醒之间，他刚要跳起来，走在最前面的船长便立时冲过去将他打倒在地，然后对船上的人大声喝道，赶紧投降，否则就要他的命。

当一个人看到五个人朝他扑来，而同伴又被打倒在地的时候，劝他投降根本不必多费口舌，更何况他就是那几个不大情愿参与暴乱的人当中的一个，所以他不但被我们劝降了，后来还死心塌地加入了我们。

与此同时，星期五和大副对付其他人的任务也完成得非常出色。他们一边喊一边应声，将对方从一座山引到另一座山，从一片丛林引到另一片丛林，不但把那些人累得筋疲力尽，而且把他们引到了很远的地方，估计天黑之前绝对回不了小船。就连星期五他们自己，回到我们身边的时候也疲惫不堪了。

现在我们也无事可做了，只需要暗中看着他们，然后打他们个措手不及、一败涂地。

星期五他们回来几个小时后，那些人才回到小船那里。我们老远就听到走在前面的人大声招呼落在后面的人赶快跟上，又听见后面的人一边应着，一边叫苦不迭，说自己又累又脚痛，实在走不快了。这对我们来说可是求之不得的好消息。

最后，他们总算走到小船跟前了，可是当他们看到潮水已经退去，小船搁浅在河滩上，船上那两个人不知去向，顿时乱作一团。我们可以听见他们非常凄惨地互相呼唤着，乱纷纷地说他们来到了一座魔岛，岛上不是有人住，就是有妖怪。要是有人住，必然会把他们统统杀掉；要是有妖怪，必然会把他们统统抓走吃掉。

他们又开始大声呼唤，不断地叫着那两个伙伴的名字，可是没有人应答。过了一会儿，我们借着昏暗的光线看到他们绝望地扭着两只手跑来跑去，一会儿跑到小船上坐下休息，一会儿又跑上岸去，像没头苍蝇似的四处乱转，如此反复不已。

我的手下恨不得我立时批准他们趁着夜色发起突袭，可是我想找个有利时机，给对方留一条生路，尽量少杀几个人。我尤其不愿意让自己人有伤亡，因为我知道对方也是全副武装。我决定等等看，看他们会不会散开。因此，为了更有把握制服他们，我把埋伏点往前推进了一段距离，然后命令星期五和船长尽量贴着地面匍匐前进，不要被对方发现，在开火之前尽量靠近对方。

他们往前爬了没多久，这次叛乱的主谋，那个水手长，也是此时那群人当中表现得最沮丧的家伙，就带着两个手下朝他们走过来。船长急着把那个罪魁祸首干掉，等不及他走到跟前看个清楚明白（因为他们之前只是听到了他的声音），而是一看他们走过来，便和星期五跳起来朝他们开了枪。

水手长当场就被打死了。另一个也中了弹，倒在水手长旁边，虽然没有当场死掉，过了一两个小时也死了。第三个人拔腿就跑。

我听见枪响马上带着全军前进。现在我的军队一共有八个人，那就是：我，总司令；星期五，我的中将；船长和他的两个手下；以及我们信得过并发了枪的那三个战俘。

我们趁着夜色向他们发起了进攻，这样他们就看不出我们有多少人了。我吩咐留在小船上的人（现在他已经是我们的人了）大声喊他们的名字，看看能不能跟他们谈谈条件，说不定能让他们弃械投降——后来结果也正如我们所愿。因为显而易见，在当前的处境下，他们肯定愿意投降。于是，他用最大的嗓门喊着其中一个人："汤姆·史密斯！汤姆·史密斯！"汤姆·史密斯马上回答道："谁啊，是罗宾森吗？"看样子他听出了他的声音。他说："是啊，是啊，看在上帝的分上，汤姆·史密斯，马上放下武器投降吧，不然你们全都没命了。"

"向谁投降？他们在哪里？"史密斯接着问。"在这里，我们船长就在这里，带着五十个人，追捕了你们两个钟头。水手长已经被打死了，威尔·弗赖伊也受伤了，我被抓了，你们要是不投降就死定了。"

"如果我们投降他们会饶我们不死吗？"汤姆·史密斯问道。"要是你们肯投降，我就去问问看。"罗宾森说完，就去问船长。船长便亲自出来喊话："史密斯，你也听得出这是我的声音，马上放下武器投降，我可以饶你们不死，但是威尔·阿特金斯除外。"

听到船长的话，威尔·阿特金斯大声嚷嚷起来："看在上帝的分上，船长，饶我一命吧，我什么也没干，他们还不是跟我一样坏？"但事实并非如此，因为发生叛乱的时候，最先去抓船长的人好像就是他，当时他对船长非常蛮横，还把他两只手绑起来，用恶毒的话骂他。不管怎么说，船长告诉他，他必须先放下武器，然后听候总督处理。他说的总督指的是我，因为他们都管我叫总督。

总而言之，他们全都放下了武器，恳求饶命。我派刚才跟他们谈判的那个人和另外两个人把他们统统绑起来，然后我那五十人的大军（其实连刚才那三个人一共也才八个人）便过去将他们抓住，将小船扣起来，只有我和另外一个人因为身份关系没有露面。

我们下一步的工作是把小船修好，并设法把大船夺回来。船长这会儿也有工夫跟他们谈条件了。他指责他们对他的邪恶行径和险恶居心，并告诉他们，多行不义必自毙，说不定他们的行为会把自己送上绞架。

他们一个个都表示十分悔恨，并苦苦哀求饶命。对此，船长告诉他们，他们不是他的俘虏，而是这座岛的总司令的俘虏。他说，他们还以为把他送上了一座无人荒岛，可是上帝指示他们把他送到了一座有人居住的岛，而且岛上的总督还是个英国人。他说，只要总督乐意，完全可以把他们统统吊死在岛上[1]，但是他既然饶了他们一命，估计就是要把他们送回英国去接受审判。但是阿特金斯除外，总督下令让他准备受死，因为明天一早就要将他吊死。

尽管这些都是船长杜撰出来的，但是达到了预期效果。阿特金斯跪在地上，哀求船长向总督求情，饶他一命。其他人也哀求

1 1700年之前，殖民当局抓捕的所有海盗都必须交由英格兰审判；1700年之后，总督受托设立海事法院，对海盗进行审判。

他看在上帝的分上不要把他们送回英国。

我忽然意识到，我们脱困的时刻到了。现在让这些人跟着我们，全心全意去夺取轮船，肯定最容易不过。我趁着夜色离开他们，以免让他们看到他们有个什么样的总督。接着，我把船长叫到跟前。我假装是从比较远的地方派人来传话的，派去的人对船长说："船长，司令召见。"船长马上回答说："请禀告司令阁下，我马上就到。"这让他们更加深信不疑，认为司令肯定带着五十名部下在左近一带。

船长一到，我就把夺取轮船的计划讲给他听。他认为计划十分周密，便决定第二天一早付诸实施。

但是，为了让计划实施得更加巧妙，更有成功的把握，我对他说，我们必须把俘虏隔离开来，他应该去把阿特金斯和另外两个最坏的家伙押送到关押另外两个俘虏的山洞去，这事儿由星期五和跟船长一起上岸的那两个人负责。

星期五他们把俘虏押送到山洞，就像投进监牢那样。那地方也的确阴森可怕，特别是对他们这种处境的人来说。

我又下令把其他人押送到我的乡间别墅去。关于那座别墅，我已经做过详细描述。那边本来就有围墙，他们又是绑着的，所以足够安全可靠，再说了，他们的命运完全取决于自己的表现。

第二天早晨，我派船长去跟他们谈条件，一句话，让他摸摸他们的底，然后告诉我，他认为派他们偷袭轮船靠不靠得住。他跟他们谈到他们对他的伤害和他们目前的处境，并且说，尽管总督目前饶了他们的性命，但是，如果被送回英国，他们肯定会被绞架绞死。不过，要是他们肯将功赎罪，把轮船夺回来，他会恳求总督赦免他们。

可想而知，在那种处境下，他们对这个建议有多么求之不得。他们跪在船长脚下，发着毒誓说会誓死效忠于他，说他们永远感谢他的救命之恩，愿意跟着他走遍天涯海角，还说在有生之年会把他当父亲一样孝敬。

船长说："好吧，我这就去把你们说的汇报给总督，看看能做些什么让他同意赦免你们。"于是，他回来之后便把他们的思想状况向我做了汇报，还说，他确信那些人会效忠于我们。

但是，为了保险起见，我叫他再去一趟，并从那些人中间挑出五个人来，然后告诉他们，他现在并不缺人手，只挑五个做他的助手，总督要把剩下那两个和之前被押送到城堡（我的山洞）的那三个人留下来当人质，以确保那五个人的忠诚度。要是那五个人在行动中有不忠诚的表现，那留在岛上的五个人质就会被活活吊死在岸上。

这种做法看上去相当严苛，而且会叫他们明白总督是非常认真的。他们别无选择，只能乖乖接受。现在，不光是船长劝那五个人全力以赴，那两个俘虏也跟船长一样对他们殷殷叮咛。

我们出征的兵力情况如下：一、船长、大副、旅客；二、第一批俘虏中的两个水手，我通过船长了解了他们的品行，已经恢复了他们的自由，并给他们发了武器；三、被捆起来关在乡间别墅的那两个俘虏，现在也按照船长的建议释放了；四、那五个最后被释放的人。这么一来，他们中间参加行动的一共有十二个人，除此之外，山洞里还有五个俘虏。

我问船长愿不愿意冒险带上这些人去夺取轮船，因为我认为我和星期五不宜出动，毕竟后面还留着七个俘虏。光是把他们隔离开，给他们提供饮食，就已经够我们忙的了。

至于山洞里那五个人，我决定把他们看守得牢牢的，只让星期五每天给他们送两趟饭。我让那两个人质把食物送到离山洞有一定距离的地方，然后让星期五拿过去。

我在两个人质面前露面时，是跟船长一起出现的。船长告诉他们，我是总督派来监视他们的。总督希望他们没有我的指示不要乱跑，要是他们不听话，就把他们关进城堡，用铁链锁起来。这么一来，他们就不会把我当成总督，我就可以以其他人的身份出现，不时跟他们聊总督、驻军、城堡以及诸如此类的事。

船长现在只要把两艘小船装备好，把沙滩上那艘小船的船底补好，再分派人员上船就可以了。他指派那名旅客为另一艘小船的船长，让他带上四名水手；他自己和大副带着另外五名水手登上另一艘船。事情进展得很顺利，半夜时分就划到了轮船跟前。等开到轮船上的人能听见他们喊话的时候，船长便让罗宾森高声呼喊，对他们说，人和船都带回来了，只是花了很长时间才找到。他们用诸如此类的话敷衍着对方，直到将小船开到船舷跟前。船长和大副一马当先，端着枪上了船，一上船就用火枪的枪托把二副和船匠打倒在地。在手下全力以赴的协助下，他们搞定了主甲板和后甲板上的人，然后把舱口盖盖上，把底下的人关在下面。这时，第二艘船上的人也从船头的铁索爬上船，占领了前甲板和通往厨房的舷窗，把在厨房里看到情况的那三个人抓了起来。

把甲板上面肃清后，船长又命令大副带上三个人去攻打前甲板舱室。叛党的新船长就躺在那个舱室里，他惊觉出事了，已经从床上爬了起来。他身边有两个船员和一名小伙计，手里都拿着枪。大副用撬棍把门撬开的时候，新船长和他的手下不顾死活地朝他们开了枪。大副被一颗火枪子弹打断了胳膊，另外两个人也受了伤，但是没有人被打死。

大副虽然负了伤，却还是一面呼救，一面冲进舱室，用手枪打穿了新船长的头。子弹从他嘴巴进去，从一只耳朵后面出来，他便一句话都说不出来了。其他人见此情景只好乖乖投降，就这样，没再死一个人，轮船就被夺了过来。

占领轮船后，船长马上命令开了七枪（这是他和我约定好的信号），通知我行动成功了。不用说，我听到枪声非常高兴，昨晚我坐在岸边一直等到将近凌晨两点。

我清清楚楚地听到信号后便倒头睡了。累了一整天，我睡得很香，直到一声枪响把我惊醒，我一骨碌爬起来，便听到有人在叫我："总督，总督！"我一听就知道是船长的声音，便朝山顶爬去，果然看到他站在山顶上。他对我指指那艘船，然后伸出手臂抱住我说："我亲爱的朋友，我的救命恩人，那就是你的船，因为它就是你的，我们也是你的，船上的一切都属于你！"我放眼朝轮船望去，只见它泊在离岸半英里远的地方。原来他们夺回轮船后便起锚了，趁着天气晴朗，把船开到了正对着小河口的锚地。彼时正好潮水上涨，船长便把二桅小帆船划到我当初卸木筏的地方，在我的家门口上了岸。

刚开始，这个突如其来的喜讯差点儿让我晕过去，因为我看到自己脱困的事显见已经十拿九稳、万事俱备了，一艘大型轮船正等着把我载到任何我想去的地方。我好半天都说不出一句话来，还好他抱着我，我靠在他身上，否则我早就跌倒在地上了。

他看见我这么激动，赶紧从口袋里掏出一个瓶子，给我喝了点儿特地为我带来的甘露酒。我喝了几口便在地上坐了下来，尽管已经恢复了神志，还是过了好半天才说出话来。

其实那个可怜的人也和我一样欣喜若狂，只不过不像我这么激动罢了。他对我说了无数又亲切又体贴的话安抚我，想让我平静下来。可是我心中的喜悦之情犹如潮水般泛滥，令我心乱如麻，最后竟泪流满面，过了好一阵子才说出话来。

现在轮到我感谢船长的救命之恩了，我拥抱着他，我们两个都喜不自胜。我告诉他，我认为他就是上天派来拯救我的人，而整个事件简直就是一连串奇迹。此类事情证明冥冥中自有天意主宰着世界，证明无所不能的上帝可以看到世界最遥远的角落，并随时对那些不幸的人施以援手。

我并没有忘记发自内心地感谢上苍，谁能不发自内心地称颂他？他不仅以奇迹般的方式赐饮食给那些身处荒野之地和孤苦绝境的人，而且保佑他们一次次脱险。

船长和我说了会儿话，便告诉我，他给我带了一点儿食物和饮料。现在船上能够拿得出的，就只有这么多，这还是那些坏蛋把他抓起来之后劫掠剩下的。说着，他高声招呼那艘小船，叫手下把献给总督的东西搬上岸。这份礼物着实丰厚，就好像不准备带着我一起走，而是让我继续留在这座岛上似的。

他先是给了我一箱上好的甘露酒和六大瓶马德拉葡萄酒，每瓶都装着两夸脱。另外还有两磅上等烟叶、十二块在船上吃的上等牛肉脯、六块猪肉、一袋豌豆和约摸一百磅饼干。

此外，他还给我带来一箱糖、一箱面粉、满满一袋柠檬、两瓶柠檬汁和许多别的东西。不过，比这些对我有用一千倍的是，他给我带来了六件崭新的衬衫、六条上好的领结、两副手套、一双鞋、一顶帽子和一双袜子，还有一套他没怎么穿过的优质套装，总而言之，他给我提供了从头到脚的全副穿着。

可想而知，对处于我这种境况的人来说，这份礼物真是又慷慨又合心意。可是，刚开始把这些衣服穿在身上的时候，我觉得世界上简直没有比这更难受、更别扭、更不自在的事儿了。

等献礼仪式完毕，这些好东西全都搬进我那座小小的住所后，我们开始商量该如何处置那些俘虏。确实需要好好考虑一下是否要冒险带上他们一起走，尤其是那两个我们认为极其不知悔改、极其顽固不化的家伙。船长说，他知道那两个人就是那种不可饶恕的恶棍，假如真要带他们走，就必须用铁链把他们像犯人一样锁起来，等他的船一到英国任何一个殖民地，就马上送交法办。我感觉船长本人对此事非常焦虑。

于是，我告诉他，假如他愿意，我可以去负责说服他说的那两个人，让他们自己提出请求留在岛上。船长说："我打心眼里求之不得呢。"

我说："那好，现在我就派人把他们叫来，替你跟他们谈谈。"说罢，我便吩咐星期五和那两名人质（他们已经被释放了，因为他们的同伴践行了自己的诺言）去山洞把那五个被捆着的俘虏带到我的乡间别墅去，并在那里看着他们，等我过去。

过了一会儿，我就穿着新衣服去了。现在，我又以总督的身份出现了。我带着船长跟我们的人碰了面，便吩咐把那五个人带上来。我告诉他们，关于他们对船长的罪恶行径，我已经听到了详细汇报，已经知道他们是怎样开着船跑掉，准备去干其他强盗勾当的。可是，上天以其人之道还治其人之身，让他们掉进了自己为别人挖的陷阱里。

我告诉他们，轮船已经在我的指挥下夺了回来，现在就泊在港口，他们一会儿就能看见。他们的新船长已经为自己的罪行受到了应有的惩罚，他们会看到他被吊在横桅杆臂上。

至于他们，我倒想知道他们能说出什么理由来让我不把他们当作被抓了现行的海盗处死，鉴于我的职权，他们根本无从置疑我处死他们的权力。

有人站出来代表众人答话说，他们也没什么好说的，只是他们被俘时，船长曾经答应饶他们不死。他们低声下气地恳求我的宽恕。可是我告诉他们，我也不知道要怎么宽恕他们，因为我已经决定带着所有的手下离开小岛，跟船长一起回英格兰去。而船长不能把他们带回英格兰，除非把他们当囚犯关起来，并以暴乱和劫船的罪名送去受审。他们也知道，其结果必然是送他们上绞架，所以我也不知道怎么做对他们最好，除非他们有意留在岛上，听凭命运的安排。要是他们想留下来，我倒没什么意见，反正我也要离开这里了。要是他们认为自己可以在岛上自谋生路，我倒有意饶了他们的性命。

他们对此似乎非常感激，说宁可冒险留在这里，也不愿意被带回英国绞死。于是这事儿就这么说定了。

但是，船长做出一副不太情愿的样子，好像不怎么放心让他们留在岛上。于是，我假装对船长有点儿生气，对他说，他们都是我的俘虏，不是他的俘虏，既然我已经答应对他们施恩，就不会食言。要是他有意见，我就把他们放了，权当没有抓过，他不满意的话不妨自己再去抓回来。

听到这番话，他们表示非常感激。于是，我释放了他们，并叫他们退回原来那片丛林，还给他们留下一些武器弹药，如果他们愿意听，我还可以指导他们怎么才能过得很好。

接着，我开始做登船准备。不过，我告诉船长，我要再待一个晚上准备自己的东西，想让他先回船上去，确保船上一切正常，并在第二天派小船来接我。我吩咐他一定要把那个被打死的新船长吊在桅杆顶上示众。

船长走后，我派人把那几个人带到我的住处，然后就他们的处境非常严肃地跟他们谈了一次。我告诉他们，我认为他们做出了正确的选择，如果船长带上他们一起走，他们肯定会被吊死。我把吊在帆桁上的新船长指给他们看，然后告诉他们，他们的下场也好不到哪儿去。

他们纷纷表示愿意留在岛上，于是，我把自己在这里的生活情况讲给他们听，并教他们怎么才能把日子过得更舒适。我把这个地方的历史以及我来到岛上的经历全都告诉了他们，又把我的堡垒指给他们看，并教他们做面包、种粮食、晒制葡萄干。总而言之，凡是能让他们过得舒适的必要知识全都传授给了他们。另外，我又把那十六个将会到岛上来的西班牙人（我给那些人留了一封信）的事说给他们听，并要求他们承诺会对那些人一视同仁。

我把武器留给了他们，其中包括五支火枪、三支鸟枪和三把剑，另外还留下一桶半火药，因为除了头一两年外，我火药用得很少，而且一点儿都没浪费。我又告诉他们怎么照料山羊，怎么挤羊奶，怎么把山羊养肥，怎么做黄油和奶酪。

总而言之，我把自己的经历一五一十地讲给他们听，又告诉他们，我会劝船长再给他们留两桶火药和一些菜籽——换成是我，我肯定会对那些菜籽求之不得。此外，我还把船长送给我吃的那袋豌豆也给了他们，叮嘱他们拿去当种子持续播种下去。

处理好这些事情之后，我第二天就离开他们上了轮船。我们原打算即刻开船，可是到了晚上都没有起锚。第二天一大早，那五个人中有两个朝船舷游过来。他们用最可怜的语调向我们诉苦，哀求我们看在上帝的分上收留他们，不然他们会被那三个人杀死。他们哀求船长让他们上船，就算马上把他们吊死也甘愿。

见此情景，船长假装没有我的同意他无权做出决定。我们为难了他们半天，又让他们郑重发誓痛改前非，才让他们上了船。上船后每人结结实实地挨了一顿鞭子，此后果然成了安分守己的家伙。

此后过了不久，潮水涨了上来，我吩咐把我答应给那三个人的东西用小船送上岸，又向船长求情，把他们的箱子和衣服也一起给他们运了过去。他们拿到东西后感激涕零。我又勉励了他们一番，说将来如果有机会，我一定不会忘记派船来接他们的。

离开小岛的时候，我把自己那些纪念品都带上了轮船，包括我自己做的那顶羊皮帽，还有雨伞和鹦鹉。此外，我没有忘记把我之前说的那些钱也带上。那些钱放了那么久没用，现在都锈迹斑斑了，直到稍加擦拭和处理才认得出是银币，我从失事的西班牙轮船上找到的那些钱也一样。

就这样，我于1686年12月19日（根据船上的日历）离开了这座海岛，一共在岛上住了28年2个月19天。第二次脱困的日子跟我第一次乘坐长艇从萨累的摩尔人手中逃出来的日子是同一天。

我坐着那艘船，经过长途航行，终于于1687年7月1日抵达英国。算起来，我离开故土已经足足三十五年了。

回到英国后，谁都不认识我，好像从来没有人认识过我似的。我那位替我保管钱财的恩人和忠实的管家还活着，但是她的遭遇非常不幸，再嫁之后又成了孀妇，日子过得十分凄惨。我让她不要把欠我钱的事儿放在心上，并一再告诉她，我决不会为难她。相反，为了报答她以前对我的关心和忠诚，我还尽自己微薄的财力去接济她。当时我财力着实有限，帮不了她多少。不过我一再向她保证，我永远都不会忘记她以前对我的情分，等以后有力量帮助她的时候也决不会把她忘掉，后来也确实如此，这是后话了。

后来，我去了约克郡，但是我的父亲已经过世，母亲和所有亲戚也都不在了，只找到两个妹妹和二哥生的两个侄儿。大家都以为我死了，就没有给我留任何财产。总而言之，我找不到任何在经济上对自己有帮助的东西，而我身上那点儿钱根本不够我安身立命。

没想到，刚好碰到有人对我感恩图报。我侥幸救下的那位船长，带着我侥幸救下的轮船和货物，把我怎样救下他们那些人和那艘船的情形告诉了那些船主，言语间不吝赞美之词。船主们听了，便邀请我去跟他们和几个相关的生意人会面。他们对我的行为大加赞赏，又送了我两百英镑作为酬谢。

我认真思考了一下自己的处境，觉得靠这点儿钱实在难以安身立命，便决定到里斯本去，看看能不能打听到我在巴西的那座种植园和那位合伙人的情况。我猜他可能以为我早就死了。

我怀着这个目的搭上开往里斯本的轮船，于第二年四月抵达那座城市。当我这样东奔西跑的时候，我的星期五始终忠心耿耿地跟在我身边，无论何时何地，都不愧为我最忠心的仆人。

到里斯本之后，让我欣喜万分的是，经过多方打听，我居然把我的老朋友，也就是当初在非洲沿海救了我一命的那位船长给找到了。现在他已经上了年纪，把儿子安置到船上就不去航海了。他儿子也不年轻了，仍然在跑巴西的生意。老人家一时没有认出我来，老实说我也差点儿没认出他来，不过我很快就记起了他。我告诉他我是谁之后，他也很快记起了我。

我们激动地叙了一会儿旧，我就问起了我的种植园和合伙人。老人家告诉我，他已经有九年没去过巴西了，不过他向我保证，他离开巴西的时候我的合伙人还活着，但是，同他一起照管我那份产业的那两位受托人已经死了。不过，他相信我肯定能拿到那座种植园收益的详细账目，因为大家都以为我船毁人亡了，两名受托人便将我在那座种植园的股份应得的收益账目报给了地方检察官，地方检察官做出了如下安排：假如我不去索还，就把其中三分之一划归国王，三分之二划归圣奥古斯丁修道院，用于救济贫民和教化印第安人信奉天主教。但是如果我去索要，或者有人申请我的遗产，那就必须发还。只有每年用于慈善事业的收益是不能发还的。但是他向我保证，国王的土地税管理者和修道院的管事一直都非常用心，确保我的合伙人每年都如实申报收益账目，并上缴我应得的部分。

我问他是否知道种植园发展到什么水平了，照他看值不值得我去照管。又问他，如果我去那里把自己那份财产收回来，会不会遇到什么阻碍。

他告诉我，种植园具体发展到什么程度了，他也不是很清楚。不过他知道，我那个合伙人仅仅享有种植园一半的权益，就已经成了巨富。仔细回想起来，当时他就听说，划归国王所有的那三分之一股（似乎是拨给了某个修道院或者宗教机构），每年收益都多达两百摩伊多。而且，顺利收回这份产业也完全不成问题，因为我的合伙人还活着，可以证明我的股权，而我的名字也在那个国家进行过登记注册。此外，他还告诉我，我那两位受托人的后人都是非常正派的人，而且非常有钱，他相信我不但能在索还财产时获得他们的帮助，还会从他们手中拿到一大笔属于我的钱，那是农场在他们父亲受托保管期间上缴前的收益，据他回忆，他们受托后十二年才开始上缴。

我听了这番话有点儿忧心忡忡。我问老船长，我的受托人明知道我立下了遗嘱，指定他这位葡萄牙船长为我的绝对继承人，怎么会这样处理我的财产？

他告诉我，虽则如此，但是没有证据证实我死了，他就不能作为我的遗嘱执行人行事，除非能证明我的死亡。何况，他也不愿意卷入这远隔重洋的事。他确实去登记了我的遗嘱，也提出了继承遗产的要求。要是能提供我的死亡证明，他早就根据代理权接管我那座“因戈尼奥”（他们称制糖作坊为“因戈尼奥”），并派现在在巴西的儿子去处理此事了。

“可是，”老人家接着说，“我还有一件事要告诉你，对你来说，这件事可能不像其他的事那么容易接受，那时候大家以为你死了——所有的人都这么认为，你的合伙人和受托人就以你的名义把头六七年的收益交给了我，我也收下了。不过当时开支太大，又是扩建厂房，又是建制糖作坊，还要买奴隶，进账远远比不上后来。不过，我会把自己一共收到多少，又是如何处置的，列一份详细的账单。”

我和这位老朋友又商讨了几天。几天后，他把种植园最初六年的收益账单拿给了我，上面还有我的合伙人和那两位受托人的签名。当时交的都是现货，有成捆的烟叶和成箱的糖，还有朗姆酒、糖浆等制糖作坊的副产品。从那份账目上来看，我的收入每年都有显著的增长，不过正如前面说的那样，刚开始开支很大，结余并不多。不过，老人家告诉我，除了四百七十个金币外，他还欠我六十箱糖和十五大捆烟叶。我离开巴西十一年后，他回里斯本途中轮船失事，那些货物全没了。

接着，那个善良的好人开始向我诉说自己的不幸遭遇，说他是万不得已才拿我的钱去弥补损失，跟人合股买了一条新船。他说："不管怎么说，我的老朋友，我不会让你缺钱用的，这些钱你先拿着，等我儿子回来就可以全部还给你了。"

说着，他取出一个破旧的荷包，给了我一百六十个葡萄牙金币，还把他儿子开去巴西的那艘船的股权让渡书给了我（那艘船他有四分之一的股份，还有他儿子四分之一的股份）。他把两张股权凭证塞到我手里，说是作为其余欠款的担保。

这个正直而善良的可怜人让我深受感动，都不忍心再听他说下去。想起他以前为我做的种种，想起他是如何把我从海上救起来，对我又是如何慷慨，特别是，现在对我又是多么真诚友善，听着他对我说的那些话，我忍不住潸然泪下。我问他，以他目前的状况，拿不拿得出这么多钱，拿出这笔钱会不会让他手头拮据。他说，拮据肯定会拮据一些，但那是我的钱，我可能比他更需要这笔钱。

这个善良的人所说的话没有一句不是为我着想的。听着他的话，我感动得泪流满面。总而言之，我只收了一百个金币，还叫人拿出笔和纸，给他写了一份收据，然后把剩下的钱还给他，并告诉他，只要我能把种植园收回来，就把这些也还给他——后来我也确实做到了；至于他对他儿子那艘船的股份契约，我是无论如何都不会要的。如果我需要那笔钱，我相信他肯定会给我。如果我不需要那笔钱，能把他让我认为我能拿得回来的那份产业拿回来，那么我永远都不会再跟他要一分钱。

此后，老人家开始问我，要不要他替我想办法把种植园收回来。我告诉他，我打算亲自去一趟。他说，要是我想去，倒不妨走一趟；要是不想去，也有的是办法确保我的权益，并立刻让他们把收益拨给我用。而且，里斯本河上正好有几艘船准备去巴西，他劝我到官方登记处去登记自己的名字，再附上他的书面陈词，宣誓申明我还活着，并声明当初申购土地建种植园的正是我本人。

我请公证处对陈词做了公证，然后附上一份委托书。他叫我把他的一封亲笔信和这些文件一起寄给他在巴西行商的一个熟人，然后建议我住在他家里静候回音。

这次的委托业务办理得再磊落不过了。不到七个月的工夫，我就收到了那几个受托人的后人寄来的邮件（我就是为了那几个受托人才出的海），里面鼓鼓囊囊地装着下述信件和文件：

第一，从他们父辈跟我这位葡萄牙老船长结算的那年算起，种植园的产物收益流水账，时间一共有六年，从账面上看应该给我1174摩伊多。

第二，政府提出接管之前（对被称为“公民权死亡”的失踪人员采取的做法），由他们保管的那四年的账目和结余数额。随着种植园的扩建，这四年共结余38892克鲁扎多[1]，折合3241摩伊多。

第三，圣奥古斯丁修道院院长的账目。他一共拿到十四年的收益，但是他正大光明地宣称，除了医院方面用掉的钱，他手里还有872摩伊多没有分配出去，这笔钱就在我的账上。至于划归国

1　克鲁扎多：巴西旧币。

王的那部分，什么都没有归还。

还有一封我的合伙人写来的信，他亲切地祝贺我还活着，并向我解释我们产业发展得怎么样，每年有多少产出，土地面积具体有多少平方米或者多少英亩，以及是怎样种植的，有多少奴隶。他画了二十二个十字为我祈福，并告诉我，他一遍又一遍地念着“福哉马利亚”，为我活在人间而感谢圣母。他热情地邀请我亲自去收回我的产业，同时要我告诉他，如果我不亲自去巴西，他该把我的财产交给什么人。最后，他代表自己和全家向我致以亲切的问候，还送给我七张豹皮，看样子是他派去非洲的另一艘船带给他的，看来那艘船的航程比我幸运多了。他还送给我五箱蜜饯和一百枚比摩伊多略小的、没有铸过的金币。

我那两位受托人的后人还让那支船队给我运来了一千两百箱糖、八百捆烟叶以及折成金币的其他所有收益。

现在，我可以说，我这个约伯晚景胜过从前了[1]。巴西的船只向来都是结成船队来的，给我带来那几封信的船队把货物也运来了，信送到我手上之前，那些财物就已经平安抵达港口了。当我看到这些信的时候，特别是发现所有这些财富就在眼前的时候，心里的激动简直难以形容。总而言之，我脸色苍白，人也难受起来，要不是老人家连忙跑去给我拿了点儿甘露酒来，这场突如其

1　见《旧约·约伯记》42:12-13，原文如下：“这样，耶和华后来赐福给约伯比先前更多。他有一万四千羊、六千骆驼、一千对牛、一千母驴。他也有七个儿子、三个女儿。”约伯是《旧约》中一个以正直、虔诚而著称的乌斯人，他家境富足，乐善好施，极有名望，但是蒙难后失去所有的财产和子女，并身患恶疾，从头到脚长满了毒疮，苦不堪言。但他仍然坚信上帝，最后终于否极泰来，获得神的赐福，得到双倍于以前的财产，而且又生了七儿三女，过上了四世同堂的幸福生活。他的忍耐和虔诚常被看作信徒的榜样。

来的惊喜肯定会让我神志颠倒，并当场要了我的命。

不仅如此，就是喝了酒之后，我还难受了几个小时，直到请来了医生，问明我突然病倒的真实原因，又给我放了血，我才松快下来，渐渐好转。不过，我完全相信，要是我那种激动的情绪不用这种方法排解，肯定会要了我的命。

现在我突然间成了五千英镑的主人，而且可以说在巴西还有一份产业，每年都有一千多英镑的出息，跟在英国拥有一份田产一样可靠。总而言之，我现在的处境连自己都不知道该怎样理解，该怎样安下心去享受它。

我所做的第一件事，就是报答我最初的恩人，那位善良的老船长。起初我遇难时他就对我非常厚道，我创业之初又对我十分体贴，到最后对我又这么真诚。我把我收到的东西全都给他看，并对他说，我能有今天，除了主宰一切的上帝外，多亏了他。现在轮到我回报他了，我会百倍地报答他的恩情。首先，我把他给我那一百摩伊多还给了他，然后派人去请公证人，让他写一份免责书，把船长声称欠我的那四百七十摩伊多以最彻底、最坚决的方式全部免除。然后，我又让他写了一份委托书，指定船长为我那座种植园年收益的管理人，让我的合伙人向他报告账目，把我应得的收益交给常年往返巴西和里斯本的船队带给他。委托书最后一款内容是，老船长在世期间，每年从我的收益中抽取一百摩伊多给他，等他过世后，每年从其中抽取五十摩伊多给他儿子，直到他儿子过世为止。就这样，我总算报答了我的老朋友。

现在我需要考虑一下以后该朝哪个方向发展，该如何处置上天赐给我的这份产业。比起岛上的孤寂生活，我现在要操心的事更多了。在岛上，除了所拥有的，我什么都不需要；除了所需要的，我什么都没有。而现在我肩负重任，我的职责就是把那些钱安置妥当。现在没有山洞给我藏钱，没有不用上锁就可以随便放钱，就算那些钱长了霉、生了锈也没人去动的地方。现在情况完全不一样，我都不知道该把它们放在哪里，托付给谁。我的资助者、那位船长是个正直的人，也是我唯一可以托付的人。

其次，我在巴西的权益似乎在召唤我前去，可是，不把事情安排好，把我的收益交给可靠的人保管，我又怎么能盘算到那里去的事？我最先想到我那位老朋友，那个孀妇，我知道她为人正直，会对我很公道，但她上了年纪，又很穷，而且据我所知，多半还欠了债。总而言之，我无奈之下只能亲自带着自己的财产回英国去。

然而，我过了几个月才把这件事定下来。我已经彻底报答了老船长的恩情，他对此也非常满意。于是，我又想到那个可怜的孀妇，她的丈夫是我第一位恩人，而她也曾在力所能及的时候全心全意地替我管过钱，指导过我。所以，我所做的第一件事就是让里斯本的一位商人写信给他在伦敦的代理人，请他帮我把汇票兑成现款，然后把她找到，替我给她一百英镑，并告诉她，我有生之年会继续接济她，安慰她不要害怕贫困。另外，我还给了我那两个在乡下的妹妹一人一百英镑，她们虽然算不上贫困，但是日子过得也不大好。其中一个成了孀妇，另一个虽然丈夫在世，对她却不怎么好。可是，在所有这些亲戚朋友当中，我找不出一个人，可以让我放心地把全部财产托付给他，毫无后顾之忧地到巴西去。这让我一筹莫展。

我一度想过到巴西去安家落户，因为我曾经入过巴西籍，但是我对宗教问题有点儿顾虑，这让我踌躇不决，关于这个问题，一会儿我会详细说明。不过，当时阻碍我到巴西去的，并不是宗教问题。以前生活在巴西那些人中间的时候，我已经毫无顾忌地公开皈依了巴西的宗教，所以当时也没有什么顾虑，只是最近才对这个问题考虑得比以往多，每当想到我会在他们中间生活并老死，我就开始后悔自己做了天主教徒，觉得以天主教徒的身份死去可能不是最佳选择。但是，正如我所说的，这倒不是那时候阻碍我到巴西去的主要问题，当时的主要问题是我实在不知道该把我的财产托付给谁。最终我决定带上这些财产回英国去，回去后可以交一些朋友，或者找到忠实于我的某个亲戚。就这样，我准备带上所有的财富回英国。

为了赶在回国之前把事情处理好，兼之巴西的船队马上要启程，我决定先写几封信，答复从那边寄来的公道而忠实的情况说明。我首先给圣奥古斯丁修道院的院长写了封感谢信，衷心感谢他们公道的处理方法和主动提出把那872枚没有用掉的摩伊多归还给我的行为。我想把其中500摩伊多捐给修道院，剩下那372摩伊多随院长的意思捐给贫民，并希望好心的院长为我祈祷，诸如此类。

接着，我又给我的两位受托人写了信，称赞他们的公道和诚实。我想送他们一些礼物，可是又想着他们什么都不缺。

最后，我给我的合伙人写了一封信，称赞他在种植园的发展中付出的辛勤劳作，以及在工厂的扩建中体现出的廉洁精神，我拜托他继续管理我的那部分产业，并按照我赋予老船长的权力，将我应得的收益全部寄给老船长，如有变动，我会另行通知。同时，我还向他保证，我不仅打算去看他，还打算在那里度过我的余生。这封信之外，我又送了一份大礼给他的太太和两个女儿（船长的儿子告诉我，他和太太生了两个女儿），除了一些意大利丝绸，还有两匹我在里斯本能弄到的最好的英国绒面宽幅毛织料、五块台面呢和一些价值不菲的法兰德斯蕾丝。

就这样，我把事情料理好，把货物卖掉，把所有的财物都换成了可靠的汇票，接下来的难题就是该走哪条路回英国。其实我早就适应了海路，但是这次对走海路回英国有种莫名的抵触情绪。虽然说不出所以然来，但是这种情绪越来越强烈，以至于有一次我把行李都搬上船后又改变了主意。而且不止一次，有两三次都是这样。

的确，我在海上的运气实在太差了，这或许也是一部分原因。但是，在这种时候，不管是谁，都不该忽视自己内心那种强烈的冲动。我挑出来的两艘轮船，我的意思是说，我特意挑选出来的两艘船，其中有一艘，我把行李都搬上去了，另一艘，我跟船长都讲好了。我是说，我挑出来的那两艘船都出了事，一艘被阿尔及利亚人掳去了，另一艘在托贝附近的斯塔特失事，全船人中只有三个人逃了出来。总之，不管我坐哪艘船都会倒霉，至于坐哪艘船最倒霉，那就不好说了。

为此，我心里特别烦，我的老船长（我什么事都会跟他说）坚决反对我走海路，他劝我走陆路到拉科鲁尼亚，然后渡过比斯湾到拉罗谢尔，再从拉罗谢尔走陆路到巴黎，然后再到加来和多佛；或者先到马德里，再一路走陆路穿过法国。

总而言之，我对走海路已经有了一种先入为主的抵触情绪，只能接受从加来到多佛那段路。为此，我决定全部走陆路。反正我不着急，也不在乎花钱，走陆路自在多了。为了让我的行程更愉快，我的老船长给我找来一位英国绅士，是里斯本一位商人的儿子，他很愿意跟我结伴同行。此后，我们又挑了两个英国商人和两个葡萄牙年轻人，那两个葡萄牙人打算只到巴黎。这么一来，我们一共有六名旅伴和五名仆人。两名商人和两个葡萄牙人为了节约费用，都是两人合用一名仆人。至于我，除了星期五之外，我又找了一名英国水手在路上听从差遣，因为星期五对这个地方一无所知，在路上无法做听差。

就这样，我从里斯本出发了。我们都骑着好马，全副武装，组成了一支小小的部队。他们都尊称我队长，一来是因为我年纪最大，二来是因为我有两个仆人，又是这次旅行的发起人。

既然之前没有把航海日记拿来让读者生厌，现在也就不拿陆行日记来烦读者了。但是，这趟令人疲惫的艰苦旅行中，我们碰到了几件惊险的事，倒是不能不提。

我们到马德里后，因为大家都是第一次来西班牙，便想逗留一段时日，参观一下西班牙皇宫和其他值得参观的地方，可此时已经到了夏末，我们不得不在十月中旬匆匆离开马德里，继续前行。可是，到了那瓦尔边境的时候，我们在沿路几座城镇听人说，法国那边的山上下了很大的雪，有几个试图冒险穿越山区的旅客，纷纷被迫返回潘普洛纳。

我们到达潘普洛纳后发现情况确实如此。我习惯了热带气候，特别是那些连衣服都穿不住的地带，有点儿受不住这里的严寒。其实，我们的惊诧更甚于痛苦，仅仅十天前，我们离开老卡斯提尔的时候，天气还很暖和，甚至有点儿热，现在凛冽的寒风突然从比利牛斯山脉刮来，冷得叫人难以忍受，简直要把我们的手指和脚趾都要冻麻、冻掉了。可怜的星期五这辈子都没见过雪、受过冻，现在突然看到满山大雪，碰到这么寒冷的天气，简直吓坏了。

更糟糕的是，我们抵达潘普洛纳后，暴雪还一直下个不停。

人们说，今年冬天来得特别早。道路本来就难走，这下更是走不了了，因为有些地方雪太深，我们根本过不去，而且又不像在北方，积雪冻得结结实实的，在这里每走一步都有被活埋的危险。我们在潘普洛纳待了将近二十天。我看到冬天即将来临，而且情况没有好转的迹象（因为当年冬天是人们记忆当中全欧洲最严寒的冬天），便建议转道富恩特拉比亚，然后坐船前往波儿多，走一小段海路。

就在我们考虑这件事的时候，突然来了四位法国绅士，他们曾经在法国那边遇到大雪阻路，就像我们现在在西班牙这边受阻一样。后来他们找到一名向导，那名向导带着他们从朗格多克顶端绕过那一带，然后一路翻山越岭，都不曾受到大雪的阻碍。而且据他们说，就算在积雪很厚的地方，也冻得很坚硬，足以承受人和马的重量。

我们派人去把那位向导找来，他对我们说，他可以从原路带着我们过去，沿路不会受到大雪的阻碍，但是我们得有充足的武器装备保护自己，以防遭到野兽袭击。他说，现在雪下得太大，有些狼频繁在山脚下出没，因为积雪覆盖大地，它们找不到吃的，都饿坏了。我们告诉他，我们对防备这类野兽已经做好了充分的准备，只要他保证我们不会遇到两脚狼就没问题。有人告诉我们，对我们来说最危险的就是两脚狼，特别是在法国那边的群山上。[1]

---

1 《旧约·马太福音》中，耶稣在布道中说："你们要防备假先知，他们到你们这里来，外面披着羊皮，里面却是残暴的狼。"《新约·使徒行传》中也有"我知道我去之后，必有凶暴的豺狼，进入你们中间，不爱惜羊群"的句子。弥尔顿曾用豺狼比喻腐败贪婪的教会统治集团。克鲁索在此处用"两脚狼"暗指腐败贪婪的天主教当权者，或许特指异端裁判所。

向导告诉我们，我们要走的那条路不会有这种危险。于是，我们马上同意跟他走，另外有十二位绅士带着仆人，其中有法国人，也有西班牙人，也都要跟他走。我之前说过，他们曾试着走过几次，都被迫退了回来。

于是，11月15日那天，我们一行人便跟着向导从潘普洛纳出发了。我非常惊讶地发现，他没有带着我们往前走，而是径直掉过头，沿着我们从马德里来的那条路往回走了二十多英里，然后渡过两条河，走上一片平原，气候便再次暖和了起来，而且风景宜人，根本看不见雪。可是，向导突然向左一转，从另一条路朝山上走去。尽管一路上峰峦叠嶂，悬崖峭壁看上去十分可怕，但是他左转右转，曲折迂回，带着我们不知不觉翻过山顶，一路上都没有遇到大雪的阻碍。突然间，他就将风景明媚、物产丰富的朗格多克省和加斯科涅省呈现在我们眼前，只见树木葱茏，一片苍翠。但是距离还很远，我们还有一段崎岖的道路要走。

然而，我们渐渐不安起来，因为雪纷纷扬扬地下了一天一夜，简直寸步难行了。不过他叫我们不要担心，说很快就会走完这段路。我们的确发现每天都在往下走，而且越走越靠北，于是就放心跟着向导继续往前走了。

距离天落黑还有两个小时，向导走在我们前面，身影时隐时现，这时，左近密林深处的山坳里突然窜出来三只恶狼，后面还跟着一头熊。两只狼径直朝向导扑去，他要是在我们前面半英里远的距离，等不及我们去救，就被吃掉了。这时，其中一只狼紧紧咬住他的马不松口，另一只朝他猛扑过去，以至于他没有时间或者没有想到去拔枪，而是拼命地朝我们大喊大叫。当时星期五就在我身边，我吩咐他催马上前去看看出了什么事。星期五一看见向导，便跟着拼命叫唤起来："主人！主人！"不过，作为一名勇士，他立刻策马朝那个可怜的人冲过去，并拔出手枪，对着那只正在攻击向导的狼的头部就是一枪。

可怜的向导运气还不错，幸亏碰上的是星期五。星期五在家乡已经习惯了这种野兽，一点儿都不害怕，所以才能像刚才说的那样，径直冲到跟前朝那只狼开枪。换了我们当中的任何人都会站在比较远的地方开枪，搞不好不是打不中那只狼，就是把人给打伤。

不过，这足以让比我胆子更大的人心惊肉跳了。老实说，当时我们一行人全都吓坏了，因为星期五枪声一响，我们便听到两边的狼群发出一片最凄惨的嚎叫声，声音在山谷里回荡，此起彼伏，仿佛有成千上万只狼在嚎叫，说不定真的不止这么几只，否则我们就没什么好害怕的了。

星期五杀掉那只狼之后，另一只咬着马不放的狼也马上松开嘴逃走了。幸亏它咬住的是马头，笼头上面的铁圈卡住了它的牙齿，马才没有受重伤。可是向导受了重伤，因为那只恶狼咬了他两口，一口咬在胳膊上，一口咬在膝盖上面一点儿的地方。星期五策马过去把狼打死的时候，他差点儿被受惊的马给摔下马背。

不消说，听到星期五的枪声，我们立刻加快步伐，以那条崎岖难行的道路允许的最快速度催马上前，想看看发生了什么事。一转过那片遮挡了视线的树林，我们就把那番情形看得一清二楚了，还看到星期五是怎样救了那位可怜的向导，不过当时还看不清楚他打死的究竟是什么野兽。

紧接着，星期五和那只熊之间以令人意外的方式，爆发了一场最大胆的搏斗。我们大家刚开始大吃一惊，并为他担心不已，最后却开怀大笑了一场。熊体形庞大，动作笨拙，跑起来不像狼那么轻快，所以它的行动有两大特点：第一，它通常并不会把人类当猎物，我是说，通常情况下，因为我也不敢说在极端饥饿的时候，就比如现在遍地积雪的情形下，它会怎么做。一般情况下它不会攻击人类，除非人类先攻击它。相反，你在丛林里碰到熊如果不去惹它，它也不会来惹你。不过，你必须特别小心，对它客客气气的，给它让路，因为它是一位很讲究的绅士，就算是遇到王子，它也不会让路的。如果你特别害怕，最好的办法就是眼睛望着别处，继续走你的路。有时候，要是你停下脚步，站在那里一动不动，眼睛盯着它，它就会认为是一种侮辱。要是你向它丢什么东西，还打中了它，哪怕是一根手指粗细的小树枝，它也会认为是一种侮辱。那它就会把所有的事情都丢到一旁，一心找你报仇，非要把面子争回来才心满意足。这是它的第一大特点。第二大特点是，一旦受到侮辱，它就会不分昼夜地跟着你，一直到报了仇才肯罢休，哪怕绕上很多路，也要追着赶上你。

星期五救了我们的向导，我们走到他跟前的时候，他正扶着向导下马，因为向导不只受了伤，还受了惊吓，而且后者更甚于前者。这时，一头熊突然从树林里走了出来。它体形异常庞大，是我生平见过的最大的熊。看到它的时候，大家都吃了一惊，可是星期五看到它，脸上反而流露出欢喜不尽和无所畏惧的神情。“噢！噢！噢！”他一连叫了三声，然后指着那头熊说，“主人，请允许我离开片刻，我要去和它握握手，我要叫你开怀大笑。”

看到这家伙这么高兴，我觉得很奇怪。“你这个傻蛋，”我说，“它会吃掉你的。”“吃掉我，吃掉我！”他一连说了两遍，“我还要吃掉它哩。我要叫你们开怀大笑。你们全都待在这里，我叫你们看个笑话。”说着，他坐下来，脱掉靴子，换上他揣在口袋里的便鞋（我们称之为平底鞋），把马交给我另一名仆人，然后带上他的枪，一阵风似的飞跑了过去。

那头熊正慢条斯理地往前走，没打算招惹任何人。可是星期五走到近前，大声朝它嚷嚷，仿佛它能听懂似的。“你听着，你听着，”星期五说，“我在跟你说话呢。”我们远远地跟在后面。现在已经到了加斯科涅这边，我们正沿着山坡往下走进一片大森林。这一带虽然到处零零星星长着树，但是地势平坦，而且很开阔。

再说星期五紧跟在那头熊后面，很快就赶了上去。他捡起一块大石头，朝熊丢过去，正好砸在它脑袋上，可是就像砸在一堵墙上似的，一点儿都没伤到它。这下星期五算是达到了目的，因为那个捣蛋鬼根本不知道什么叫害怕，他这么做纯粹是为了让熊来追他，好让我们看一场笑话。大熊感觉有石头打它，又看到星期五，便转过身来追星期五。只见它迈开可怕的大步，摇摇摆摆地奔过来，速度和马儿小跑着差不多。星期五撒腿就跑，看样子好像要跑到我们这边来求救。大家立刻准备开枪打死那头熊，救下我的仆人。我非常恼怒，因为那头熊好端端地走着自己的路，他却跑去把它引了过来。尤其让我生气的是，他把熊引到我们这边，自己却跑开了。我高声骂道：“你这个狗东西，这就是你叫我们看的好戏吗？快走开，给我上马，我们要打死那个畜生。”听到我的话，他高声叫道：“不要开枪，不要开枪，站着别动，好戏还在后面。”那个身手敏捷的家伙跑两步，那头熊才跑出一步，只见他突然转了个弯，朝旁边跑开了。看见那边有一棵合适的大橡树，他便一面招呼我们跟上，一面加快步子，来到树下，把枪放在离树根五六码远的地上，然后敏捷地爬上了树。

那头熊也很快跑到树下，我们远远地跟在后面。只见它在枪跟前停下来闻了闻，但是没有去动，而是往树上爬去，别看它又笨又重，爬起树来却像猫一样敏捷。我对星期五这种愚蠢的行为感到十分诧异，丝毫看不出有什么好笑的。看见熊爬上了树，我们大家也都催马上前。

我们来到树下的时候，星期五已经爬到一根大树枝的树梢上，而那头熊也爬到了半中间。熊刚刚爬到树枝比较柔软的地方，星期五就对我们说："哈，你们瞧我教熊跳舞。"说着，他就在那根树枝上又是跳又是摇树枝，把熊摇得左摇右摆，摇摇欲坠，熊只好站住不动，还回过头去，想看看怎么才能退回去。见此情形，我们果然开怀大笑起来。但是星期五逗熊的把戏还多着呢。他看到熊站着不动了，便又冲它叫起来，仿佛觉得熊会说英语似的："你怎么不过来了？快过来啊！"他不再跳了，也不摇树枝了，熊仿佛听懂了他的话，又往前爬了几步。这时，星期五又跳起来，熊又站住不动了。

我们觉得现在正是好时机，可以开枪打爆熊的头，于是我大声吩咐星期五站着别动，告诉他我们要开枪打熊了。可是他急切地说："别，别，不要开枪，我后会儿开枪。"他是说，他过会儿开枪。长话短说吧，星期五又摇又晃，熊站在上面东歪西倒，看得我们乐不可支，可还是猜不出星期五究竟要干什么。开始我们以为他要把熊给摇下来，可是我们发现那头熊非常狡猾，它用硕大的脚掌牢牢地抓住树枝，所以我们实在想不出这事儿会怎么了结，这场恶作剧会如何收场。

星期五又摇又晃，熊站在上面东歪西倒，看得我们乐不可支。

但是星期五很快就替我们解开了疑团。他见那头熊紧紧抓住树枝，再也不肯往前走一步，便说：“好吧，好吧，你不过来，我就过去。你不到我这里来，我就到你那里去。”说着，他爬到树梢最末端的地方。树梢被他的体重压得弯了下去，把他缓缓地往下放，他便顺势从树枝上滑下去，等到离地面不远的时候一下子跳下去，然后飞奔过去把枪捡起来，站在那里静静地等着。

我对他说：“嗯，星期五，你想干什么？为什么不开枪打死它？”星期五说：“别打，先别打。我先不杀它。我等着，要再让你们乐一乐。”你一会儿就会看到，他确实做到了。熊看到敌人走了，便沿着那根树枝往回退。只见它不紧不慢，每走一步，都要回头望一眼，一直退到树干上，然后继续倒着往后，不紧不慢地沿着树干往下爬，每次只挪一只爪子。就在它的后爪将要落地的当儿，星期五抢上前去，将枪口塞进它的耳朵，一枪就打死了它。

这时候，那个捣蛋鬼转过身来，想看看我们有没有笑。看到我们脸上都带着笑容，他自己也哈哈大笑起来。“我们那里就是这样杀熊的。”星期五说。“你们这样杀熊，你们不是没有枪吗？”我说。“没有，没有枪，用很长很长的箭射。”他说。

这对我们来说的确是一次不错的消遣。可是我们现在还在荒山野地，向导又受了重伤，都不知道该怎么办才好。狼群的嚎叫声充斥着我的大脑，老实说，除了那次在非洲海岸听到的嚎叫声（这件事我在前面讲过），我从来没听过比这更叫我毛骨悚然的声音。

鉴于上述这些情况，兼之暮色四合，我们不得不匆匆离开，否则肯定会按照星期五的意思，把那只巨兽的皮剥下来，倒是很值得保存。可是，我们还有三里格的路要赶，向导也一直催我们快走，我们只好丢开它，继续赶路。

地上仍然被积雪覆盖，只不过没有山上那么深、那么危险。我们后来听说，那些猛兽饿极了，便跑到树林里和平原上来觅食，并在村子里制造了很多灾祸，它们袭击村民，咬死很多羊和马，还伤了人。

我们还要经过一个危险的地方。向导告诉我们，如果这一带有狼，那我们肯定会在那里遇见。那是一片小小的平川，四周树林环绕，只有一条又长又窄的小径。我们只能从那条小径穿过树林，然后才能抵达准备投宿的村庄。

我们走进第一片丛林的时候，离太阳落山只剩半小时了；等走上那片平川，太阳已经落下去一小会儿了。我们在第一片丛林里什么都没碰见，只在林中一片两浪见方的空地上看见五只大狼飞快地穿过小路，一只接一只飞奔过去，好像在追赶什么猎物，而那个猎物就在它们视野里。它们没空理会我们，只管往前跑，一会儿工夫就跑得无影无踪了。

见此情形，我们的向导（顺便说一下，他是个胆小如鼠的可怜虫）叮嘱我们时刻做好准备，因为他相信还会来更多的狼。

我们手里紧紧握着枪，警惕地留神着四周，可是一只狼都没看到，直到穿过那片将近半里格宽的丛林，走上平川。刚踏上那片平川，我们就看到了足以引起警惕的情况：首先映入我们眼帘的就是一匹死马，我是说，一匹被狼群咬死的马，至少有一打的狼在那里大吃特吃，其实都不能说是吃，只能说是在啃骨头，因为肉已经被它们吃光了。

我们觉得不应该去打搅它们的盛宴，而且它们也没怎么注意我们。星期五本来想朝它们开枪，我根本不可能答应，因为我们多半还有很多麻烦，有些我们自己都没有意识到。那片平川还没走完一半，我们就已经渐渐开始听到左边丛林里传来的狼嚎声，声音非常可怕。不一会儿，我们便看见上百只狼一窝蜂朝我们扑来，它们大多数都排成单列，就像经验丰富的军官带的部队一样整齐。我简直不知道该怎么对付它们，最后发现除了靠拢在一起并排成一行之外，别无办法。于是，我们马上紧紧排成一排。为了不让火力中断太久，我下令采取间隔一人开枪的做法，第一轮过后，另一批没有开枪的人站在那里做好准备，要是狼群继续朝我们前进，就立刻朝它们开第二轮枪。第一轮开枪的人先不要忙着给长枪装弹，要站在那里准备用手枪射击，因为我们大家都有一杆长枪和两把手枪。用这种办法，我们可以连续开上六轮，每次一半人开枪。然而，当时我们根本没必要这么做，因为第一轮枪响之后，我们的敌人就被枪声和火光吓得马上停止了前进。有四只狼头部中弹栽倒了，还有几只受了伤，流着血跑开了，雪地上看得到血痕。我看到它们只是停下来，却没有马上撤退，突然记起来有人告诉我，就算是最凶猛的野兽都害怕人类的声音，便叫大家一起拼命呐喊。我发现这个说法并非毫无道理，因为狼群听到我们的呐喊声后开始撤退，并转过身准备走了。于是，我下令在它们背后再开一轮枪，这下群狼才撒开腿，朝树林里跑去。

我们这才有工夫给枪装弹，为了抓紧时间，一边装弹一边往前走。我们刚刚给长枪装好子弹，做好准备，便听见左边那片树林里传出可怕的叫声，不过这次是从我们去路的前方传来的。

夜幕即将降临，光线逐渐昏暗起来，这对我们更加不利。那片叫声越来越响，一听就知道是恶狼们的嗥叫声。突然，我们看到三群狼，一群在我们左边，一群在后面，还有一群在前面。看来，我们被包围了。不过，趁狼群还没有发起进攻，我们拼命催马往前跑。道路很不好走，马只能一路小跑。跑着跑着，我们便看见了丛林的入口。要穿过那个口子，才能走到平川的尽头。可是，我们靠近那条小径时大吃了一惊，只见密密麻麻的狼群站在丛林入口处，多得数也数不清。

突然，丛林另一个入口处传来一声枪响，我们朝那边望去，只见一匹马戴着笼头、背着马鞍从里面冲出来，一阵风似的疾驰而去，同时有十六七只狼在它身后紧追不舍，全速奔去。其实，那匹马比它们跑得快得多，但是我们估计它很难一直维持那个速度，到最后肯定会被那几只狼追上。

我们在那里看到一副惨绝人寰的景象。当时，我们策马朝那个入口奔去，结果看到一匹马的尸体，还有两个人的尸骸，都是被恶狼咬死吃掉的。毫无疑问，其中有一个就是刚刚开枪的那个人，因为他身边丢着一支刚开过火的枪。可是，此人的头部和上半身已经被吃掉了。

这副情形看得我们心惊肉跳，不知道怎么办才好。可是那群野兽很快就逼得我们不得不采取行动，因为它们聚集在周围，打算把我们当猎物。我相信那群狼绝对不下三百只。幸好离树林不远的地方丢着几根夏天砍伐的大木材，估计是等着运走的。我率领自己的小分队跑到木材中间，在一根长长的木材后面排成一排。我叫大家都下马，把那根木材当胸墙躲在后面，站成三角形，把我们的马围在中央。

幸亏我们这么做了，因为那群野兽对我们采取的攻势之猛，在当地都闻所未闻。它们怒吼着朝我们扑过来，冲上那根被我们充当胸墙的木料，仿佛饿虎扑食一般。它们这种怒气，似乎主要是冲着我们身后的马去的，那才是它们猎捕的目标。我下令我的手下像刚才那样分轮射击，大家瞄得很准，第一轮就打死了好几只。可是，我们必须持续不断地开枪，因为它们犹如恶魔一般，前仆后继地朝我们扑来。

第二轮长枪放完之后，它们好像停了一下，我以为它们肯定会走开，哪知道它们只停了一会儿，后面的就紧跟着拥了上来。于是，我们又开了两轮手枪，这四轮一共杀了十七八只狼，打伤的有两倍多，可是群狼还是蜂拥而来。

我不肯着急忙慌地把最后两轮枪都放光，便叫来仆人——不是星期五，因为星期五还有更重要的任务（我们一边开枪，他一边以惊人的速度给我和他自己的长枪装弹）。我是说，我叫来另一个仆人，给了他一角弹药，叫他沿着那根大木头把火药撒成一条长线。他把火药撒好，刚刚抽身离开，群狼就扑了上来，甚至有几只还跳上了木头。我立刻抓起一支没有装弹药的燧火枪，贴着火药开了一枪。木头上面那几只狼马上被烧焦了，还有六七只被火焰的威力掀翻下来，落到我们中间。我们立马结束了它们的性命。此时夜幕已经降临，火焰在夜色中越发显得可怕，剩下那些狼总算被火光吓得往后退了几步。

见此情形，我下令全体人员打光最后一轮手枪，枪声一落，我们便跟着齐声呐喊起来。群狼这才零零落落地掉头跑走，我们马上冲出去，用手中的剑对着那二十几只受了伤在地上挣扎的狼一阵乱砍。这个办法确实奏效，因为那些狼更能听懂同类发出的惨叫声，它们终于四散逃窜，丢下我们跑走了。

从头到尾，我们一共打死了六十多只狼，要是在白天，打死得会更多。就这样，战事结束了，我们继续前行，因为还有近一里格的路要走。沿路有几次都听到恶狼在丛林里扯着嗓子嚎叫，好像不时还看到几只，可是雪光刺得人眼睛发花，所以不是很确定。就这样，又过了一个小时，我们终于抵达了那座准备投宿的小镇，结果发现镇上的居民惊惶异常，人人都拿着武器，据说头天晚上狼群和几只熊闯进了村里，把他们吓坏了，只好日夜守卫，特别是夜间，以保护牲畜，其实还有镇上的居民。

第二天，我们的向导伤势恶化，由于两处伤口溃烂，四肢都肿了，根本无法上路。我们只好在当地另雇了一名新向导，带着我们前往图卢兹。图卢兹气候温暖、物产丰富、风景宜人，既没有雪，也没有狼之类的东西。我们在图卢兹把自己的经历讲给别人听，人们听了之后告诉我们，在山脚下的森林里，这都是再平常不过的事，特别是积雪覆盖大地的时候。可是，他们一再追问我们请了什么样的向导，居然敢在这么严寒的季节带着我们走那条路，还说，我们没有被狼群吃掉真是够幸运的。他们听到我们怎样列队把马匹围在中间，顿时不停地责备我们，还告诉我们说，我们没有把命丢了真是万幸，因为狼之所以那么凶狠，就是因为看到了自己的猎物——那几匹马。若在平时，它们确实怕枪，可是当它们饿极了，饿得发狂的时候，就一心只顾着扑向马群，什么危险都顾不上了。要不是我们不停地放枪，最后又用火药设下防火线把它们吓倒，就很有可能被撕成碎片。但是，如果当时我们稳稳地骑在马上，像骑士那样向它们开枪，它们看到马背上有人，就不会那么理所当然地把马当作自己的猎物了。此外，他们还说，万不得已时，要是我们挨在一起，丢开马匹，它们也会一心去吃马，我们就可以平安地过去了，特别是我们手中都有武器，又有那么多人。

我这一生从来没有如此深刻地体会过危险的滋味。当我看见三百多只恶狼怒吼着向我们扑来，张着大嘴要吃掉我们，而我们既无处可躲，也无路可退的时候，我以为自己性命休矣。我相信我这辈子都不想再过那几座山了，我觉得我宁可走一千里格的海路，哪怕一个星期碰上一次风暴。

我经过法国那一路上没有什么特殊的事情可记，就算有，也都是其他的旅行家们写过的，而且肯定比我写得好。从图卢兹到巴黎后，我没有耽搁多久，就去了加来[1]，然后于1月14日在多佛平安登陆，整整走了一个寒冬。

现在，我终于抵达了这次航行的终点。我花了几天时间，把带来的几张汇票兑了现，新得的财产就全部在我手中了。

我的人生向导和私人顾问，也就是那位心地善良的老孀妇，衷心感谢我托人带钱给她。她愿意兢兢业业为我服务，我把一切都完全托付给她之后，总算对自己的财产安全放下了心。我从始至终都非常欣赏那位夫人廉洁正直的品行。

现在我开始考虑把财产托付给那位夫人保管，然后出发去里斯本，再转道前往巴西。可是，现在又有新顾虑使我裹足不前，那就是宗教问题。早在海外的时候，特别是孑然一身的时候，我就对罗马教产生了一些疑问。因此我知道，除非我决定毫无保留地崇信罗马天主教，或者决定为了自己的原则而牺牲，成为殉道者，死于异端裁判所，否则就不能去巴西，更别提在那里定居了。因而，我决定留在本国，如果能找到办法，就把种植园卖掉。

1　加来：法国的重要港口，位于法国北部——加来海峡大区，与英国隔海相望，有跨海到英国的客运与邮运港。

为此，我写了一封信给我那位里斯本的老朋友。他回信告诉我，他可以轻而易举地把种植园卖掉。要是我允许他把我的意思告诉住在巴西的那两个商人，也就是我那两位受托人的后人，他相信他们一定肯买，并且他毫不怀疑，他们会多出四五千西班牙银币。他们就住在当地，完全知道那座种植园值多少钱，也都很有钱。

我便答应了，吩咐他告诉他们我要卖种植园，他也依言照办了。大约八个月之后，去巴西的那艘船回来了，他向我报告说，那两个人接受了我的卖价，已经汇了三万三千银币给他们在里斯本的代理人，叫他照付。

我在他们从里斯本寄来的那份卖契上签了字，寄给我的老朋友。我的老朋友便把卖得的三万两千八百银币汇票寄给了我。我依然按照之前的承诺，在那位老人有生之年每年给他一百摩伊多，此后在他儿子有生之年每年给他儿子五十摩伊多，而这笔钱原本是从种植园每年的收益中支取的。我已经叙述完我幸运人生和冒险人生的第一部分。我这一生犹如造物主的棋盘格，其变化多端世所罕见，开始的时候愚昧无知，最终结束的时候却比任意一段人生赋予我的期望都要幸福得多。

大家肯定都以为，在这种错综复杂却又好运当头的情况下，我肯定不会再去冒险。如果换了其他情形确实不会，可是我深受流浪生活的吸引，兼之没有家室，也没几个亲戚，尽管有钱也没结识几个朋友，所以，虽然已经把巴西的产业卖掉了，我却依旧对那个地方念念不忘。我很想再度远游，尤其想去我的那座小岛看看，了解一下那些可怜的西班牙人是否上了岛，我留在岛上的那几个坏蛋对他们如何。

我真正的朋友，那位孀妇，竭力劝我不要再去，而且也说服了我。几乎整整七年时间，她都阻止我跑到外面去。在此期间，我把两个侄儿（二哥的两个孩子）养在身边，大的那个很有出息，我把他培养成了上流人士，他本来就有家产，我另外又给他留了一份遗产。小的那个我托付给了一位船长，五年后发现他长成了一个明白事理、有胆量、有魄力的年轻人，便给他弄了一艘好船，让他航海去了。后来，那个年轻人竟然把我这个年纪一大把的人忽悠进了新的冒险旅途。

在此期间，我在国内也初步安定了下来。首先，我结了婚，婚后生活只能说马马虎虎，然后生了两个儿子和一个女儿，可是没多久妻子就去世了。当时，我的侄儿正好从西班牙航行回来，获利颇丰。我本来就很想去出海，再加上他又总是缠着我求我去，我便以个人贸易者的身份，搭上他的船往东印度群岛去了。那是1694年的事。

这次航行中，我去看我那座小岛上的新殖民地，看望了我那些西班牙继承者，又听他们讲述了自己的经历和我留在那里的那几个恶棍的故事，说那几个人最初是如何欺负这些西班牙人，最后双方又是如何时而和好，时而争执，如何分分合合，以及最终西班牙人又是如何被迫使用武力对付他们，他们又是如何臣服于西班牙人，西班牙人是如何公道地对待他们，等等。这段经历如果写下来，肯定会像我自己的经历一样变幻莫测，充满令人称奇的意外事件，特别是他们跟数次登陆小岛的那些加勒比部族之间打仗的情形，以及他们怎样派了五个人去攻打那片大陆，抓回来十一个男人和五个女人的故事。我这次去，发现岛上已经有二十来个孩子了。

我在岛上逗留了二十来天，把各种必需品都留给了他们，特别是枪支弹药、衣服和工具，还有两名从英国带来的工匠，一个木匠、一个铁匠。

此外，我和他们把岛上的土地分成若干块，自己仍保留整座岛的土地所有权，只是根据他们达成的一致协议，把土地分配好。我替他们把问题全都搞定，又嘱咐他们不要离开小岛，之后便离开了。

我从那里去了巴西，在巴西买了一艘帆船，又往岛上送了一些人。除了供应品外，我还送去了七个女人，有几个我觉得适合干活儿，有几个我觉得适合给那些愿意娶她们的人做老婆。至于那几个英国人，我答应他们，只要他们辛勤耕作，我就从英国给他们送几个女人和大批的必需品过来，后来我也的确实现了这一诺言。那几个人被收服后，分到了特地留给他们的财产，后来竟然都成了诚实勤勉的人。我还从巴西给他们送去了五头牛（其中三头肚子里怀着小牛）、几只羊、几头猪，后来我再去的时候，岛上已经牛羊成群了。

不过，所有这些事情，以及后来三百名加勒比人怎样侵袭他们，毁掉他们的种植园；他们怎样前后两次跟那些人激战，第一次落败，并死了三人，后一次风暴摧毁了敌人的独木舟；他们把剩下那些敌人几乎全部饿死、消灭，并重新收复了种植园，继续在岛上生活，所有这些，以及我自己后十年探险中的惊人遭遇，说不定以后会接着写下去。

后　记

笛福的《鲁滨孙漂流记》两部续记中的第二部《鲁滨孙沉思集》出版于1720年8月，《鲁滨孙漂流续记》出版于前一年，接着讲述鲁滨孙重返小岛的故事及后来的游历故事，而《鲁滨孙沉思集》是一部以鲁滨孙荒岛历险期间产生的问题为主题的散文集，该散文集时而以鲁滨孙的口吻行文，时而以笛福自己的口吻行文。在下方的《鲁滨孙沉思集》的序言中，笛福揶揄般地采纳并阐发了查理斯·吉尔顿在《伦敦霍西尔先生的一生奇遇》（1719年）一书中做出的断言，即，作者本人就是鲁滨孙的“真实原型”。此外，本附录中转载的是本书的卷首插图——一幅由雕刻师约翰·克拉克和约翰·派恩雕刻的折叠起来的岛屿图，上面雕出了原著描述的几处场景。地图中间，波儿正在叫着“可怜的鲁滨·克鲁索”。

《鲁滨孙沉思集》序言

据说每件事的构想都是先有意图，后有创作，因此，我现在来向我的读者承认，与其说这本书是前两本书的产物，倒不如说前两本书是这本书的产物：从来都是寓言为其寓意而创作，而非寓意为寓言而创作。

我听说，那些心怀嫉妒、居心叵测的人对前两本书有些看法，其理由相当充分，说这个故事是捏造的，书中的名字是杜撰的，完全是个传奇故事，根本没有这么个人，也没有这么个地方，没有哪个人的一生会遇到那样的境况，统统都是编造出来骗人的。

本人鲁滨孙·克鲁索（此时精神健旺，记忆可靠，为此当感谢上帝）特此声明，那些人的异论就其意图而言是诽谤，就其论据而言是错误的。本人可以证实，这个故事尽管富含寓意，却也是真人真事，它巧妙地展现了一段充满苦难、变幻莫测的人生，其苦难程度闻所未闻，其变化多端世所罕见。它是为了人类的共同利益而创作的，最初的构思亦是为了用于最严肃的用途（正如现在更加充分地应用到了那些用途中）。

此外，还有一个尚在人世且亦广为人知的人，他一生的行为正好就是那几本书的主题，这个故事整篇或者绝大部分篇幅说的就是此人：我可以保证，这可以作为故事真实性的依据。

成千上万的人都津津有味地看过大名鼎鼎的《堂吉诃德》，对了解其含义的人来说，那个历史故事就是典型的真实故事，是以当代一位举世瞩目的西班牙公爵梅迪纳·西多尼亚为原型的半人半羊的怪物。对认识那个特立独行的人来说，那些人物生动而轻松地展示出了自我，正如在这个故事里一样，那些形象表现得恰如其分。因此，当心怀叵测却又愚不可及的作家厚颜无耻地说到鲁滨孙·克鲁索的堂吉诃德主义时，就暴露无遗地显示出他对自己所说的话多么无知。假使我告诉他，他口中的“半人半羊的怪物”其实是推崇备至的溢美之词，说不定会把他吓一跳。

我没有继续向读者解释这个问题，而是告诉读者，我从故事里的种种境遇中所做出的那些令人鼓舞的推断，会充分弥补读者无法让原型来阐释其寓意的缺憾。而且，我在本书中提出的不管哪种意见和想法中都提及了自己的孤独和幽居，并提到之前那个故事里的种种境遇，不管采用了何种手法来展现，这个故事的所有构成部分都是我亲身经历的真事。诸如，发现人类脚印后的恐惧和好奇、看到老山羊后的惊诧、在我床上打滚的东西以及我被吓得跳起来的情形，全都是真实的亲身经历；做梦被传话的人抓去、被船长扣押、被海浪冲上岸、轮船着火和忍饥挨饿的那些事也都是真的；还有我的仆人星期五的故事，以及种种非常重要的经历和由此引发的宗教方面的感想，也全都是现身说法。最千真万确的是，我的确有一只鹦鹉，也的确教会了它叫我的名字，而且的确有这么一个野人仆人，后来变成了基督教徒，而他的名字也的确叫星期五。他被人从我身边强行掳走，并死在那些人手中，我在文中说他被人杀了。这件事千真万确，要是我想证明，有很多尚在人世的人可以做证。另外，那个忠诚野人的其他种种行为和对我的协助，全都参照的是他在我真的幽居和遭受灾难时为我提供的种种帮助。

同样，巨熊上树的故事和雪中斗狼的故事也是真实的，总而言之，鲁滨孙·克鲁索的探险经历就是一段二十八年的真实人生，在人类遇到的最漂泊不定的荒凉而令人痛苦的环境中度过。如此漫长的岁月中，我一直过着充满奇迹的生活，持续遭遇暴风雨，跟穷凶极恶的野人和食人族斗争，遭逢了无数惊人的风波，遇到过比渡鸦更神奇的神迹，遭受过各种暴力和压迫、斥责和辱骂、人类的蔑视、恶魔的袭击、上天的惩罚和尘世的对立，遭受过不计其数的跌宕沉浮；在比土耳其更恶劣的地方当过奴隶，经精心策划后逃脱，就像我在佐立的故事里讲的那样，在萨累上船，陷入困境后在海上遇救，而后数度历经沉浮，比任何人的人生都曲折离奇，还经常遭遇海难，而在陆上比在海上遭遇的灾难更多。总而言之，这个虚构的故事中没有哪一番情形不是来自真实的故事，而鲁滨孙·克鲁索的离奇人生中的每段经历、每个环节无一不是与真人真事一一对应。

同样，我在《沉思集》中提到自己独居荒岛时做某件事或者某件事发生的时间或环境时，公道的读者就会这么想：这里所说的或者意欲讲述的都是真实的经历，而荒岛生活不过是这段真实经历的比喻。在这里，不但故事得以阐述，我认为其真实部分也得到了最充分的证实，比方说在本书后面那篇“对天国的幻觉”的章节中，我是这么开头的：我在自己的岛国时产生了大量怪异的幻觉，仿佛看到鬼魂之类的东西。所有这些其实都是我对被监禁的那段经历的反映，我通过被幽禁在荒岛上的生活来描述自己的真实经历。通过一种幽禁状态来体现另一种幽禁状态十分合乎情理，就像通过不存在的事物去体现真实存在的事物一样。我在床上跟某种东西搏斗这一情节，字字句句都是我的亲身经历的，而且这些事基本上没有做过什么改动，只是场景不可避免地从一处换到了另一处而已。

我对独居生活的见解也完全相同，我认为我只需要说，我参照前面几本书的事件会做出同样的评论，除此之外无须再赘言，希望读者继续往下看的时候记住这点。

除此种种之外，为了道义和宗教价值的弘扬，富含寓意的故事都喜欢善。在最悲惨的境遇中，提倡坚韧不拔的精神，在最艰难、最恶劣的处境里，推崇不屈不挠的努力和百折不回的决心。我是说，这些品质被作者推荐为渡过重重难关的唯一途径，它们的胜利貌似足以支持世界上最死脑筋的生物。

倘若采取普通的写作方式来描述一个人的经历，倘若我给你们描述你们所认识的某个人的行为和人生（此人所历经的不幸和病痛或许你们侥幸躲了过去），那我所能讲述的多半不会吸引人，说不定你们连看都不会看一眼，至少不会关注。教师跟圣人一样，在自己的家乡得不到尊敬。为了触碰心灵而构想的事实必须发生在远方，发生在从来没听说过的陌生人身上。倘若救世主的奇迹发生在木匠的儿子身上，而大家又瞧不起那人的家庭和出身，那人的兄弟姐妹又是跟大家一样的普通人，那哪怕对这些奇迹，大家也会不屑一顾的。

即使如此，当你揣摩那个发生在如此之远而本源离家乡又如此之近的场景时，这些事是否会产生教育意义依然是个问题。

不过，我倒不会为此感到担忧，因为我坚信，倘若我们这个时代因顽固不化而对本书所做的沉思置若罔闻，对之前那本书中注意到的那些事项视若无睹，那新的时代必然会到来。届时，人们的思维会更加灵活，他们父辈的偏执将会失去立足之地，所提倡的美德和宗教之准则会受到比现在更诚恳的接纳，孩子们会在对父辈的批判中成长，同样的教义，一代人受其教化，而另一代却视如敝屣。

鲁滨孙·克鲁索

读客三个圈经典文库

精神成长树

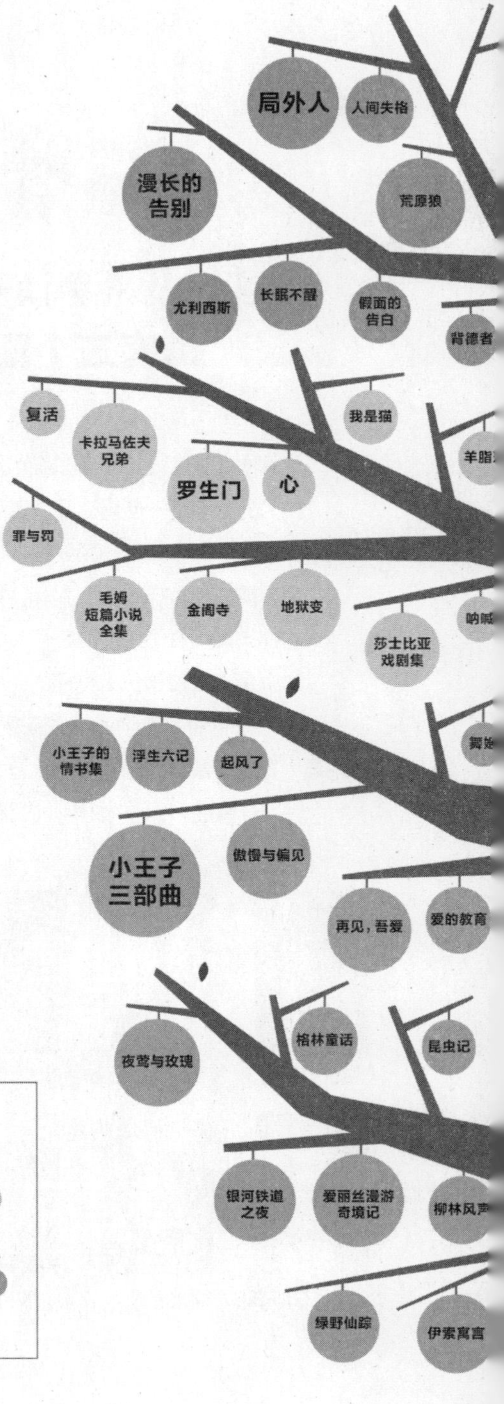

你想成为什么样的人？
对你来说什么是重要的？
这个世界应该是什么样子？

我们在生命中遇到的问题，每个时空的人都经历过，一些伟大的人留下一些伟大作品，流传下来，就成了经典。正是这些经典，共同塑造并丰富着人类的精神世界。

我们重新梳理了浩若烟海的文学经典，为您制作了精神成长树。跟随读客三个圈经典文库，汲取大师与巨匠淬炼的精神力量，完成你自己的精神成长！

树干：

不同的精神成长主题，您可以挑选任意感兴趣的主题进行深入阅读

例如：
寻找人生意义
探索自己的内心
拥有强大意志力
理解复杂的人性
…………

枝丫上的果实：

我们为您精选的经典文学作品

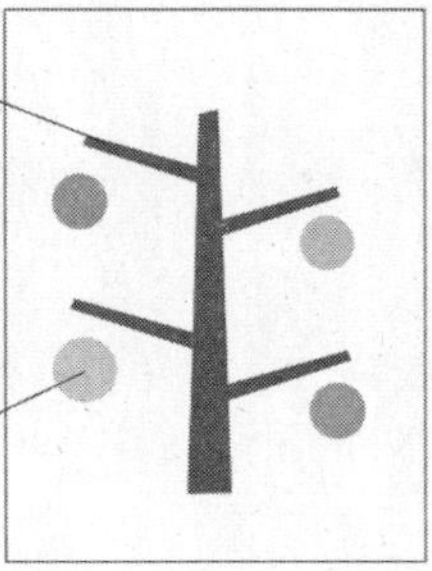

精神成长树示意图

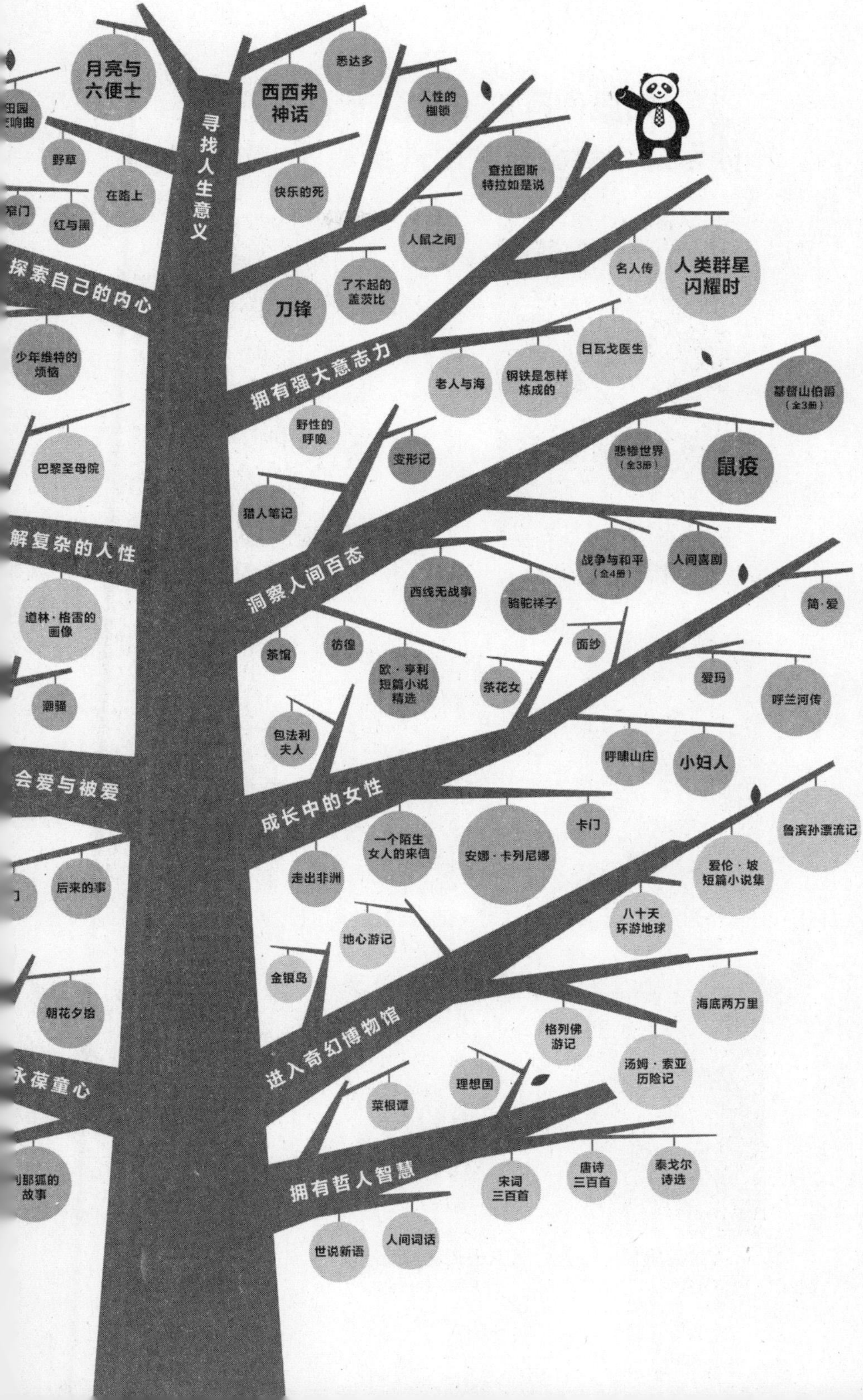

寻找人生意义
月亮与六便士
西西弗神话
悉达多
人性的枷锁
田园
响曲
野草
在路上
快乐的死
查拉图斯特拉如是说
窄门
红与黑
人鼠之间
名人传
人类群星闪耀时
探索自己的内心
刀锋
了不起的盖茨比
日瓦戈医生
少年维特的烦恼
拥有强大意志力
老人与海
钢铁是怎样炼成的
基督山伯爵（全3册）
野性的呼唤
巴黎圣母院
变形记
悲惨世界（全3册）
鼠疫
猎人笔记
解复杂的人性
洞察人间百态
战争与和平（全4册）
人间喜剧
西线无战事
骆驼祥子
道林·格雷的画像
简·爱
茶馆
彷徨
面纱
欧·亨利短篇小说精选
茶花女
爱玛
呼兰河传
离骚
包法利夫人
呼啸山庄
小妇人
会爱与被爱
成长中的女性
卡门
一个陌生女人的来信
安娜·卡列尼娜
鲁滨孙漂流记
走出非洲
后来的事
爱伦·坡短篇小说集
八十天环游地球
地心游记
金银岛
朝花夕拾
海底两万里
进入奇幻博物馆
格列佛游记
永葆童心
理想国
汤姆·索亚历险记
菜根谭
拥有哲人智慧
宋词三百首
唐诗三百首
泰戈尔诗选
列那狐的故事
人间词话
世说新语

如果你喜欢《鲁滨孙漂流记》
你可能也会喜欢“进入奇幻博物馆”书单

《鲁滨孙漂流记》
文库编号：045

《海底两万里》
文库编号：029

《格列佛游记》
文库编号：046

《汤姆·索亚历险记》
文库编号：051

《哈克贝利·费恩历险记》
文库编号：052

《金银岛》
文库编号：020

《八十天环游地球》
文库编号：091

《地心游记》
文库编号：087

图书在版编目（CIP）数据

鲁滨孙漂流记 /（英）丹尼尔·笛福
(Daniel Defoe) 著；任小红译. -- 南京：江苏凤凰文
艺出版社，2019.11（2023.1 重印）
ISBN 978-7-5594-4100-3

Ⅰ. ①鲁… Ⅱ. ①丹… ②任… Ⅲ. ①长篇小说－英
国－近代 Ⅳ. ① I561.44

中国版本图书馆 CIP 数据核字 (2019) 第 228629 号

鲁滨孙漂流记

［英］丹尼尔·笛福 著　　任小红 译

责任编辑	丁小卉
特约编辑	周　娇　　罗韵晨　　车　童
封面设计	肖　雯
责任印制	刘　巍
出版发行	江苏凤凰文艺出版社
	南京市中央路 165 号，邮编：210009
网　址	http://www.jswenyi.com
印　刷	河北鹏润印刷有限公司
开　本	890 毫米 ×1270 毫米 1/32
印　张	10
字　数	216 千字
版　次	2019 年 11 月第 1 版
印　次	2023 年 1 月第 7 次印刷
标准书号	ISBN 978 - 7 - 5594 - 4100 - 3
定　价	39.90 元